兰州大学"双一流"
建设引导专项资金重点资助

聊斋丛考

张崇琛 ◇ 著

商务印书馆
The Commercial Press
2017年·北京

图书在版编目(CIP)数据

聊斋丛考/张崇琛著.—北京:商务印书馆,2017
ISBN 978-7-100-15447-5

Ⅰ.①聊… Ⅱ.①张… Ⅲ.①《聊斋志异》—小说研究 Ⅳ.①I207.419

中国版本图书馆CIP数据核字(2017)第252414号

权利保留,侵权必究。

聊 斋 丛 考

张崇琛 著

商 务 印 书 馆 出 版
(北京王府井大街36号 邮政编码100710)
商 务 印 书 馆 发 行
北京顶佳世纪印刷有限公司印刷
ISBN 978-7-100-15447-5

2017年11月第1版　　开本700×1000 1/16
2017年11月北京第1次印刷　印张20
定价:63.00元

目 录

前 言

上 ◎ 蒲松龄事迹新考

清初知识分子心态的绝妙写照
　　——蒲松龄《画像题志》发微 ·················· 3
漫向风尘试壮游
　　——蒲松龄的"秘书"生涯 ·················· 18
蒲松龄与诸城遗民集团 ·························· 26
蒲松龄的诸城之行 ······························ 49
蒲松龄与孙景夏 ································ 57
蒲松龄与李澹庵 ································ 67
蒲松龄《李澹庵图卷后跋》笺论 ·················· 81
蒲松龄与张贞 ·································· 94

中 ◎《聊斋》本事考证

《聊斋志异·姊妹易嫁》本事考证 ················ 105
《聊斋志异·金和尚》本事考 ···················· 111
《聊斋志异·金和尚》的史学及民俗学价值 ········ 127
奚林和尚事迹考略 ······························ 144

《聊斋志异·李象先》中的李象先其人 ………………… 150
《聊斋志异·丁前溪》中的丁前溪其人 ………………… 159
《聊斋志异·遵化署狐》与丘志充其人 ………………… 170
"镜听"考源 ……………………………………………… 179
《聊斋志异》中的甘肃故事 ……………………………… 188

下◎《聊斋》文化探微

援《易》理而入《聊斋》
　　——《聊斋志异·恒娘》与《周易·恒》卦对读 ……… 199
中西交通视野下的《聊斋》狐狸精形象
　　——从《聊斋志异》中狐狸精的"籍贯"说起 ……… 208
情趣·美趣·理趣
　　——《聊斋志异》爱情篇章的多重文化蕴涵 ……… 221
化俗情为雅趣
　　——《聊斋志异》中的闺房秘语 ………………… 233
新闻与文学交融的杰作
　　——《聊斋志异》中的新闻篇章 ………………… 243
两座文学高峰间的相通
　　——从《离骚》到《聊斋志异》 ………………… 261

附　录

王渔洋与诸城人士交往考略 ……………………………… 271
"随时莫忘汉衣冠"
　　——《观瀑图》考 ………………………………… 289
张石民与张瑶星及孔尚任的交往 ………………………… 299

前　言

说来很有意思，我最初接触《聊斋》，竟是从地屋中开始的。

我的故乡在山东诸城农村。记得我小的时候，每当秋收完毕、冬季将要来临之际，村中便开始建造地屋。这种半在地上、半在地下，长十来米、宽三四米的地屋，在朝南的方向还辟有若干小窗，地上又铺满了麦秸，所以里面不但十分暖和，而且光线也很明亮。地屋的正中还有一个斜开的门，上面覆以芦席，人们即从那里出入。忙完秋收的人们便在这地屋中从事着他们唯一的副业——打草鞋。在我们那里，几乎每个男人都会打草鞋。他们打出的草鞋，每到逢集，便拿到镇上去卖。记得20世纪50年代初，一双草鞋能卖二三角钱，而一个人一集间可打出十来双，这样，五天内便有二三元的收入了。

打草鞋虽是单干，但由于都集中在一起，所以也算是集体劳动了。当时一个地屋往往可以同时容纳二三十人在其中操作。大家一边忙着手中的活计，一边说说笑笑，倒也不感寂寞。还有那些卖花生的，卖麻糖的，卖各种小吃的，赶完集后也常常来到地屋中，一边继续做着生意，一边说着集市上的见闻，更令地屋内充满了欢乐的气氛。到了晚上，也有一些路过此地的外乡人到地屋里借宿，并讲述着许多闻所未闻的故事。这样一来，地屋简直成了乡间的公共场所和"信息中心"了。

地屋更是我童年时代最喜欢去的地方。尤其在冬日的夜晚，几乎一撂下饭碗，便不由自主地钻进地屋。我躺在绵软的地铺上，看着大人们在一盏盏的豆油灯下打着草鞋，听着他们以及若干外乡人所讲的许多有趣的故事，有时还吃着父亲花一角钱买来的一帽子花生，真是惬意极了，自谓人生最美的享受不过如此。

现在回想起来，当年我在地屋中所听到的许多故事都与《聊斋》有关。像距我家只有几十里的五莲山（今属五莲县）光明寺和尚的故事，就是大人们常常话及的。如说寺里有一口大锅，做一次饭便足够五百个和尚吃的；说大和尚们凭借势力常与周围村庄的妇女相通，所以当地一直流传着"五莲山的和尚，大榆林的婆娘"的谣谚。还说清初丁野鹤（耀亢）被官府缉拿，最初也是躲在寺院里充作烧饭僧以避祸的，后来因为他为寺院大门撰写的一副对联而泄露了秘密。我至今还记得人们所说的那副对联是："风生禾下虫飞走，马到芦边草不生。"上联隐一个"秃"字，下联隐一个"驴"字。官府说这很像丁野鹤的文笔，于是再次搜查，果然将他从厨房里抓走。后来读了《聊斋》才发现，乡人们传说的五莲山僧的那些故事，竟与《聊斋志异·金和尚》所记基本一致。

还有对诸城望族刘家的发迹与丘家败迹的传说，也与《聊斋》故事大同小异。如谓刘统勋的祖先刘小初迁逄戈庄时，先为逄姓大户做佣工，当他看到南方人将鸡蛋埋于村南泽地，翌日竟有小鸡孵出时，遂请于主人，待其父死后埋葬于此，后刘家果然数代显宦。此与《聊斋志异·阳武侯》记薛家岛薛禄事便极相似，只不过将鸡卵生鸡变为"蛇兔斗草莱中"了。诸城丘家的丘志充遭狐报事，我也曾在地屋中听说过，其情节与《聊斋志异·遵化署狐》差不多。并说丘志充"罹难"后，他的两个儿子求身代不可，遂赤足扶榇归里，至被乡中视为孝子。至于狐精、鳖精以及鬼、妖的故事，在地屋中更是常常听到，有的甚至还指明地点，往往就在我们村周围。我至今还记得一位卖饼人所讲的一个女鬼向他买饼的故事，听后令我毛骨悚然，都不敢夜间出门了。但越是害怕，便越是喜欢听。这样的经历一直持续到1956年。此后合作化了，没人搞副业了，地屋也就不再建了。而我也为了求学，从小村到乡镇，再到县城，最后负笈南游沪上，步步远离了故乡。

时至今日，时间虽已过去了六十多年，但当年人们在地屋中讲那些故事的镜头，还时时浮现在眼前。后来读了点书又知道，故乡这种谈奇说异的风气，其实是由来已久的。远的不说，单从清初以来，诸城文人们就有此种好尚了，连乾隆《诸城县志》（卷四十三）都说"县人丁耀亢、李澄中者，殊好传异事"。丁耀亢在其《出劫纪略·山鬼谈》中说曾与仙人张青霞有交往，仙人居于诸城南山石崖中，一般人见不到，唯丁氏及其山友王钟仙能与之一同饮酒并联诗，最后仙人还为丁氏指示其"出劫"途径。李澄中不但在其《三生传》及《自为墓志铭》中有"异香出室"的神奇记载，还在其《艮斋笔记》中汇集了大量有关诸城的奇异故事。至于我的十一世叔祖石民公（讳侗），除了与崂山道士交往密切及屡称于卧象山中遇龙事外，即围绕其自身的传说亦颇离奇，乡人至谓其有半仙之体（淄川一带亦谓蒲松龄有半仙之体），能于月夜跨长凳往来于放鹤园与石屋山间。光绪《诸城县志》（文苑）还说诸城有一位诸生隋驭远，"所著《笔记》酷似蒲松龄《聊斋志异》"，惜其著作未能流传于世。再联系到先秦的"谈天衍"、"雕龙奭"、卢敖、徐福，以迄汉之东方朔，唐之段成式，宋之周密诸人，则齐鲁一带谈奇说异的风气可谓绵延不绝。而此种文化氛围不但孕育出了若干具有传奇色彩的历史人物，同时也成为《聊斋》成书的地域文化背景。

而且，就连我自己，也在不知不觉中受到了此种文化氛围的浸润，由喜欢听《聊斋》故事，而发展到爱读《聊斋》了。我还记得大学的最后两年，正逢"文化大革命"，我因为是"逍遥派"，无须关心"国家大事"，所以便经常拿一本《聊斋》到校园西南角的生物园，在一个内战时期留下的碉堡上去读。顺便说一句，因为"伟大领袖"说过"《聊斋》中的那些女狐狸精可善良了"的话，所以《聊斋》在当时并未被列为禁书，图书馆也还可以出借。就这样，我在"造反派"们打内战的喧嚣声中反复地读着《聊斋》（有时也读《红楼梦》），并用那些善良女性的爱意，抚慰着自己寂寞的心灵。终于有一天，盼到毕业了，在"四个面向"方针的指引下来到了大西北的兰州，即曾在碉堡上远望过落日方向的一座城市。

到兰州后，我先是在一家大型国有企业工作，这自然无法从事《聊斋》研究，只能在案头放一本《聊斋》选本，闲暇时翻上几篇。后来调入兰州大学，领导又分配我教先秦两汉文学，整天与《诗经》《楚辞》打交道，《聊斋》研究也无从做起。只是有一个机会，即1983年的5月，我随赵俪生、高昭一、袁世硕诸先生赴山东考察乡邦文献，期间不但读到了若干与蒲松龄交游相关的文献，而且还亲赴五莲山等区域考察了一些《聊斋》故事的发生地，这才令我重新对《聊斋》研究发生了兴趣，并陆续写了一批考证文章。此后一发而不可收，这样的文章大致写了有二十几篇，收在本书中的便是其中的一部分。

下面便来谈谈此书的写作。

本书名为"聊斋丛考"，约有三层意思，或曰三个方面的内容：

一是有关《聊斋》作者蒲松龄生平事迹的考证。我向来服膺孟子知人论世的教导。《孟子·万章》记孟子对其学生说："颂其诗，读其书，不知其人，可乎？是以论其世也。是尚友也。"所谓"尚友"，即追上去与古人交朋友。我认为这对研究蒲松龄也同样适合。所以我不但通过追踪蒲松龄的"秘书"生涯以解读其早年理想，通过透析其画像题词以阐发其晚年心态，与柳泉先生进行"面对面"的交流；同时也对蒲松龄与部分人士（如孙景夏、李之藻、张贞等）交往的事实进行勾勒和梳理，以期能在知人论世方面补蒲学研究之不足。当然这些研究都还是很局限的，而且于学界已经涉及的部分，都尽量回避。

二是有关《聊斋》本事的考索。我始终认为《聊斋志异》是一部百科全书式的著作，不但有小说篇章，也有纪实作品，更保存有大量的文化史料。所以对于《聊斋志异》中所讲的故事，只要我能查出其人并能考其本事的，都尽力予以追索。如对金和尚及五莲山僧事迹的考证，对"姊妹易嫁"故事的解析，对"镜听"源流的梳理，以及对李象先、丘志充、丁前溪等《聊斋》人物事迹的钩稽等。近年来我还欣喜地发现，《聊斋》中竟有七篇涉及甘肃的故事，我也对其来源及故事的传播途径一一进行了考察。我认为，考证《聊斋》本事，不但于《聊斋》本身的研究极有帮助，而且有些还可以补史书记载之不足，具有重要的史学及民俗学价值。

三是对《聊斋》一书多种文化蕴涵的揭示与发微。我除了发掘《金和尚》篇对研究清初寺院经济及山左民俗所具有的重要史料价值，肯定《镜听》篇对保留传统"镜听"习俗的重要意义，以及考察甘肃故事中所呈现出的西北地方文化色彩外，也注意了对《聊斋》中"狐狸精"形象所隐含的中西交通文化背景的探讨。我从《聊斋》中"狐狸精"自报家门的"籍贯"（陕西）入手，进而联系到历史上尤其是汉唐盛世胡人的大批来华以及"胡""狐"的特殊关联，最后发现，汉、唐的"胡姬"形象已被融入了《聊斋志异》的"狐女"形象之中。换言之，《聊斋志异》中的"狐狸精"形象既有其自然属性与文人的精心加工，同时也与中西交通的大文化背景是分不开的。此外，《聊斋》的丰富文化蕴涵也还表现在它所包孕的多种学科上，如《聊斋》中的新闻篇章可谓新闻与文学交融的杰作，《聊斋》中的爱情篇章更是情趣、美趣与理趣相融的佳作。而其中的《恒娘》篇，则是蒲老先生取《周易·恒》卦以为之，实是他援《易》理而入《聊斋》的一种尝试。凡此，我在书中都有着详尽的考释。

至于本书附录中的三篇文章，虽未直接论及《聊斋》，然与《聊斋》研究也有着间接的关系。王渔洋与蒲松龄的交往已有袁世硕先生的考证。而王渔洋除与蒲松龄交往外，也与诸城遗民集团中人有着不少的关联，其中有些人又为蒲松龄所闻知（如丁耀亢、李象先），有的还是好朋友（如张贞）。《王渔洋与诸城人士交往考略》一文便是具体考证王渔洋与诸城人士交往的事实，可为研究蒲松龄交游之参考。

《"随时莫忘汉衣冠"——〈观瀑图〉考》一文则是对《蒲松龄与诸城遗民集团》一文的补充。《观瀑图》实际是对清初一部分坚守气节、誓不事清的诸城遗民的气质与品格的形象写照，他们的民族思想要较蒲松龄为强烈。这只要将图上"今日总为清民子，随时莫忘汉衣冠"的题诗，与蒲松龄画像题词中的"作世俗装，实非本意，恐为百世后所怪笑"相比较便可知。这为研究蒲松龄的民族思想也提供了一种参照。而先祖石民公（讳侗），既是《观瀑图》中的主人公之一，同时又与张瑶星及孔尚任有过交往，并为李澹庵（之藻）的小照作过长《纪》，而蒲松龄又"得读岁时之纪,聊赘俚言"(即《李澹庵图卷后跋》)。这样说来,蒲松龄与石民公虽未见面,但彼此间也是知晓的。故考证石民公交游的一篇文章(即《张石民与张瑶星及孔尚任的交往》)也附于后了。

　　光阴荏苒。不知不觉,我研究《聊斋》已有三十多年,我自己也由一个喜欢在地屋中听故事的少年而成为一位古稀老人了。回首往事,我对《聊斋》的喜爱程度虽从未衰减,但对《聊斋》的研究却依然是十分肤浅的。目前,蒲学已日益成为一门显学,"聊斋红楼,一短一长;千秋传唱,万世流芳"(李希凡为蒲松龄故居题词)的局面也已开启。那么,就让我的这本小书作为《聊斋》研究的一朵浪花而汇入蒲学的潮流吧!

上◎蒲松龄事迹新考

清初知识分子心态的绝妙写照

——蒲松龄《画像题志》发微

一

一般地说，由于精神产品的丰富性，从事这一生产的知识分子，其心态也往往是复杂的，而在社会大变革之际尤甚。例如，清代初期，不少汉族知识分子的心态即是如此，而蒲松龄也是其中的一个[①]。

知识分子的心态是深层次的东西，带有一定的隐秘性，他们不愿让人发觉，但有时却又故意露出一点儿迹象，发人深思，耐人寻味。例如《金瓶梅》的作者，他大概是不愿让人知道他的真实姓名，但却又署了一个"兰陵笑笑生"的化名。殊不知这一来倒忙坏了后人，考证来考证去，谜底有了几十个，事情却还远远没有了结。

利用化名来进行某种程度的暗示，这固然是一种"迹象"；然而，在更多的情况下，文人的隐秘心态则是通过文化的形态流露出来，而服饰便是其中的重要因素之一。尤其在异族入侵的背景下，服饰几乎成了文人们民族思想和民族气节的象征。从孔子"微管仲，吾其披发左衽"[②]的感叹，到顾炎武"生女须教出塞妆"[③]的讥讽，无不是以言服饰而表示对异族入侵的反感情绪的。

服饰的问题到了清初似乎格外的敏感，尤其是在知识分子中间。清

[①] 关于蒲氏的民族成分，我取汉族说。
[②] 《论语·宪问》。
[③] 《蓟门送子德归关中》诗，《顾亭林诗文集》，中华书局1983年版，第402页。

人顾公燮《消夏闲记》"钱牧斋"条云：

> 乙酉王师南下，钱率先投降。满拟入掌纶扉，不意授为礼侍。寻谢病归，诸生郊迎，讥之曰："老大人许久未晤，到底不觉老（原注：'觉'与'阁'同音）。"钱默然。一日谓诸生曰："老夫之领，学前朝，取其宽；袖依时样，取其便。"或笑曰："可谓两朝领袖矣。"

钱谦益因"两朝领袖"而被诸生取笑，可见人品与服饰关系之密切，而其时知识分子于服饰之格外注意，亦似不难理解了。

如果说钱谦益的"两朝领袖"显示了他的无行，那么，某些逸民耆旧的不忘汉家衣冠则又标志着他们气节的坚贞。尝观诸城县博物馆所藏《观瀑图》，图中所画张陶昆（侃）、张石民（侗）二老人便皆着汉家衣冠，而且陶昆还有题画诗两首，其二曰：

> 二人同辟卧象山，世事纷纷不忍看。
> 今日总为清民子，随时莫忘汉衣冠。

此画据同时人王沛思跋语称，为渠丘郭浯滨（牟）先生手笔，约作于康熙十五年（1676）。石民、陶昆为清初诸城遗民集团之中坚，其品节之峻，于此可见。

蒲松龄当然不同于钱谦益之类的"贰臣"，而且也与张石民那样的遗民有异。严格讲，蒲松龄还算不上是遗民。因为明亡之时他才只有五岁，而且其直系亲属中也并无人在明朝做过官。从这一点来说，他不但可以毫无顾忌地"依时样"而着装，而且也可以在新朝仕进，以博取荣华富贵。但作为一名深受儒家思想熏陶的汉族知识分子，面对异族的入侵，"夷夏之防"的观念又会唤醒他的民族意识，从而对清人的入主会产生一定的抵触情绪。这种复杂而矛盾的心态，在其尽力科举，追逐功名的年代也许被掩盖，但当他到了"白首穷经志愿乖"①的暮年，却是不能不暴露出来了。蒲氏于七十四岁时在自己画像上所作的两则《题志》，便是这种心态的绝妙写照。

关于蒲氏的画像，王培荀《乡园忆旧录》早有著录，然世人多未见。其发现过程，据路大荒先生说②：

蒲松龄画像（蒲松龄纪念馆存）

> 抗日战争前，藏于蒲氏后裔，秘不示人，其族众亦多有未曾见者，1949年后即不知所在。1953年春，余同山东文联陶钝同志前往调查，始由群众从蒲姓一地主家中找出来；即在当地约集群众商谈，由蒲氏族中推举数人，共同保管。

此画像现存淄博市蒲松龄纪念馆，笔者亦曾有幸寓目。画像系长幅

---

① 《聊斋诗集》卷五《十一月二十七日大令赠匲》，蒲松龄著，路大荒整理《蒲松龄集》，上海古籍出版社1986年版。以下所引《聊斋诗集》《聊斋词集》《聊斋文集》，皆据此书。
② 路大荒《蒲松龄年谱》，齐鲁书社1980年版，第62页。

绢本，画中的蒲松龄着清代公服，即贡生服，左手拈须，端庄椅坐。蒲氏《题志》在画像上方。其一曰：

尔貌则寝，尔躯则修，行年七十有四，此两万五千余日，所成何事，而忽已白头？奕世对尔孙子，亦孔之羞。康熙癸巳自题。

其二曰：

癸巳九月，筠嘱江南朱湘鳞为余肖此像，作世俗装，实非本意，恐为百世后所怪笑也。松龄又志。

癸巳即康熙五十二年（1713），时蒲氏年七十四。据《题志》，画像乃是年九月蒲松龄季男蒲筠请江南朱湘鳞所绘。朱湘鳞为江南丹青高手，后卜居济西，时至淄川，蒲筠遂请来为父亲画影。关于朱湘鳞其人及画技，蒲松龄有《赠朱湘鳞》诗一首[①]，从中可见一斑：

江南快士朱湘鳞，携家北渡黄河津。
卜居济西峱山下，近傍泺水买芳邻。
生平绝技能写照，三毛颊上如有神。
对灯取影真逼似，不问知是谁何人。
东来辱与康儿戏，推衿送抱如弟昆。
重门洞开无柴棘，义气万丈干青旻。
相对将人入云雾，谈笑满座生阳春。
再到山城仅一晤，慄心如渴生埃尘。

---

① 《聊斋诗集》卷五。

可见，这位朱湘鳞不但技艺高超，而且人品也颇为蒲松龄所称许。而对于画中的蒲松龄形象，前人亦有描绘。《乡园忆旧录》引清人马子琴之题诗曰：

双目炯炯岩下电，庞眉大耳衬赤面。

口辅端好吟须长，奕奕精神未多见。

这与今存画像，也是颇相吻合的。

至于蒲氏《题志》，前一则系感叹一生碌碌，老而无成，有羞对子孙之意，其义自明。后一则乃专为所着服饰而辩，粗看似不甚可解，然仔细体味，实有微义存乎其中也。容于下文发之。

二

蒲松龄的画像连同其《题志》，实际上是一个矛盾的统一体。画像上的蒲松龄俨然着清代公服，而写《题志》的蒲松龄则力辩其"作世俗装，实非本意"。两者显然矛盾，然却统一于同一幅画之中。而"恐为百世后所怪笑"一句，又是发自内心的对"大清"的微词。可以说，蒲松龄的后一则《题志》，虽只寥寥三句，然既是他复杂、矛盾乃至隐秘心态的真实写照，又是他一生遭际、思想、品格的缩影。在这个意义上也可以说，三句之中，少一句便不成其为完整的蒲松龄了。

先说"作世俗装"。前面说过，服装是反映文化传统的，而当异族入侵之际，知识分子的着装尤非随意。大清定鼎，国人皆异服饰而改发型，名曰"依时"，实则是一种接受民族压迫的标志。蒲松龄及其家族"依时"

了没有呢？"未能免俗，亦云聊复尔尔"①，他们依从了，电视连续剧《蒲松龄》在这一点的表现上大体是真实的。不过，对蒲松龄来说，尤其"未能免俗"的却还在科举。

说到科举，学术界有一种颇为流行的看法，似乎蒲松龄一直是在揭露和批判科举制度的，不少论者还举出《聊斋志异》中的若干篇章作为佐证。但事实却是，蒲松龄几乎一生都在频频出入场屋，自十九岁入学，直至六十四岁时的最后一次应乡试②，前后四十余年，虽是屡次铩羽也在所不悔。既批判之，又追求之，这岂不矛盾？应该说，事实胜于雄辩。蒲松龄对待科举的真实态度不是反对，而是积极地参与。至于论者所常列举的批判科举名篇，如《司文郎》《于去恶》《考弊司》《叶生》等，倘加分析便可发现，多是在嘲骂一班"眼鼻俱盲"的糊涂考官而已，很难说是从根本上否定科举制。即在《聊斋志异》中涉及科举的全部二十余篇作品中，这样的主题似乎也还没有出现。

蒲松龄的拥护并热衷科举，当然有其生计方面的考虑，但主要还是由他文人的身份所决定的。文人要"学而优则仕"，而明清时期，科举几乎已成为文人仕进的唯一途径。舍此而外，什么光宗耀祖、"兼善天下"之类，全是空话。正如章学诚所说："三代而下，士无恒产，举子之业，古人出疆之贽也。孔、孟生于今日，欲罢不能矣。"③而就蒲松龄言，也是十九岁即以县、府、道三第一的优秀成绩考中了秀才，并深得学道施闰章的赏识。于是乎，社会的环境，知识分子的使命，以及蒲松龄自

---

① 蒲松龄《大江东去·寄王如水》，见《聊斋词集》。
② 此据高明阁《蒲松龄的一生》，见《蒲松龄研究集刊》第二辑，齐鲁书社1981年版。
③ 《文史通义》外篇二《与朱沧湄中翰论学书》。

身的才华，驱使他在科举的道路上奔驰了几十年。

然而，"陋劣幸进而英雄失志"①，"富贵功名由命不由俺"②，蒲松龄终生所追求的目标一次又一次地落空了。直到七十二岁高龄时，他才算博取了一名岁贡。在科举的时代，这岁贡虽算不了什么，但在蒲松龄来说，还是颇为看重的。所以他在出贡半年之后，即上书县令讨出贡旗匾及贡银，且谓"贡士旗匾，原有定例。虽则一经终老，固为名士之羞；而有大典加荣，乃属朝廷之厚"③。他"恳祈老父母劳心旁注，青眼微开，俯赐华衮之褒，少留甘棠之爱"④。至于贡银，更望"将两年所应发，尽数支给"⑤。其急迫之心情，溢于言表。大约蒲松龄的贡生衣顶已如期颁给，所以《聊斋文集》中不见有讨衣顶的上书，仅存一篇代别人所作的《代讨衣顶呈》。不过其中所陈，亦可视为是蒲松龄当时心境的一种反映：

但忽抛半生旧业，则垂死者已欲终穷；若不留一线虚名，则读书者并无究竟。……恳祈大宗师恩怜病废，准给衣顶，则有生之日，皆感恩之年。

可见，这衣顶对于像蒲松龄这样的落拓文人来说，是如何的重要了。由此也可以想到，蒲松龄晚年画像上的那身贡生服，正是他一生在科举道路上努力攀登的终极成果和象征。所以，倘要他不"作世俗装"又怎

---

① 《聊斋志异·于去恶》。
② 蒲松龄《琴瑟乐》，《蒲松龄研究》1989年第1期。
③ 《聊斋文集》卷六《讨出贡旗匾呈》。
④ 同上。
⑤ 《聊斋文集》卷六《请讨贡银呈》。

么可能呢？换言之，蒲松龄的着"世俗装"画像，原本是他自愿的。

再说"实非本意"。蒲松龄既"作世俗装"，又言其"实非本意"，这又当如何解释呢？照一般的理解，这似乎是蒲松龄在暗示他不愿着清装而要着汉装，这当然是蒲松龄民族气节的表现了。而且，有的画家也在此理解的基础上，又重新为蒲松龄绘制了画像，将朱湘鳞原作上的贡生服改为汉人常着的长衫。这样的"本意"虽不能说没有，但与上述蒲氏当时的心境毕竟是不能全部吻合的，尤其与蒲氏讨出贡旗匾、衣顶及贡银的那种劲头相左。而且，人们也或不禁要问：到底是谁拂了蒲老先生如此高尚的"本意"呢？

窃以为，要揭示画像与《题志》的这一矛盾，不能不考虑蒲松龄当时的实际心态。蒲松龄考取岁贡之后，心情一直是十分复杂和矛盾的。《聊斋诗集》卷五中有一首作于康熙壬辰之年（1712）的《蒙朋赐贺》，即表达了他的这种心情：

> 落拓名场五十秋，不成一事雪盈头。
> 腐儒也得宾朋贺，归对妻孥梦亦羞。

可以看出，蒲氏对于晚年所获得的这份岁贡功名，既感欣慰，亦觉羞惭。作为读书者之"究竟"的"一线虚名"，他甚珍惜；然以自身之"绝顶聪明"（孙蕙语）而竟不能及第，又实在令他羞愧。再进一步说，羞愧更胜过欣慰。所以，在他闻听长孙立德进学之后所写的《喜立德采芹》①中，也出现了这样的句子："无似乃祖空白头，一经终老良足羞。"

---

① 《聊斋诗集》卷五。

蒲松龄的这种羞愧心情大约一直持续到了他穿贡生服画像的时候。作为一生科场拼搏结晶的贡生服，他画像时是要穿戴的；但一想到别人的飞黄腾达，而自身却仅能以贡生终，则"实非本意"的念头也就油然而生了。而且，由自身的不得志，还会联想到科举的弊病、政权的腐败，以及清人的定鼎，最后便与他潜藏于内心深处的民族思想合流了。

那么，蒲松龄的本意到底是什么呢？当年在宝应县衙中，当孙蕙提出这种问题时，蒲松龄是如此回答的[①]：

重门洞豁见中藏，意气轩轩更发扬。
他日勋名上麟阁，风规雅似郭汾阳。

原来，他要效法唐代那位出将入相、名标麟阁的郭子仪，这抱负真可谓非凡了。然到头来，他非但不能仕宦于台阁，而且连举人也未曾中得。置身世俗，白头终老，这叫他怎能不感慨"实非本意"呢！

至于"恐为百世后所怪笑"一句，从字面看，似是蒲松龄在担心身后会遭人"怪笑"。"笑"他什么呢？当然首先是笑他未能考中举人、进士，而仅以岁贡终。但这还只能是表面的意思。而更深层的内容，怕只有联系蒲氏的民族思想来考察了。

前面说过，蒲松龄入清后是"免俗未能"的，但这并不等于说他的内心深处不存在民族的观念。尤其是当他一次又一次地蹶于场屋，抱负难申、命途多艰的时候，这种对于入主者的反感情绪，难免会流露出来。这方面的例证，除了论者所常列举的《聊斋志异》中的若干篇章外，这

[①] 《聊斋诗集》卷一《树百问余可仿古时何人，作此答之》。

里还想对《野狗》篇再做些阐发。

明清之际，汉人常骂满族人为"骚奴野狗"或"奴""狗奴""骚狗奴"之类。如钱谦益《牧斋初学集》卷四十四《莱阳姜氏一门忠孝记》云：

> （崇祯十六年）二月初六日，奴突至，城陷，巷战被执。奴就索金帛，臣父（琛按：即姜垓父姜泻里）骂曰："吾二十年老书生，二子为清白吏，安得有金帛饱狗奴腹？"以马捶捶之，嚼齿大骂，奴攒刃刺之乃死。

又，同书卷四十七《特进光禄大夫、左柱国、少师兼太子太师、兵部尚书、中极殿大学士孙公行状》云：

> （崇祯十一年十一月一日）二酋挟公（琛按：即孙承宗）至城南三十里圈头桥老营，酋首拥公上座，呼孙丞相。公趺坐大骂："骚狗奴，胡不速杀我！"……一酋曰："不降，胡不出金银赎死？"公复骂曰："骚狗奴，真无耳者，尚不知天朝有没金银孙阁老耶？"

在汉人心目中，满族人尚不开化，且其风俗亦与中原大异，遂以山猫、野狗视之。而"骚狗奴"云云，实是当时汉人对于满族人的最为鄙视的称呼。明乎此，则《聊斋志异·野狗》篇之微义始可发覆，而"野狗"之形象实为满族入侵者的化身，也就不难理解了。再联系到《张氏妇》之称蒙古兵为"猪"，《磨难曲》之骂"蒙古骚达子"，可以说，在蒲松龄的内心深处，民族思想并不曾被泯灭。

蒲松龄的这种民族思想，在他孜孜汲汲地奔竞科场的年代，也许并不明朗，然到了"一经终老良足羞"的晚年，却是自觉不觉地要涌上

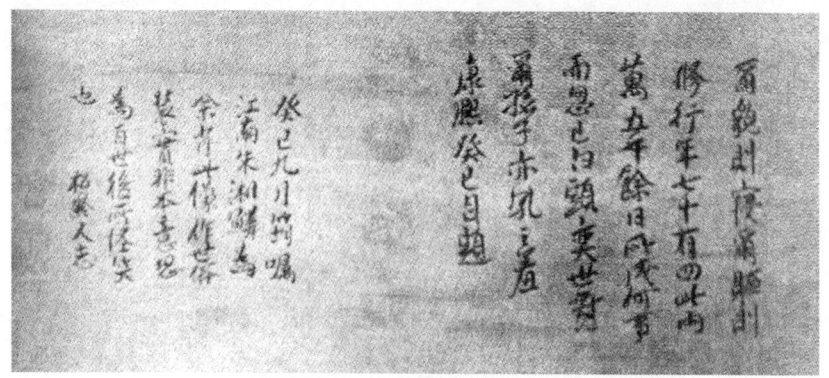

蒲松龄画像题词

心头了。不仅如此,他还更进一步地想到了身后,想到了异族王朝的终不能持久,想到了将来的人们会怎样评判有清一代的人物,当然也想到清代公服的终会遭人"怪笑"。为现世计,他作为孔孟之徒,在科举的道路上已奋斗了整整一生,似乎应当有所交代;而为身后计,为子孙计,则最好摆脱掉与大清的干系。这种复杂、矛盾而又隐秘的心态,若在平时也许可以深埋心底;然在画像之时却是不能不露出"迹象"了。大约在画像之初,蒲松龄为表现自身的价值,穿起贡生服以接受写真,心意还是颇为自愿的,所以画成之后他的第一则《题志》也并无甚微义,只是自我谦抑一番罢了。但一想到画像要传于后世,这才又多出一层考虑,于是加上了后一则的《题志》。这从现存画像上的字迹大小及行款格式也可以说明,两则《题志》并非同时写作。而所谓"作世俗装,实非本意,恐为百世后所怪笑"云云,在很大程度上倒是留给后人看的。换言之,这是为了保持自己形象的完美与久远,借此以作心迹的表白罢了。

总之,蒲松龄的画像及其《题志》,实是研究蒲氏晚年思想及其心态的第一手资料。它既反映出蒲氏一生努力科举的苦衷,也隐隐道出蒲氏的非凡抱负，更流露了蒲氏内心深处所潜藏的民族思想情绪。而特别是"恐为百世后所怪笑"一句，话虽说的委婉，然倘遇文字狱较盛之雍、乾时代，无疑会被视为"违碍"言辞的。真无怪乎蒲氏后裔一直将此画像"秘不示人"了。

三

清初，像蒲松龄这样既不忘功名、仕进，而内心深处又对清人入主中原不满的知识分子，在当时实有一定的典型性。他们既不同于钱谦益、周亮公等"贰臣"的甘仕新朝，也不同于顾炎武、阎尔梅等人的奔走联络、图谋恢复，亦与傅山、张尔岐等人的坚守不仕有别。他们是一种特殊类型的知识分子，然在当时却是占了大多数。即以蒲松龄所在的山左一隅而言，较早的如丁耀亢，较晚的如孔尚任，便都具有这样的特点。

丁耀亢于顺治五年（1648）入京师，得刘正宗等人之助，由顺天籍拔贡，先后充镶白旗及镶红旗教习；三年考满，又改授容城教谕；最后迁惠安知县，以母老不赴。尽管他的入仕可能还杂有"避仇"等因素，但这位野鹤先生无疑是经由科举而实实在在地做过清朝的官了。然他在写成于顺治十三年（1656）的《出劫纪略》中，却又对清人的暴行进行了不遗余力的揭露。如《航海出劫始末》篇写清兵于崇祯十五年（1642）十二月至次年三月间洗劫诸城的情形是：其时"县无官，市无人，野无农，村巷无驴马牛羊"，"白骨成堆，城堞夷毁"。丁氏自己虽"载孥近百口，车马驴五十余"，走避斋堂岛；然"东兵连营"，"少顷三十骑至，掠马骡衣囊尽，杀一车夫而去"。这是何等恐怖的景象！又《皂帽传经笑》篇写丁氏所教习之旗人子弟的形象也是极可笑的：

> 环立而进拜，虎头熊目之士班班也。弓矢刀觿，伏甲而趋。出其怀，则有经书刀笔以请益。韦冠带剑，少拂其意则怒去。……大抵羁縻少，训习终不能雍雍揖逊也。

在丁氏眼中，这些旗人子弟实是粗俗不堪、难以训习的，故他于此一段"传经"生涯以"一笑付之"，只差还没有骂出"骚奴野狗"就是了。至于丁氏晚年所作之《续金瓶梅》，虽曰"遵今上圣明颁行《太上感应篇》，以《（续）金瓶梅》为之注脚"①，然实是以宋、金征战的历史背景来影射现实的明、清易代，并不时地流露了他作为一个遗民所有的黍离之悲。而书中描写"北方鞑子"屠掠的景象，如"城郭人民死去大半，家破人亡，妻子流离"，"野村尽是蓬蒿，但闻鬼哭，空城全无鸡犬，不见烟生"，更是不禁令人联想起清兵洗劫的一幕。当然，由于丁耀亢晚年曾入狱，受尽折磨，而且其《续金瓶梅》也被付之一炬，所以他的民族思想较之蒲氏晚年也就更为强烈和外露。试观其《焚书》一诗②：

> 帝命焚书未可存，堂前一炬代招魂。
> 心花已化成焦土，口债全消净业根。
> 奇字恐招山鬼哭，劫灰不灭圣王恩。
> 人间腹笥多藏草，隔代安知悔立言。

诗中，不但愤激之情溢于言表，而且"人间腹笥多藏草，隔代安知悔立言"两句，简直是在向清统治者表示一种不屈不挠的精神了。这与

---

① 西湖钓叟《续金瓶梅集序》。
② 《归山草》卷二。

蒲松龄《画像题志》的暗示性语言风格也是大不相同的。

　　孔尚任小蒲松龄八岁，而且是圣人之裔。他虽受过康熙皇帝的知遇之恩，并因此被破格提拔为国子监博士，后又升户部主事、员外郎，但其内心深处的"夷夏之防"观念却是依然存在的。尤其是湖海四年的治水生涯，使他有机会密切接触了扬州一带的遗民，即所谓"生平知己，半在维扬"①，从而更激起了他民族思想的浪花，萌发了对清人入主中原的不满情绪。所以，当他读到"肝膈信口说"②的狂放遗民黄逵（仪逋）的《元日见怀诗》，见其中有"大笑茅蒼春兴发，题诗先寄汉公卿"之句时，便忍不住地写信说："足下诗一篇，换酒一斗者也。今日之汉臣无张骞之葡萄，而只有苏武之冰雪，何贺之有？"③径直表露了他郁积于心的感慨。至于他最后的"罢官"，虽不排除与"借离合之情，写兴亡之叹"④的《桃花扇》有关，然他的与诸遗民交结以及由此而带来的民族意识的觉醒，无疑也是重要原因之一。⑤

　　应该说，像丁耀亢、蒲松龄、孔尚任这一类型的知识分子之特殊心态的形成，首先与当时的社会环境及清统治者的怀柔政策是分不开的。异族入侵，满族人定鼎，汉人无论如何不会心悦诚服的，扬州、江阴人民的反抗斗争就是明证。故除全无心肝者外，民族思想在一般人的心中都是存在的。然而，清统治者所实行的并非只是镇压，也有怀柔的一手。即是说，武化政策之外，又辅之以文化的策略。早在入关之初，清统治

---

① 《孔尚任诗文集》卷七《答张谐石》，中华书局1962年版。
② 《孔尚任诗文集》卷二《酒间赠何龙若，兼示黄仪逋》，中华书局1962年版。
③ 《孔尚任诗文集》卷七《与黄仪逋》，中华书局1962年版。
④ 《桃花扇》之《先声》一出中老赞礼语。
⑤ 参拙文《"岸堂发微"——兼谈孔尚任的罢官》，《兰州大学学报》1985年第4期。

者即打出了"尊孔祀圣"及替汉族地主"报君父之仇"的招牌,并隆重安葬了故明的崇祯皇帝。对于降清的明朝官员,一般也都保留原来的官职。而且,除继续实行科举制外,康熙十八年(1679)还特开博学鸿词科,大量罗致汉族知识分子。于是,随着时间的推移,越来越多的汉人知识分子进入仕途,清人的统治日益巩固了,民族对立情绪则逐渐减弱了。这时期,尽管一部分知识分子的内心深处还存在着隔阂和不满,但在表面上却是不敢去肆意宣扬了。这就是从丁耀亢,到蒲松龄,再到孔尚任,时间越晚,其民族思想也就越不明朗的原因。

其次,造成这种复杂心态的原因,也应该从知识分子本身的特点去考虑。中国的封建知识分子,既要坚守孔孟之道,以显示其信仰与节操;又要面对现实,去寻求一条谋生的道路。而这两者在有的情况下(尤其是异族政权之下)却并不能统一。于是乎,为了物质生活,有些人的灵魂便不能不被扭曲了。这对于那些在科举和仕宦中发迹的知识分子来说,也许并不难过;然对于大多数踬于考场的落拓文人来说,则是无疑又增加了一重痛苦。这种复杂、矛盾,乃至隐秘的心态当然不敢公开地宣称,故而只能假借文化的形态以作某种程度的流露——而后世的人们也正是透过这若干文化的"迹象",去追溯当日知识分子们的心态的。《续金瓶梅》《桃花扇》和《聊斋志异》曾起到了这样的作用,而蒲松龄《画像题志》的真正意义也在于此。

(本文初稿刊于《蒲松龄研究》1992年第4期,修订稿刊于《固原师专学报》1993年第2期。《人民日报》(海外版)1992年9月24日"蒲松龄专版"摘要刊登,人大复印资料《中国古代近代文学》1993年第8期全文转载)

漫向风尘试壮游

——蒲松龄的"秘书"生涯

公元1670年(清康熙九年)的秋天,一个金风送爽、红叶满山的日子,从山东淄川城东七里的满井庄(今名蒲家庄)出来一位骑马的年轻人。这人在马上不时地回头望着,直到村东柳泉边的那株古柳已不分明,满井庄的轮廓渐渐模糊,方才转过身来。这时,我们看清楚了:他三十岁左右的年纪,细长身材,面貌平平,只是眉宇间透出一股智慧和坚毅的神情。他就是清代著名文学家、被人誉为"短篇之王"的蒲松龄。此刻,蒲松龄抬起头望了望西南方的山岚,猛抽一鞭,马儿便疾驰在通往青石关的大道上了。

蒲松龄这是要到哪儿去呢?原来,他的同乡好友孙蕙(字树百)已出任宝应县知县,来信聘他为幕宾。对于蒲松龄这位十九岁"入学",已考了几次举人都没有考中的乡下秀才来说,是多么希望能够到外面去见见世面呀!他从年轻时候就立下誓愿,要学司马迁、李白、杜甫,出门做一次"壮游",但如今"而立"之年已过,足迹还没有出过山东呢!何况,他已是一个孩子的父亲了,为升斗计,也应当出外觅一点儿事情干。于是,他便爽快地答应了孙蕙的要求,选了这样一个秋凉的日子启行。出门的时候难免有些恋家,但一想到"壮游"已经开始,旋即鼓足了勇气,奋然前行。

他很快地打马穿过淄川西南的青石关,然后经沂州、渡黄河来到了白马湖边、大运河旁的宝应县城。孙蕙为他安排的职务是书启师爷，用今天的话说，便是县长的私人文字秘书。他要代孙蕙起草呈文、文告、判词、书信等，当然也要陪孙蕙送往迎来、游历视察，出入于官场之中。上任后，蒲松龄满怀忧国忧民之心，在孙蕙为他准备的起草公文的簿子上写下了这样一副对联：

古循良物阜民安，尝闻襦袴兴歌，顾此万井寒烟，真惭黑夜；
众疮痍啼饥号冻，每恨拯救无术，只此一腔热血，可对青天。

作为一位书启师爷，要"拯救""啼饥号冻"的"众疮痍"，当然是自愧无术的。但是，他决心用自己的"一腔热血"、耿直的为人和职务上的方便，来影响他的雇主，并为拯救民众尽其绵薄之力。他是这样想的，也是这样做的。

蒲松龄做"秘书"不久，便遇到了这样一件事：有位韩吴县的知县，见宝应县连年遭灾，鬻儿鬻女者甚多，便趁火打劫，想以贱价买一些民间少女充作奴婢，并委托孙蕙代办。孙蕙让蒲松龄起草回书。蒲松龄对这种乘民之危以遂私欲的做法自然是愤慨已极，于是便用他的妙笔给了韩吴县知县以辛辣的讽刺：

……顷承顾问，不胜铭镂！但欲买婢女，反是老年台遣人觅之，无所往而不可。弟忝居一隅，救荒拯溺且愧无术，何敢教之鬻子女耶？方命为歉，不罪不罪！

——《鹤轩笔札·十月初八日答韩吴知县》（代孙蕙）

这真无异于打在韩吴县知县脸上的一记耳光！后来，又有一位住镇江的满族贵人李德迈,写信给孙蕙,求为远卖人口出具"印照",孙蕙照例让蒲松龄回信。而蒲松龄仍毫不客气地给了那位贵人一顿奚落:

> ……忽承钧谕,极欲借之以阶龙门。但职司民牧,方恨无计以召集流亡,故为远鬻人口,曾屡行严饬。诸如此事,不知则已耳,倘亲为印照,是教之使逃散矣,不惟于父母斯民之责为有愧,且大有干于功令也……
>
> ——《鹤轩笔札·三月初五日答李德迈》(代孙蕙)

对于官场的腐败,蒲松龄也毫不留情地进行了揭露和鞭挞。他的《贵公子》三首,便是暴露达官贵人们醉生梦死的丑态的:

> 斜阳归去醉模糊,酣坐金鞍踏绿芜。
> 落却金丸无觅处,玉鞭马上打苍奴。
>
> 夜半梧桐隐玉钩,朱门挽辔系骅骝。
> 两行红烛迎人入,一派笙歌绕画楼。
>
> 罗绮争拥骕骦裘,醉舞春风不解愁。
> 一曲凉州公子醉,樽前十万锦缠头。
>
> ——《南游诗草》

贵人们沉溺酒色,动辄以"十万锦缠头"赠妓,这些钱是哪儿来的呢?还不是从百姓那里巧取豪夺来的!而尤其是诉讼案件,更是官吏们敲诈勒索的好机会。蒲松龄看穿了这一点，所以他力劝穷人们不要打官司。康熙十年（1671）三月，孙蕙调署高邮州，蒲松龄同往。就在这年的四月五日蒲松龄为孙蕙起草的《劝民息讼，以警民风，以回天运事》的告示中，就明确地表示了这样的意见：

> 谚云："一日官司，十日不了。"即告状一纸，官府公事旁午，安能遽为尔等理论？守候几许时日，即盘费多少银钱？公门之中，魍魉魑魅，智者难除。每一票出，未与被告见面，先要原告尽情。不则呵骂责难，无所不至。其中苦状，备难殚述。到得一口气伸，而自己之人品家私，已萧索殆尽矣。
>
> ——《鹤轩笔札》

既是劝人息讼，又将官场的腐败揭露无遗。除蒲松龄外，大概没有哪一位县太爷的私人秘书能够写出这样的文字吧！而《聊斋志异》中那些暴露官府内幕的篇章（如《促织》《席方平》《张鸿渐》《冤狱》《石清虚》等），刻画的污吏活灵活现，"刺贪刺虐入骨三分"，在很大程度上正是得力于作者这一次在官场中的实际观察。

"秘书"生活还使蒲松龄进一步目睹了民生的凋敝和人民灾难的深重，从而把一颗同情的心奉献给了民众，并代他们去揭露，去诉说。宝应、高邮一带，自然景色很美，但人民的生活却是每况愈下。为什么呢？一是运河暴涨，太湖决口，造成连年水灾，粮食不收；二是官府的盘剥太重。孙蕙到任之时，宝应县的捐税杂役就有官农解差、粮单、草豆、更夫、牵夫、马户、里递、杂派、津贴、凤米、唬船等名目。这样一来，一个美丽富饶的江淮水乡就变得满目疮痍，哀鸿遍野，以致出现了"大户人家卖儿郎，小户人家走他乡"的悲惨景象。这一切蒲松龄在陪同孙蕙视察时都见到了。他在为孙蕙起草的《四月五日示》（《鹤轩笔札》）中曾深深地表示过自己的同情：

> 淮扬水患，祸延数邑。秦邮地近太湖，连决数口。近年以来，尔民之颠连痛苦，荡析离居者，行路为之伤心；况本县职司民牧，素切爱养，既摄篆于此，宁不为之恻然！

在《清水潭决口》（《南游诗草》）中，蒲松龄还如实地描绘了河湖泛滥、桑田变沧海、人或为鱼鳖的可怕景象，以期引起当局者的注意：

> 河水连天天欲湿，平湖万顷琉璃黑。
> 波山直压帆樯倾，百万强弩射不息。
> 东南㵾㵾鱼头生，沧海桑田但顷刻。

朝廷、官府年年喊叫治水，岁岁征收河捐，然而水患却是依然如故。蒲松龄想到这些，不禁提出了责问：

> 岁岁滥没水衡钱，撑突波涛填泽国。
> 朝廷百计何难哉？唯有平河千古无长才！

他真希望有"谁能负山作长堤，雷吼电掣不能开"，从而使百姓免受水灾和征课之苦。然而这是不可能的。诗的末尾，蒲松龄点出了问题的症结："蔀屋缓输天子乐，千秋万世不为灾。"将批判的矛头直接指向了最高统治者。

对于被剥削、被压迫者所受的奴役和痛苦，蒲松龄更是给予了深切的同情。他的《牧羊辞呈树百》，就是向孙蕙陈述一位牧羊人的悲惨遭遇，风格颇似汉乐府中的《孤儿行》。这位牧羊人在"高万丈"的"南山"冒着淋淋的秋雨，"昼逐茭草，夜备虎狼"，辛勤地为主人牧羊。羊瘦了，主人要问罪；羊吃了人家的庄稼，禾主又责骂。"风黧尔面，雨败尔蓑，胗指裂肤，守之不得去。"为的是什么呢？"不求主人赏，但愿无波。"其可怜之状，令人心酸。除牧人外，蚕乡妇女的艰辛，在蒲松龄的笔下也有着流露。蒲松龄的《养蚕词》写一位"采叶伤素手，投食误女红"的农家妇女，辛辛苦苦地养蚕，急切地盼着蚕儿作茧，好给婆婆送老、小姑出嫁做衣装。"谁知大蚕腹便便，只知饱食卧叶边，纵使小蚕都勤苦，缫得丝来能几许。"蚕妇的希望落空了。

作为书启师爷的蒲松龄，就是这样深深地关切着民间的疾苦。他已经完全清楚，不但北方的人民在啼饥号寒，就连号称鱼米之乡的江淮一带，也是民不聊生。正是基于这样的认识，遂使得他立志要在自己的作品中为无辜的百姓们喊冤，叫苦，疾呼……

除了对民生之多艰的深入体察，南方的风土人情也给蒲松龄留下了深刻的印象。宝应、高邮、扬州一带湖泊众多，河港纵横，这种与北方完全不同的水乡景色亦令蒲松龄倍感新鲜，甚至陶醉。如他的《泛邵伯湖》（《聊斋诗集》卷一）中便有这样的诗句：

> 湖水清碧如春水，渔舟棹过沧溟开。
> 夕阳光翻玛瑙瓮，片帆影射琉璃堆。
> 游人对此心眼豁，拍案叫绝倾金垒。
> 湖风习习入窗牖，开襟鼓楫歌落梅。

面对如画如幻的美景，蒲松龄不知不觉竟进入了醉乡，"扶醉下船事鞍马，炬火光天归去来"。可以看出，《聊斋志异》中那些描写水乡的篇章之所以写得令人神往，应是得益于蒲松龄的此番游历。

而作为一位僻处乡村的穷书生，更令蒲松龄大开眼界的是他有机会参加官府的宴会，并亲自观看了歌妓的表演。如在孙蕙举行的一次宴会上，他就认识了一位善弹琵琶的歌妓，蒲松龄在《树百宴歌妓善琵琶，戏赠》（《聊斋诗集》卷一）一诗中这样描写她的风韵：

> 垂肩单袖拥琵琶，冉冉香飘绣带斜。
> 背烛佯羞浑不语，轻钩玉指按红牙。
> 小语娇憨眼尾都，霓裳婀娜绾明珠。
> 樽前低唱伊凉曲，笑把金钗扣玉壶。

至于孙蕙的那位善吟诗的姬妾顾青霞，则更令蒲松龄格外欣赏。他不但喜欢听青霞吟诗，而且还特意为她选录了唐诗百首以备吟听，并附诗云：

> 为选香奁诗百首，篇篇诗调麝兰馨。
> 莺吭啭出真双绝，喜付可儿吟与听。
>
> ——《为青霞选唐诗》

蒲松龄所接触的这些女子，很容易令人联想到日后《聊斋志异》中所描写的那些美丽而又多情、多才的女性。如《晚霞》中能歌善舞的晚霞，《白秋练》中喜欢听吟诗的白秋练等。应该说，这是蒲松龄南游的另一种收获。

康熙十年（1671）的秋天，又当桂花飘香的季节，蒲松龄的"秘书"生活结束了，乘舟北归。一年来，他代孙蕙所作的文字积有两册，七十余页，称为《鹤轩笔札》（手稿本今存青岛博物馆）；所作诗七十八首，集为《南游诗草》（见《聊斋诗集》）。此外，他还收集了许多民间故事和创作素材。一年的"秘书"生活，不但使蒲松龄更加深刻地认识了社会，并有机会实践了自己"救苍生"的誓愿，也力所能及地维护了民众的利益；同时，这唯一的一次南游，还使他开阔了眼界，增长了见闻，从而为他的文学创作活动提供了有益的源泉。

"漫向风尘试壮游，天涯浪迹一孤舟。新闻总入《夷坚志》，斗酒难消磊块愁。"这是蒲松龄在高邮时写下的《感愤》诗中的四句（见《南游诗草》）。可以看出，蒲松龄在做"秘书"的同时，已经在着手写作《夷坚志》（宋洪迈撰）式的著作了。而八年以后，即蒲松龄四十岁的时候，他的《聊斋志异》中的大部分篇章则已基本完成。这位大文学家以其实际经历告诉人们：要弄文学，先做做秘书倒也很有些好处的。

（原载《秘书之友》1985年第1期，此次收入，略有增改）

蒲松龄与诸城遗民集团

一

清初，与南方的扬州遗民集团存在的同时，在山东，也有一个以诸城为中心的遗民集团。这个集团约包括两部分人：一是以"诸城十老"为代表的当地人士；二是从各地奔集而来的所谓"侨寓"。照一般的说法，"十老"系指诸城籍的丁耀亢（野鹤）、王乘箓（钟仙）、刘翼明（镜庵）、李澄中（渔村）、张衍（蓬海）、张侗（石民）、丘元武（柯村）、徐田（栩野）、隋平（昆铁）、赵清（壶石）十人；丁、王辈分较高，而石民、渔村为其实际的领袖。"侨寓"者颇多，著名的有武定（今惠民）李之藻（澹庵），益都杨涵（水心）、王玛似（鲁珍），乐安（今广饶）李灿章（绘先）、李焕章（象先），河北雄县马鲁（东航），扬州洪名（去芜），昆山金奇玉（琢岩）等。至于数往来于县者，则有益都薛凤祚（仪甫），安丘张贞（杞园），掖县赵涛（山公），寿光安致远（静子），以及释元中（灵辔）、海霆（惊龙）、成楚（荆庵）、成梓（奚林）等人。由于不少史料的亡佚，时至今日，这些遗民的全貌已很难把握。不过，作为一个遗民集团，他们的某些特征还是可以被钩稽出来的。

（一）这些遗民早岁大都善奔走，而晚年则皆落脚诸城。清初遗民的四方奔走，是一种普遍现象。如顾炎武、屈大均、王弘撰、阎尔梅诸人便无不如此。诸城遗民集团的成员亦不例外。其中最典型者如丁野鹤，乾隆《诸城县志》（卷三十六）说：

> 国朝丁耀亢，字野鹤，少孤，负奇才，倜傥不羁。弱冠为诸生，走江南、游董其昌门，与陈古白、赵凡夫、徐暗公辈联文社。既归，郁郁不得志……顺治四年入京师，由顺天籍拔贡，充镶白旗教习。其时名公卿王铎、傅掌雷、张坦公、刘正宗、龚鼎孳，皆与结交……后为容城教谕，迁惠安知县，以母老不赴。

又据野鹤《自述年谱以代挽歌》（见《归山草》），公之所游，尚不止此。如："甲申（1644）国变，再奔海东""乙酉（1645）南归，潜舟伏野""丁亥（1647）南游，至于吴陵；淮扬风雅，声气益增""己亥（1659）十月……自吴而越，借居湖舫""庚子（1660）四月，决志抽簪……武夷九曲，虹桥千寻"。可以说，先生自"己未（1619）十月，负笈游吴"至"辛丑（1661）正月，得赋归来"，其间四十二年，大半时间皆在外游。再如张石民，据方迈《贞献先生传》（见《其楼文集》）称，亦"尝北至蓟门，南游白下，西望岱、拜阙里，东抵二劳、登蓬莱阁。所至必访其名士大夫、贤豪长者，相与缔交酬唱"。

至于"侨寓"者，则更是足迹遍天下，然后停于诸城也。如李之藻、李焕章、马鲁等辈，即是代表人物。李之藻早年赴蓟、登岱，又南涉江、淮，游白下、钱塘；中岁曾参与康熙十三年（1664）的浙西平叛之役；晚年虽一度担任过嘉善、青田县令，但最后还是"羊裘钓竿"，踽踽奔诸城而来。其事详见《蒲松龄与李澹庵》及《蒲松龄〈李澹庵图卷后跋〉笺论》，兹不赘。李焕章之游踪，则有其《再与马汉仪书》一文（见《织斋文集》）详为之记。焕章晚岁常停于诸城，"与兄灿章主于（张）衍，衍为筑'二李轩'"居之①。

雄县马鲁更是一位行踪飘忽且令人难以琢磨的人物。《诸城县志·侨寓》云：

> 马鲁，字习仲。原名之驯，字君习，入国朝始更焉。直隶雄县人。少孤，有志行，不苟同于俗。补诸生，喜声誉，结交燕赵间奇士……京师陷，鲁与大兴梁以樟、容城孙奇逢起义兵，缚伪县令郝丕绩。及自成兵败西走，复南渡献策于史可法。可法死，还居唐县。（顺治）三年来诸城，结庐九仙山之阳，与臧允德、丁豸佳辈饮酒度曲，时复大哭。蓄一剑，曰"赤鳞"，未尝去身。

遗民的四处奔走，虽有的志在增广阅历，以拓其心胸；但更多的怕是为了联络信息，结识同志，以谋抗清。马鲁的献策于史可法，丁耀亢的陈方略于刘泽清②，便是明证。而奇怪的是，这样多的遗民，为何晚年都聚集到诸城来呢？我想，这不外有两方面的因素：一是"地利"，二是"人和"。随着清朝政权的不断巩固，遗民们深知他们的恢复之志一时难以实现，于是，大家都在冷静地观察形势，谁也不肯轻举妄动。换言之，"天时"难争。那么"地利"呢？诸城地处山东半岛的中部，其地多山而近海，西可以进中原，北可以逼京畿，即使不幸有事，亦可以南走海上（丁耀亢即多次避难海上并由海路而至淮扬刘泽清幕府的）。于是，遗民们便看中了这块进退皆宜的地方，此其原因之一。而更重要

---

① 乾隆《诸城县志》卷四十四。
② 见丁耀亢《出劫纪略·从军录事》。

的却还在"人和"。诸城一带文风甚盛,自古以来受儒家思想的熏陶颇深,因之"夷夏之防"的概念也就相对较强。加之崇祯十五年(1642)十二月十四日清兵攻陷诸城,至次年三月上旬始退出,又给诸城人民带来了一场浩劫。其间三月余,"壮者毙锋镝,髦稚累累填于壑"①,以至"东省被灾之惨,惟诸为甚"②。不少遗民也都是在这一次的灾难中失去了自己的亲人。如丁耀亢之弟耀心、侄大谷,"张氏四逸"之一张佳的母亲徐氏等,便都是殁于"壬午之难"的。据康熙《诸城县志》统计,崇祯十五年(1642),县尚有人口四万余,至壬午、甲申兵火后,则不足一万了。应该说,这种民族仇恨的烙印,在短时间内是很难磨平的。用今天的话来说便是,要反清,这里"群众基础"好。兼以当地之巨姓大族、遗老逸民咸乐接纳"宾客",食宿费用不成问题,于是乎远近遗民便无不闻风而来了。

(二)从目前掌握的材料看,这些遗民的活动是十分隐秘的。他们日常聚会之所主要在县内普庆张氏的放鹤园及张氏别业卧象山。放鹤园为"十老"中的蓬海、石民兄弟所建,地滨潍水,专用以接纳四方宾客。乾隆《诸城县志·张衍传》云:

  张衍,字溯西,诸生。不求仕,以山水友朋为乐。四方文士至者多主其放鹤园,皆生死赖之……

事实也确是这样。石民《二李轩小记》(《其楼文集》卷六)说:

---

① 张石民《其楼文集·卞氏传》。
② 李澄中《白云村文集·与李辉岩使君》。

> 兄蓬海于朴亭之西筑室三楹，左右置几榻，酒、水、茶、烟满之。客有潍上来者，无近远，投宿于此。庚申春，织水象先生至；越数日，其兄绘先先生继至。年皆七十余……

除"二李"外，常居于放鹤园者还有杨涵、王玙似、李之藻、洪名诸人。请看乾隆《诸城县志·侨寓》所记：

> 杨涵，字水心，益都人。其先两世为左都御史，家颇饶。涵尽施田宅于法庆寺，反仰给僧寮以活。弃诸生，作出世想。与县人杨蕴交，后张衍馆之放鹤园。日偕衍、衍弟伺、李澄中、刘翼明辈游五莲山……卒，伺葬之小埠头东原，题曰："益都高士杨笠云先生之墓"。

> 王玙似，字鲁珍，亦益都人，诸生。画学黄子久。至京师谒同乡权贵不得达，殴阍者而去。出居庸关，骋目塞上……晚年携小妻幼女寓放鹤园，啸傲轻座客。大雪中每携榼出游，至无所投宿。卒后，张衍归其榇于益都葬之。

> 李之藻，字澹庵，武定人。洪名，又名嘉植，字去芜，江南江都人。二人亦工诗、古文，数往来于县，亦半主衍家……

张石民在《琅邪放鹤村蓬海先生小传》（《其楼文集》卷一）中更是形象地描绘了当时遗民们纷纷会集放鹤园的盛况：

> 先生既以山水友朋为性命，于是乘州织水（李象先）、莱子国山公（赵涛）、云门笠者峭（杨水心）、故王孙适庵（卧象山僧）、愚公谷仪甫（薛凤祚）、蓟门东航子习仲（马鲁）、渠丘昆右（刘

源渌），与同乡髯叟子羽（刘翼明）、渔村（李澄中）、栩野（徐田）诸君子，德业文章，超绝一世，戴笠乘车烂盈门，径草不生，曾无转瞬……有洪源去芜（洪名），高卧邗江上，宛若梁燕，自来自去而已。陇西李澹庵者，渤海有心人，羊裘后来续旧游……

这种情景不禁令人联想起冒襄（辟疆）在明亡后，于如皋的水绘园大批招致宾客的情形。如果说冒襄的水绘园曾是反清复明的志士们"联络信息"的地方①，那么，放鹤园事实上也起到了这样的作用。只不过这些遗民的活动更加隐秘，尚不曾为别人抓住把柄罢了。

从现有的资料看，这些遗民的公开活动无非是聚会、纵谈、赋诗、游山和结社。谈些什么呢？由于传世的诗文集都几经删削（有些是后人惧怕罹祸而删削的），过激的言论已很难寻觅了。后人传说，先辈们当年曾关起门来大骂清人为"骚奴野狗"，这是完全可能的。游山主要在五莲山、九仙山和卧象山，而尤以卧象山为常去。他们在山中构室而居，恒经岁不出。其间议论些什么，又策划些什么，亦不得而知。至于结社，则先后似有过三种名目：一曰大社，二曰白莲文社，三曰鸡豚社。"鸡豚社"为"张氏四逸"（蓬海、石民、子云、白峰）与李澄中、徐田、赵清等人所结，除联诗外，还整理印行过县先辈诗人如丁耀亢、王乘箓、刘翼明、丘石常（楚村）等人的诗集。"白莲文社"则扩大到丘氏兄弟（元武与其兄元复）、刘翼明、李之藻、李绘先、李象先、杨涵诸人，其活动地点亦不限于放鹤园，有时在卧象山，有时在城东的铁园（即东坡诗中的铁沟）。而"白莲文社"与当时农民起义的秘密组织"白莲教"

---

① 赵俪生《顾炎武传》，上海人民出版社1954年版，第48页。

有没有关系呢？这是个难以追寻的问题。从表面看，似乎并不"搭界"；但笔者1983年赴五莲山一带考察时，确曾听到当地人讲，"十老"中的蓬海、石民以及杨涵等人都是"半仙之体"，能骑木凳、跨纸鸢到各处旅行。这与《聊斋志异》中所描绘的白莲教徒"纸兵、豆马、木骑"①的情形不是十分相似吗？而且，张氏后裔中至今还有着蓬海公因白莲教事被牵连，不得不出亡山西，后得冯溥庇护才幸免于难的传说。至于"大社"，时间似乎要早一点儿，其成员亦不限于诸城一带。一般认为，它最早由掖县贡生赵士哲（赵涛父）所倡②。但王赓言《东武诗存》（诸城图书馆藏）于臧振荣《寄怀素心》诗下却引邓孝威的话说："余壬辰（1652）客都门，同丁野鹤等二百余人于慈仁寺创观文大社。"又，《其楼文集·丘嵋庵小传》中也有关于"（丘元复）父大青、叔父海石两先生，兄弟师友代主山左社"的记载。而所谓"山左社"，即山东的"大社"。可见赵士哲之后，山左大社的活动并未停止。而丘海石（元武父）既是与丁耀亢齐名的诗人（有《楚村》诗集、文集各六卷），且二人又十分友善，同主山左社便是很自然的事了。这些诗文社，有没有反清的活动呢？当时人姜元衡曾有《南北通逆》一禀③，云：

　　山左有丈石诗社，有大社，江南有吟社，有遗清等社，皆系故明废臣与招群怀贰之辈，南北通信，书中确载有隐叛与中兴等情，或宦孽通奸，或匹夫起义，小则谤黩言，大则悖逆……

---

① 见《聊斋志异》中的《小二》《白莲教》诸篇。
② 见杨宗羲《雪桥诗话》（卷一）、赵琦编《东莱赵氏家乘》、李澄中《白云村文集·处士赵公墓志铭》。
③ 张穆《顾亭林先生年谱》引。

姜元衡为即墨籍的胶州（诸城邻县）人，虽上禀之动机是诬陷其故主黄氏一家，但所谈诗社活动的情况，也许不会是无据的吧。

（三）诸城遗民集团中人，虽出身、地位及思想倾向不尽相同，但总的来看，较之扬州遗民集团，其表面的态度似乎要灵活些。换言之，他们比较注重实际，而对于名节，看得不似南人那样重。这具体表现在两个方面：

一是做不做清朝官的问题。扬州遗民集团中人，如黄云（仙裳）、李沂（艾山）、许承钦（漱雪）、杜浚（于皇）、冒襄（辟疆）、余怀（澹心）等辈，都坚持"不事二朝"的原则。诸城遗民集团中，虽也有着像张氏兄弟及徐田、赵清、隋平、李象先、杨涵、马鲁等若干坚守不仕的耆旧逸民，但也不乏像丁野鹤、丘海石、李澄中、丘元武、李之藻等一批权奇好事、得官复又弃官的磊落君子。如丁野鹤的官容城教谕，丘海石的官夏津训导，李澄中的应博学鸿词，丘元武的官施秉知县，李之藻的官嘉善、青田知县，似可视为不屑计较名节之举；然到头来他们又纷纷弃官而去，如野鹤之弃惠安知县，海石之弃高要知县，澄中之弃侍读，元武之弃工部主事，之藻之弃青田知县，则又反映了他们内心深处的某种隐微情绪。而更奇怪的是，无论曾出仕者还是坚守者，他们竟然都能和谐地相处在一起，始终不乏共同的语言，这也是令人费解，然而又是诸城遗民一种实实在在的特色。

二是对当局政策拥护还是反对的问题。大凡遗民，皆处处视新朝为不顺眼，并连其政策也一概指斥，诸城遗民则不一样。他们对于清人的入主中原，虽从内心来说是反感的，对鼎革之际清兵的烧杀抢掠以及给人民所带来的沉重灾难也是深恶痛绝的，但对于统治者的某些措施，如平藩、尊孔、赈灾等，却又表示过不同程度的拥护。在这些遗民的诗文集中，我们不止一处地可以见到这方面的材料（这些文字当然不会被删掉）。而尤其是对"三藩"的平定，他们中有些人不但颂扬，而且还躬与其役。如李之藻在康熙十三年（1674）七月平定耿（精忠）藩的坑西（浙江衢江区附近）之役中，就是"躬环甲胄，仗剑前驱"的①。李灿章亦于是役之中参总督李之芳幕府，赞划军务②。这与扬州遗民在"三藩"问题上静观、沉默的态度又不大一样。

应该说，诸城遗民集团在政治态度上的这种二重性，与清初时局的发展以及满族贵族的怀柔政策是分不开的。遗民的会集诸城，按其初衷，原本是满怀期望并准备有所作为的。但随着时间的推移，他们所看到的是清朝统治的日益巩固，民族对立情绪的逐渐减弱，以及越来越多汉人知识分子的进入仕途。他们的希望破灭了。因此，他们的内心深处尽管还存在着对立和不满，但在表面态度上却又不能不放灵活些——而这有时也是为了避祸的需要。

清初，诸城遗民集团的客观存在及其思想、活动的特点，对近在淄川的蒲松龄当然不会不产生影响。下面我们便将探讨这个问题。

二

现在，我们来探讨蒲松龄与诸城遗民集团的关系问题。

诸城遗民集团中人，不少都与蒲松龄有过直接的接触。其中关系较

---

① 张石民《其楼文集·五老庵传》。
② 同上。

为密切的,要数李之藻、张贞、孙瑚、奚林诸人。

先说李之藻。之藻字澹庵,山东武定(今惠民)人,故时人或称他为"渤海李澹庵";亦有并其郡望,称"陇西李澹庵"者。澹庵与诸城"张氏四逸"关系甚为密切,情同手足,张石民有一篇长长的《五老庵传》详记其事,谓"五老者,以伯兄邺园公(李之芳)雁行复居第五;年七十,来卧象山,与我家'四逸'相伯仲,又字'五老庵'"。事实上,澹庵以康熙庚辰(1700)解青田任,于康熙壬午(1702)六十一岁时,即已投放鹤村来。"初与我家蓬海、石之民、子云、白峰遇,相视一笑,遂成人外之交。明年,同入卧象山,于白云深处起翠微小楼,登望指顾杓山云气以为笑乐。"① 他与"四逸"中的蓬海、石民相交最契,蓬海有《九日李澹庵来饮我村》(见《东武诗存》)一诗记其情谊:

<blockquote>
故园诗酒会,谁复记年华。

树老天风急,秋高雁影斜。

怀山归白社,拂袖落黄花。

忻得柴桑侣,树头景正嘉。
</blockquote>

诗中"树老天风急,秋高雁影斜"两句,既喻时局之艰,亦是遗民自况,颇耐人寻味。而从"怀山归白社"一句,又可见澹庵是参加过"白莲社"的。他来诸城后,以放鹤园与卧象山为常居之地,间亦出行至琅邪、青州、淄川等地。他最后离开诸城大约是在康熙四十九年(1710)。这一年,他与蓬海同入琅邪,不幸蓬海病殁,而后事"皆澹庵一一左右之,事定,

---

① 张石民《其楼文集·五老庵传》。

亲捧杖履入我村，葬之五老岩畔，义服缌三月，羊裘钓竿，踽踽渤海去"①。他去哪儿了呢？找蒲松龄去了。

现存蒲松龄的诗文中，涉及李澹庵的计有五篇。这就是《聊斋文集》中的《李澹庵图卷后跋》《与李澹庵》及《聊斋诗集》中的《雨后李澹庵至》《李澹庵小照》《自青州归，过访李澹庵，值其旋里，绕舍流连，率作俚歌》。其写作时间，大都在康熙辛卯（1711）及其后数年。从这些诗文中可以看出，在蒲氏去世前的四五年间，两位老人（澹庵少留仙一岁）不但来往频繁，而且彼此都视为知己，见面流连忘返，离别一往情深。澹庵曾以墨竹（杨水心画）赠留仙，并将自己的"小照"（疑王鲁珍所作）及石民为其所作的《岁时之纪》（即年谱）展示给留仙看，留仙窥后即欣然题跋于后。在《跋》语及诗文中，蒲松龄称李澹庵为"伟人"，说他绝肖"义气直上干斗牛"的张益州，是"海内无双"的"循良"，并对澹庵"曾骑怒马讨逆寇"（指平定"三藩"）的行为及"回睨轩冕等蜉蝣"的品格大加赞扬。可见，两人不但感情融洽，政治见解亦是契合的。

再说张贞。贞字起元，以其世居杞国故地，又号"杞园"，山东安丘人。据李澄中《张杞园〈或语集〉序》云："杞园好结客，北走燕赵，南泛江淮，一时操觚之士，引领愿交。虹桥长干，阊门西陵之侧，间岁必一游；游则画舫兰桡，胜友云集，投缟赠纻，此唱彼和。盖其平生以友朋为性命，故所为文多出于邮筒赠答之余也。"可见，他也是一位极善奔走而又以友朋为性命的逸士高人。他与诸城遗民集团的关系亦非同一般。

---

① 张石民《其楼文集·蓬海先生小传》。

他是普庆张氏的"戚执"①，为放鹤园的座上客，常与蓬海、石民及徐栩野、刘子羽、隋平等人一起联诗、宴游；他又是周亮公在青州所延"真意亭四君子"之一，与李象先、李澄中、安致远友情甚笃。致远常称其"以用世之才，而不欲自见于世"②。康熙壬子（1672）杞园拔贡入太学，象先为其作《张杞园贡太学序》（见《织斋集》），中称："余求友四方，二十年得安丘张君杞园。自甲辰（1664）至今岁，凡六、七过其家。昼阖扉，夜呼灯，握手言笑，即余髫龄交未有如杞园者。"象先在遗民中算得是极有骨气之人，他在放鹤园从张蓬海处读到明季忠臣李邦华之文集时，因"睹其忧君爱国之衷"，曾激动得"老泪纵横于尺幅间"③。自鼎革以后，他弃诸生，"放之山崖水次，僧寮道舍"④，不愿与世接触；然于张贞却表现得如此热烈，如不是有着共同的情怀，则显然是不可能的。

张贞曾于康熙二十六年（1687）到淄川访问过高珩⑤，因此，蒲松龄对张贞的名字应是早就听说过的。至于他们的正式相见，则是在康熙四十一年（1702）济南名士朱缃的宴席上，时蒲氏年六十三，张贞六十六岁⑥。《聊斋诗集》中有一首作于壬午之年的《朱主政席中得晤张杞园先生，依依援止，不觉日暮，归途放歌》，即是记述他们这一次的会见。诗中不但表露了蒲氏对张贞"高名"和"卓荦绝世"之才的景仰，而且也深为此次的相识及肝胆相照的长谈而感到由衷的欣慰。而值得注

---

① 见张贞《杞田集·为先伯父、叔父立后记》。
② 安致远《玉碾集·张氏家乘跋》。
③ 李象先《织斋集·李忠文公文集序》。
④ 李象先《织斋集·再与马汉仪书》。
⑤ 见高珩《杞田集序》。
⑥ 张贞生年，此前未见确考。余读张贞《先妣孔孺人行述》（《杞田集》卷十二），见其中有"至丁丑而育不孝贞"之语。丁丑为崇祯十年（1637），是以知张贞生年当在1637年。此与张贞《画像自赞》所云"康熙甲戌（1694）余年五十有八"亦相合，故可信而无疑。

意的是，张贞对蒲松龄写作的《聊斋志异》，"与罔两相向语"，完全不存世俗之人的鄙视意，他"握手缠绵示肝鬲"，给了蒲氏以极大的鼓励，以至蒲松龄"堕身云雾忘形骸"了。同年，蒲松龄还写有《题张杞园〈远游图〉》，也表现了对张贞浪迹湖海、超脱世俗的钦慕，及愿追随其后的心情。因杞园是位"八尺髯张"的大胡子①，故留仙诗中用了"髯兮髯兮"之句以为调侃，足见此诗是作于他们相识之后，且彼此关系已相当和谐的时候了。

孙瑚是《聊斋志异·孙必振》中那位孙必振的从兄。他字景夏，诸城相州人。顺治十四年（1657）举京兆，后授淄川教谕。蒲松龄与这位县学教谕的关系一直相当密切。《聊斋文集》中有一篇《邀孙学师景夏饮东阁小启》，从中可以看出他们的情谊。在这篇《小启》中，蒲松龄既为孙景夏的"未上迁莺之榜"（中进士）而深表惋惜，同时也为他们"又得三年聚首"而感到庆幸。而由"学宫之堂构未竣，故使孙山落第"两句透露出，孙景夏对淄川学宫的建设还是颇倾注过一番心力的。《诸城县志》说"兵燹后（淄川）学宫尽圮，瑚醵金葺之"，当是实有其事。于是，在一个"春色遍春城""芳草迷芳径"的日子里，蒲松龄邀孙景夏到自己家中"共倒芳樽""同歌锦曲"。《小启》的最后几句格外富有情趣：

荒园初扫，若人者，若人者，共拟攀彭泽之车；篮舆已驾，吾师乎，吾师乎，何勿下陈蕃之榻？

---

① 见安致远《张杞园索题小影》（《纪城诗稿》卷四）及安箕《杞城别业图赋》（《绮树阁赋稿》）。

蒲松龄将孙景夏比作逸致高情的陶渊明，当然流露了自己的钦慕之情；又将孙景夏的驾临己舍比作当年的徐稚下陈蕃之榻，则更表现出他对孙景夏的敬重与专诚。孙景夏后于康熙十五年（1676）调离淄川，升任鳌山卫教授，蒲松龄又"把酒垂杨古渡头"赋诗送之，这就是今存《聊斋诗集·丙辰》中的《送孙广文先生景夏》七绝六首。兹录其一、二两首：

　　十年风雪眼常青，一曲骊歌月满庭。
　　未别先惊子夜梦，离魂常在短长亭。

　　把酒垂杨古渡头，高轩鹤盖两绸缪。
　　绕城一曲般河水，似解伤离咽不流。

　　从诗中可以看出，他们间的友情历十年而不衰，直至最后"伤离"时还是那样依依不舍。孙景夏或口述，或"邮筒相寄"，曾为《聊斋志异》的写作提供过不少素材，是帮助《聊斋》成书的一位重要人物（见《蒲松龄与孙景夏》）。

　　孙景夏于鳌山卫教授任满后，又做过安徽泾县知县，然仅一年旋即告归，复与其堂弟必振及诸城遗民们相唱和以终老。

　　诸城遗民集团中，还有一位僧人奚林，也与蒲松龄有些瓜葛。奚林原籍诸城，俗姓不详。据张石民《奚公小传》[①]及李象先《与奚林师绝交书》[②]称，他名成榑，字奚林。原为行脚僧，康熙己酉（1669），遇青州法庆寺大和尚灵辔（名元中），"片语辄符引为首座，一时大众侧

---

① 张石民《其楼文集》卷一。
② 李象先《织斋集》卷四。

阶下看佛子"。但此僧"既不持戒,又不诵经","倘或沉吟,唱得耳聋",唯善"弄翰墨、工诗"。卢见曾《国朝山左诗抄》即收有他的《卧象山分赋》诗三首。他与诸城遗民集团中的人,尤其是石民、澹庵,关系极深,时常参与放鹤园及卧象山的聚会。晚年,他因不得意于灵謩和尚而被驱逐出法庆寺,避入武定(惠民)。时霁轮和尚奉旨修《五灯禅史》,闻之,迎入北京西山圣感寺,亲给笔札,议从事,而他却"潜曳茶条,趁晓风,踏残月,看水江头去矣"。此后他便经常往来于诸城、青州、淄川、武定一带,直至老死。从当时的情况来看,蒲松龄与奚林应是会过面的。但遗憾的是,蒲松龄却未能留下有关这方面的直接材料,仅有一篇《为武定州知州请奚林和尚开堂启》存《聊斋文集》中。在这篇代人所写的《启》中,蒲松龄称奚林是"雪山罗汉","垂须拂地","说偈则金玉成言","徽音流其雅绪"。可见蒲氏不但见过奚林,而且还听其说过法。奚林既与李澹庵相得①,复与蒲松龄相识,故李澹庵拜访蒲松龄,很可能是经奚林介绍的。

除以上诸人外,蒲松龄的好友袁藩,也与诸城遗民集团中的人有些接触。袁藩,字宣四,号松篱,淄川人。他于康熙二年(1662)中举,但始终未能进士及第。袁藩与蒲松龄很早即相识,康熙十八年(1679),蒲松龄坐馆毕家,袁藩亦应毕际有之请,帮助整理毕自严的遗著《石隐园集》。因之,在此后的七八年间,两人一直同窗共事,朝夕相处,诗词唱和,友情笃甚。《聊斋词集》中有十余阕都是蒲松龄与袁藩相唱和的。袁藩与诸城遗民集团中的李澄中、李象先、杨涵、张贞等都极相熟。

---

① 张石民《答李澹庵书》(《其楼文集》)云:"奚大士、雯紫先生与先生日数晨夕,自然极乐世界。"

康熙三年（1663）四月十五日，时任青州兵备佥事的周亮工于署内真意亭大会燕享，与会十二人中，即有袁藩及澄中、象先、杨涵、张贞等人。这可算是一次青州地区遗民的大聚会。李象先《真意亭雅集诗序》记当时盛况云[①]：

> 酒酣乐作，丝竹竞奏。夜将半，渔阳挝忽掺掺从座上起，笛幽眇转折赴之。诸子隽才，郁郁不畅所怀，是夕闻兹音，益悲壮淋漓，声勃勃欲吐齿颊……诸子各工所赋，亦极致。……余歌未歇，残月在梁；咒觚隃麋，杂焉错列。少司农公（周亮工）屡甚，长啸曰："兹宵尽齐门风雅矣！"

周亮工虽是贰臣，但喜欢结交遗民，"挹谦揖让，解衣推食，虽富贵与颠沛不少变"[②]。而袁藩的与诸遗民一同被邀请，也多少反映了他的一些倾向。宣四这种"郁郁不畅所怀"的心情，在其晚年与蒲松龄的唱和中便表现得更加明显了。而且，由于两人"加餐相劝，惺惺互遣"[③]，蒲松龄在思想上也就难免不受其影响。

三

蒲松龄从诸城遗民集团那里所受的影响也是不容忽视的。

首先是在思想方面。蒲松龄虽算不上是遗民，因为明亡时他才只有

---

① 李象先《织斋集》卷一。
② 曹寅《楝亭文钞·重修周栎园先生祠堂记》。
③ 《聊斋词集·贺新凉（喜宣四兄扶病能至）》。

五岁，而且，他的直系亲属中也无人在明朝做过官；但他作为一名深受儒家思想熏陶的汉族知识分子，面对异族的入侵，在思想上却与遗民们有着天然的相通之处。加之他与诸城遗民集团成员的密切交往，于是，这种影响便不能不显现出来了。这正如比他还小八岁的孔尚任，在湖海四年，经与扬州遗民集团成员的频繁接触后，遂萌发了对清人入主中原的不满情绪一样①。具体地说，便是蒲松龄民族思想的滋生。近来，学术界颇有人不承认蒲松龄有民族思想，这恐怕与事实不符。试观《聊斋志异》中，不但有表彰明季忠烈（如《阎罗》），指斥汉奸（如《三朝元老》），从而对明王朝的覆亡表示惋惜与悲怆之情的作品（如《林四娘》）；即痛快淋漓地鞭挞清兵暴行，直接或间接反映清王朝镇压农民起义的篇章，也所在多有，不可枚举。如《林氏》《鬼隶》《韩方》之写清兵入关前对济南一带的骚扰杀戮，《张氏妇》《乱离二则》（后一则）之写清兵入关后的奸淫掳掠，《野狗》《公孙九娘》之写清王朝镇压于七起义，便可以算作是这方面的代表作。而无论是对明季忠烈的表彰，还是对清兵暴行的痛斥，又都是与诸城遗民集团的影响所分不开的。如被蒲松龄誉为"学问渊博，海岱清士"的李象先②，便专好为明季忠烈之臣立传。他的《李忠文（邦华）公文集序》《孙征君（奇逢）先生传》等③，在当时的思想及学术界都甚有影响，而蒲松龄对这些文章应是读过的。再如，曾代王士禛写作《叙琅邪诗人诗选》，并被方迈称为"著作宏富"的张石民，就在其《其楼文集》中为明末忠臣立传，大量遗民

---

① 参拙文《"岸堂发微"——兼谈孔尚任的罢官》，《兰州大学学报》1985 年第 4 期。
② 见《聊斋志异·李象先》。
③ 皆见李象先《织斋集》。

事迹也多赖以传。例如他倾注心力为李澹庵所写的那篇长达2700字的《五老庵传》，蒲松龄便不但读过，而且还据以题写了《李澹庵图卷后跋》。再如为蒲松龄素所敬仰的张贞，在其《先大人全城纪略》一文中①，也对其父张继伦于崇祯十五年（1642）十二月组织民众，抵御东侵的清兵，并最终保全安丘县城的事迹，做了详细的记述。而这在当时清兵"已下七十余城""人情汹汹，县令亦惴恐，将逃去"的情况下，无疑是一个振奋人心的消息，蒲松龄对此当然也不会没有所闻。即如《聊斋志异》中有些以描写故明衡王府为题材，从而表达"故国之思""亡国之恨"主题的作品，也可以在诸城遗民的诗文集中找到它们的同调。像李象先的《奇松园记》②，便是通过对明衡藩东园一角奇松园的描述，来寄托其"故国乔木，人所羡仰"的情思。又如徐田的《过故衡藩废宫有感》③，更可与《聊斋志异》中的《林四娘》一篇对读，从诗中"秋风鬼哭胭脂井，春雨人耕翡翠楼"两句还可以看出，林四娘等衡王府宫人的"遭难而死"，极可能是不愿被押北去，而殒身于衡王府内的胭脂井的。

至于描写清兵劫掠暴行的文字，虽屡经删削，然在诸城遗民的诗文集中也还是不少概见。如丁耀亢的《出劫纪略》中，有几篇便是专门描写清兵于崇祯十五年（1642）十二月至次年的三月间洗劫诸城的灾难。其时"县无官，市无人，野无农，村巷无驴马牛羊"④，民众罹难者不可胜计。丁耀亢自己虽因走避海上而幸免于难，但他的胞弟耀心、侄大

---

① 张贞《杞田集》卷三。
② 李象先《织斋集》卷五。
③ 见《桺野诗存》。
④ 《出劫纪略·航海出劫始末》。

谷"皆殉难",长兄虹野父子亦"皆被创"①,他的另一侄子豸佳则"为大兵所伤,跛一足"②。《出劫纪略》顺治年间即有刻本,这些材料蒲松龄是不会看不到的。再如"真意亭四君子"之一的安致远,也在他的长文《壬癸冬春纪事》③中,根据自己的亲身经历,详细记载了壬午(1642)之冬、癸未(1643)之春清兵劫掠青州,大肆残杀民众的事实。当是时,"铁骑大至,村无一人。纵火焚毁,百室皆烬"。而被掳者"幸而得脱,逾重壕密栅而出,体无完肤,千百人中才三数人。其或追之,则必磔之以威众"。这与《聊斋志异》中《林氏》《鬼隶》《韩方》《野狗》等篇的有关描述十分相似。安致远是张笃庆的好友,到过淄川④,他的《纪城文稿》也早在康熙间即已梓行,蒲松龄完全可以读到。而尤其值得注意的是,不少诸城遗民还常借为"贞女""节妇"立传,以表露清兵奸淫杀戮的罪行。如张石民的《徐氏传》《卞氏传》即是通过壬午、癸未之际徐氏、卞氏的遭遇,顺手勾勒出清兵攻陷诸城后,百姓"窜身锋镝中"的惨状。而这些文字不但对蒲松龄民族思想的萌发起了一定的促进作用,更为他创作那些以改朝换代为背景的爱情故事提供了素材。

　　诸城遗民除了在民族意识方面给了蒲松龄以有力的启示外,他们中有些人的处世态度也对蒲松龄产生过影响。蒲松龄对科举功名的孜孜以求,以及在某些方面对清统治者的歌功颂德(如对"三藩"的平定及赈灾、赦罪等),便与他所敬重的丁耀亢、李之藻、李澄中、张贞、孙景夏等人的行径有着某些相似之处;只不过他的功名从未到手,难同他人

---

① 《出劫纪略·乱后思侮叹》。
② 《诸城县志·丁豸佳传》。
③ 安致远《纪城文稿》卷四。
④ 见安致远《纪城诗稿》中《寄般阳张历友》等诗。

得而复弃罢了。这从广义上来说也是时代及环境使然。当时，不少汉族知识分子都是内怀民族思想而行动上却又热衷于功名和仕宦的。应该说，这是一种十分复杂的心态和处世表现。蒲松龄作为一个以经国济民为最终目的的读书人，自然也很难免俗。不过，他到了晚年，由于顾及百世后的形象，内心深处的民族意识又促使他不得不对自己一生的表现进行反省。蒲氏七十四岁时在自己肖像上的题词便隐约地反映了这种心态。所谓"作世俗装，实非本意，恐为百世后所怪笑"，说穿了，不过是对自己民族思想的一种表白罢了。而这种表白心迹的方式，在诸城遗民中也曾有过。尝观诸城博物馆所藏《观瀑图》，图上所画张陶昆（名侃，石民从兄）、张石民二老人便皆着汉家衣冠，而且陶昆在题画诗中还特意点出："今日总为清民子，随时莫忘汉衣冠。"这也可以说是"恐为百世后所怪笑"的一种用意了。

其次，我们来看一看诸城遗民集团对蒲松龄创作的影响。这主要表现在两个方面：

一是诸城遗民谈奇说异的风气可能会影响蒲松龄《聊斋志异》的创作。齐鲁之人，自古即喜谈怪异。自"谈天衍""雕龙奭"、卢敖、徐福，以迄汉之东方朔，唐之段成式，宋之周密诸人，莫不有此好尚。迨至明清，风气依然。这大概与齐鲁之地离海较近，居人易生幻想与奇谲之思有关。诸城遗民在这方面也表现得十分明显。丁耀亢的《出劫纪略》中有一篇《山鬼谈》，据称是记叙明崇祯壬申（1632）于诸城城南的橡樆沟遇仙人张青霞的故事。文中云"过东山里许，有石崖一缝，其使引而入，见城阙如王者居。青霞冠玉垂裳，侍立皆美人甲士，不敢仰视"。又云青霞尝与丁氏及其山友王钟仙（乘箓）一起联诗饮酒，并索观丁氏《山史》，最后为丁氏指示其"出劫"的途径。事虽荒诞,然文颇诙奇,俨然一篇《聊斋志异》故事。与蒲松龄先后受知于施愚山的李澄中,在其《三生传》及《自为墓志铭》中,亦有关于"异香出室"的神奇记载①。至于张石民、李象先二公,除在他们的文集中多志怪异外,即围绕他们自身的传说亦颇离奇。象先自称具"宿命通",谓其前世为僧,"如刘勰之于定林寺"②。他的好友安致远更为他渲染:

> 吾友乐安李焕章象先,前身系一老僧,其门徒曾来省视,君自言之甚悉。云但降生时,如投身火坑,片刻昏迷不觉耳。余皆记忆分明。君之貌则酷肖一老僧,寿七十余而终。闻又降于仇尚书家为子,今八九岁矣。然相去不满二百里,惜不能一往省视云。
>
> ——安致远《玉硙集·杂志》

此"志"早在《聊斋志异》之前,而其怪诞处,实不亚《聊斋志异》中的《李象先》一篇。又,致远《纪城诗稿》中尚有诗记张石民、徐栩野于卧象山中遇龙事,谓闻诸李澄中,称张、徐所遇为"洞庭甥""玉龙子",亦属奇谈③。由此可知,《聊斋志异》中那些以"龙"为题材的篇章,如《龙取水》《龙无目》《罢龙》等,实有时人之异谈以为基础。而这些异谈在山东一带的广泛流传,便在一定程度上滋生了蒲松龄写作《聊斋志异》的兴趣。

二是诸城遗民直接为蒲松龄《聊斋志异》的创作提供了素材。现

---

① 分别见《卧象山房文集》及《白云村文集》。
② 李象先《织斋集·与马汉仪书》。
③ 诗题为《张石民、徐栩野青牛浴遇龙事甚奇,子晋降笔为之记,余友渭清述其事,爰赋五言一章,用志灵迹云》。

存《聊斋志异》中，涉及诸城人、事及遗民集团成员的，约有九篇，即《丁前溪》《遵化署狐》《诸城某甲》《金和尚》《紫花和尚》《张贡士》《孙必振》《李象先》以及《冷生》篇末的"附则（一）"。其中《诸城某甲》蒲松龄已点明是"学师孙景夏先生言"；《孙必振》及《冷生》篇末"附则"虽未注明，亦可断定是孙景夏所提供无疑（已见前述）。金和尚之事迹在清初的山左一带流传甚广。余尝考定，和尚姓金，法号海彻，字泰雨，生于1614年，卒于1675年。其寺庙所在的五莲山为张石民、徐栩野、李象先、李澹庵等人时常流连之地，他们中的不少人也都与金和尚相熟。而成书于康熙二十年（1681），其中多载金和尚事迹的《五莲山志》，便是由金和尚之师弟海霆（字惊龙）编纂，并由李象先删定、张石民订正的。① 故金和尚事迹之入《聊斋志异》，实与诸城遗民集团成员的传播、介绍是分不开的。《遵化署狐》记丘元武祖父（志充）事，《紫花和尚》记丁耀亢之孙事，《丁前溪》记野鹤公之祖父丁纯的从弟丁綵（号前溪）事，其事或皆由其家族中传出；而《张贡士》与《李象先》两篇，则更有其本人自述为依据。《张贡士》其故事的传播途径或由张氏好友安致远传至张历友以达蒲松龄，而《李象先》其提供材料者则极可能是象先好友张贞或李澹庵。此外，《聊斋志异》中的有些篇章虽不涉及诸城人、事，但若仔细考察，亦可以从诸城遗民的诗文集中寻出它的本事。如以劳山道士为题材的作品，便有李象先的《劳道人求雨记》、徐栩野的《逢劳山道士》及张石民的《鸣虚子传》等②。这些对《聊斋志异》中《劳山道士》一篇的写作，无疑也是有着借鉴意义的。

---

① 参拙文《〈聊斋志异·金和尚〉本事考》，《兰州大学学报》1984年第3期。
② 分别参见《织斋集》《栩野诗存》《其楼文集》。

以上是就蒲松龄与诸城遗民集团关系的某些方面做了初步探讨。由于本人掌握的史料有限,部分论题可能还不够深入,"意""必""固""我"之处也在所难免,敬祈方家有以教之。末了还要说明的是,影响蒲松龄思想和创作的因素极多,诸城遗民特其一耳,作者实无"一以贯之"之意。

一九八八年三月于兰州大学
(原载《蒲松龄研究》1989年第2期)

蒲松龄的诸城之行

《聊斋志异》的作者蒲松龄是否到过诸城?如果到过,会在什么时间?与诸城又有些什么瓜葛?这是一个尚未引起蒲学界注意然又十分值得追寻的问题。笔者留心此事有年,今愿略陈一得之见,以就教于方家。

一、从《超然台》诗说起

路大荒编《蒲松龄集·聊斋诗集》里有一首《超然台》七律,诗云:

> 插天特出超然台,游子登临逸兴开。
> 浊酒尽随乌有化,新诗端向大苏裁。
> 蛾眉新月樽前照,马耳云烟醉后来。
> 学士风流贤邑宰,令人凭吊自徘徊。

超然台在诸城北城墙上,苏轼守密州时常登此;而且,诗中也点明是"登临"之作,按说应为蒲松龄到过诸城的明证了。但研究者们却多不肯当真。我想,这不外有两方面的疑点:一是在所有蒲松龄的传记材料中都缺乏其去过诸城的记载;二是对诗本身觉得可疑,说明确点,便是怀疑别人的诗混进了《聊斋诗集》。在此我想先对诗的真伪做些辨析。

首先要说明的是,《超然台》诗在《聊斋诗集》里虽被置入无法系年的"续录"中,然与著名的《般河》《田家苦》《聊斋》《钞书成,适家送故袍至,作此寄诸儿》等出自同一抄本,倘无确凿的证据,蒲氏的著作权原是不容怀疑的。而且,就诗本身来看,不但风格与聊斋诗一致,就连用韵及遣词也显示出蒲氏所独具的特点。我们不妨将此诗与蒲氏的其他类似诗篇在遣词、用韵方面做一比较:

三径苍茫满绿苔,高斋把酒共徘徊。
几家烟花芳邻隔,四塞凉云薄暮来。

——《中秋微雨,宿希梅斋》其二

冷雨无情鸟雀哀,画眉窗下月徘徊。
芳魂犹记泉台路,日向梨花梦里来。

——《读张视旋悼亡诗并传》之二

深山春日客重来,尘世衣冠动鸟猜。
过岭尚愁僧舍远,入林方见寺门开。
花无觅处香盈谷,树不知名翠作堆。
景物依然人半异,一回登眺一徘徊。

——《重游青云寺》

大明湖上一徘徊,两岸垂杨荫绿苔。
大雅不随芳草没,新亭仍傍碧流开。
雨余水涨双堤远,风起荷香四面来。
遥羡当年贤太守,少陵嘉宴得追陪。

——《重建古历亭》

蔓松桥上一徘徊,风过松荫爽气来。
乱树争分青嶂出,夕阳常照紫薇开。

——《石隐园中作》

> 朝雨暮雨云不开，浊流滚滚漫庭阶。
> 老屋漏剧橡生苔，中宵移床坐徘徊。
> ——《雨后李澹庵至》

> 深院无人户半开，亭亭独立意徘徊。
> 狡鬟斜戏双扉掩，似道狂郎今又来。
> ——《塔灯八首·掩扉》

可以看出，蒲松龄很喜欢用"来""开"等字作为韵脚。而尤其值得注意的是，在上引各诗中几乎都毫无例外地用了"徘徊"一词，且大都是韵脚。如此多的例证，总不能说是偶然的巧合吧？一个人在遣词、用韵方面的习惯往往是不自觉的，而且又是很难改变的。《超然台》诗与《聊斋诗集》中的其他诗篇这种惊人的相似之处，除了说明它们的作者同为一人即蒲松龄之外，还能做何解释呢？

也许有人以为蒲氏写作此诗，或是遥寄情怀，非必亲临其地。这只要细读全诗，便可以得出相反的结论。诗中"游子登临逸兴开"及"令人凭吊独徘徊"两句，已足令人想见作者作为一个"游子"，乘兴登上超然台，因联想到当年东

超然台（2007年重建）

坡学士而独自"徘徊""凭吊"的情形；而颈联的"峨眉新月樽前照，马耳云烟醉后来"两句，更是非亲临其境者所难以道出。这里的"马耳"即东坡"试扫北台看马耳，未随埋没有双尖"之"马耳"山，以其形似马之两耳得名，在诸城城南六十里。"峨眉"既与"马耳"对举，则不单用以状"新月"，亦当是山名，即县东南二十里的卢山（以秦人卢敖由此入海得名），俗谓之"小峨眉"（苏轼也曾以障日山为小峨眉）。清初诸城诗人徐田《鹤亭宴集赠杨水心》（载《栩野诗存》）云："峨眉因雪大，马耳以石听。城联苏公台，山戴卢敖姓。"这便是最好的说明。可见，蒲诗中之"峨眉"实有双关义。小峨眉近在城郊，新月由上升起，自然可以照耀樽前；而马耳远在南隅，又多生云烟，故云"醉后来"。试想，一个没有登临远眺的人能道出如此真切的景语吗？更不要说未到过诸城的人，根本无从晓得卢山俗称"小峨眉"了。

二、蒲松龄到诸城的时间

《超然台》诗既为蒲松龄亲自登临之作，那么，他到诸城会是在什么时间呢？也让我们从蒲松龄的另一首《崂山观海市作歌》说起吧。

《崂山观海市作歌》系于《聊斋诗集》卷一，是嘉庆年间从蒲松龄的五世孙蒲庭桔那儿传出来的[1]，可断为蒲氏作品无疑。诗中主要写作者登临崂山并亲见海市的情景。如：

---

[1] 见路大荒《整理蒲松龄诗文杂著俚曲的经过》（载《蒲松龄年谱》）及张鹏展《聊斋诗集·序》（载《蒲松龄集》）。

> 方爱澄波净秋练，乍睹孤城悬天半。
> 埤堄横亘最分明，缥瓦鱼鳞参差见。
> 万家树色隐精庐，丛枝黑点巢老乌。
> 高门洞辟斜阳照，晴光历历非模糊。
> 缱属一道往来者，出或乘车入或马。
> 扉阖忽留一线天，千人骚动谯楼下。

连海市中的瓦舍、人马，甚至树上的乌鸦窝都描绘得如此真切，可以说，蒲松龄到过崂山已是没有疑问了。何况在崂山一带，还一直流传着蒲松龄在下清宫南配房的一间西耳房中住过，并在其中写下了《崂山道士》《香玉》等作品的传说呢！

据近年来学术界的考证①，蒲松龄此次游崂山并观海市是与其同乡好友唐梦赉、张绂、高珩等八人一起结伴而行的，而且唐、张、高也都有观海市的记载，所记情景与蒲氏基本一致。不过，他们似较蒲松龄为细心，连此次游历的时间也准确无误地记录下来了。如唐梦赉《志壑堂文集》卷十二《杂记》中记：

> 壬子夏，游崂山，见海市。时同行者八人。

张绂《焕山山市记》（《淄川县志·艺文志》）亦记：

> 壬子初夏，偕同人游二崂山遇雨，假宿青石涧。凌晨晴霁，过翻辕岭，矫首南望，倏见城郭楼台，旌旗人马，变幻顷刻，咸以为

---

① 参见邹宗良《蒲松龄的崂山之行》（载《蒲松龄研究集刊》第四辑）及袁世硕《蒲松龄事迹著述新考·蒲松龄与唐梦赉》。

> 异观焉。问之土人,曰:"此沧州岛现海市耳。"

壬子即康熙十一年(1672),初夏谓夏历四月。此亦即蒲松龄游崂山之确切时间了。

蒲松龄往崂山是否会途经诸城呢?他本人没有说,倒是同行的唐梦赉又替我们留下了一份珍贵的资料。他在《志壑堂文集》卷八《诸城崇宁寺大威上人塔铭》中说:

> 壬子岁四月,穷迹崂桑,探奇海市,往返皆经东武之崇宁寺,始知大威上人已示寂双树者一岁矣。

"东武"为诸城之古名,"崇宁寺"在诸城邱家大村(俗谓之千佛阁),"大威"为诸城五莲山光明寺开山和尚明开之再传弟子(见《五莲山志·诸师本传》)。蒲松龄既与唐梦赉同游崂山,亦当"往返皆经东武"。至此,蒲松龄的诸城之行当是毋庸置疑了。而他的登超然台,也应是他赴崂山或由崂山返淄川的途中,在诸城停留时的事情。这一年是康熙十一年(1672),也就是蒲松龄从宝应南游回乡的第二年,他三十三岁。此与《超然台》诗中"游子"的身份也极相合。其时蒲松龄虽然生活困窘,但正努力科举,对未来也还充满着希望,所以登临时竟能表现出足够的"逸兴",不似后来的潦倒与感伤。还要指出的是,他的《聊斋志异》这时也已经开始写作了。我们从他南游期间所咏"途中寂寞姑言鬼"(《途中》),"新闻总入《夷坚志》"(《感愤》)一类的诗句中,已很明显地感觉出来了。

三、蒲松龄与诸城的一些瓜葛

蒲松龄到诸城的时候,正是以"诸城十老"为核心的诸城遗民集团十分活跃的年代①。其时,王乘篆、丁耀亢两前辈虽已先后辞世,然刘翼明尚在,李澄中也未应"鸿博"试,丘元武方四十三岁,张蓬海、石民均三十九岁,徐田、赵清三十有余,而隋平年仅二十七。至于侨寓者,如杨涵(水心)、王玙似(鲁珍)、李焕章(象先)、马鲁(东航)、洪名(去芜)、金奇玉(琢岩)等,也正与县人亲密相处,声气互通。

蒲松龄途经诸城,又登临超然台,与诸城地方人士肯定有过接触。而其时淄川县学的教谕、蒲松龄的良师兼益友孙瑚(景夏)即是诸城县相州镇人,他也不会不为蒲氏做些介绍。但遗憾的是,这些交游材料也未见著录。不过当时诸城的这种浓厚的遗民氛围,蒲松龄还是分明地感受到了。这从《聊斋》中那些颂扬遗民、鞭笞"三朝元老"以及揭露"大兵"暴行的篇章中可以隐约地体会到。而更能说明问题的是,《聊斋》中还有几篇涉及诸城人、事的故事,这就是《金和尚》《丁前溪》《遵化署狐》《诸城某甲》《紫花和尚》《孙必振》以及《冷生》篇末的"附则"。大约除淄博外,诸城故事在《聊斋》中所占的数量要算多的了。这些故事的写作虽不必就在诸城,其材料的来源也或有多种途径,然与蒲松龄的此次诸城之行当不无关系。例如《金和尚》篇写诸城五莲山寺一金姓和尚发迹后如何荒淫无耻,如何横暴乡里的故事,即是取材于诸城的真人真事。余尝考定,金和尚确是五莲山光明寺之主山和尚,其事迹亦与

---

① 详见拙文《蒲松龄与诸城遗民集团》,《蒲松龄研究》1989 年第 2 期。

《聊斋》所写基本一致①。而蒲松龄来诸城的那年,金和尚方五十九岁,其势焰还正炽呢!其他如《遵化署狐》记丘元武祖父事,《紫花和尚》记丁野鹤之孙事,《丁前溪》记野鹤公之祖父丁纯的从弟丁綵事,《孙必振》记孙景夏之从弟事,亦皆有所本,都不能排除这位聊斋先生在诸城的有意收集。至于诸城人士之谈奇说异的风气,如丁耀亢之谈"山鬼",王乘篆之预言"身后",李澄中之谈"前身",张石民、徐田之谈龙,是否会给蒲松龄创作《聊斋志异》以有益的启示呢?也不是不可能的。

总之,蒲松龄是到过诸城的,而号称"世界短篇之王"的《聊斋志异》中也确实包含了诸城人士的一份贡献。这样说或许还不算是"无根之谈"吧!倘如是,则在将来新编的《蒲松龄年谱》中便要加上一笔了。

(原载《明清小说研究》1996 年第 3 期)

---

① 详见拙文《〈聊斋志异·金和尚〉本事考》,《兰州大学学报》1984 年第 3 期。

蒲松龄与孙景夏

在蒲松龄的交游中，孙景夏还是一个尚未引起人们注意的人物。除路大荒先生在《蒲松龄年谱》中略提过一句外，其他研究者很少语及。其实，孙景夏与蒲松龄之间，不但交往时间长，关系密切，友情深厚，而且在《聊斋志异》的成书过程中，孙氏也曾贡献过自己的一份力量。至于两者在生平遭际、思想倾向方面的相似以及相互影响，更值得蒲学界去深入探讨。由于孙氏一生多任教职，贫于广文，死后著述也未能流传，故其生平事迹资料极难寻觅。兹据笔者近年来注意之所及，稍作钩稽，聊补此方面研究之不足。

一

孙景夏，名瑚，字景夏。原籍不知何处。据乾隆《诸城县志》说，自其始祖孙洪入赘诸城县相州镇常氏，遂家焉。他少为名诸生，顺治十四年（1657）举京兆。康熙四年（1665）授淄川县教谕。十一年后，即康熙十五年（1676），升任鳌山卫教授。到康熙二十二年（1683）得升任安徽泾县县令，然仅一年，旋即以年老归。

孙景夏之所以不能在仕途上显达，当然与他未考中进士有关。所以，从康熙六年（1667）开始，他便一边任教职，一边参加会试，但到头来还是一次次地名落孙山。可以设想，这样的精神打击，实不亚于蒲松龄的乡试屡屡被黜。而他最后凭借资历以任县令，原本就是安慰性的，所以一逢"大计"，便只好告归。至于是否"年老"，则因其生年无法确考，实在难以知晓了。不仅如此，就连孙景夏的政绩，在他任过教职的淄川和鳌山卫，以及当过县令的泾县，当地邑乘中也都不见反映，而仅载其任职时间而已。所幸他故乡的人们尚不曾将他忘记。乾隆《诸城县志》卷三十三记其政绩云：

> 孙瑚，字景夏，与必振同为诸生，有名。顺治十四年举京兆，授淄川教谕。兵燹后学宫尽圮，瑚醵金葺之。陞泾县知县。首除税粮火耗，民甚感颂。尝获盗胡某，以凤嫌，诬连邻县人甚多，皆置不究。俗泥形家言，死者殡而不葬，久多暴露。瑚痛切劝谕，风稍改。大计，以年老归。

由此可见，景夏在淄川及泾县都还是有过贡献的。淄川学宫因兵燹被毁，景夏上任后即筹资进行修葺。这事在《淄川县志》中虽无明确记载，然却由蒲松龄《邀孙学师景夏饮东阁小启》一文中的"学宫之堂构未竣，故使孙山落第"之句得到印证。高珩在作于康熙四年（1665）的《重修学宫记》中，更是对此大加赞扬："学宫之圮，亦且数十年所未有敢过而问之者。教谕孙君，至即毅然任之，不以为难也，而旁观者咸难之。"其在泾县之政绩，若"首除税粮火耗"，若治狱不肯株连无辜，以及劝改殡葬陋俗等，亦皆有可观。唯于鳌山卫教授的七年似不见称述。这一方面固然因为卫所乃军事要塞，教职实难有所建树；同时也由于鳌山卫在雍正十二年（1734）被裁，其地并入即墨县，建置的变易或使有些历史人物的事迹埋而不彰了。至于老归以后的情形，《诸城县志》未载，景夏本人又无诗、文集传世，故更难考知。景夏从弟孙必振有《种德堂遗稿》三卷见录于县志，从中或可窥见些孙瑚的消息；然笔者访求此书有年，迄未获读。

略观孙景夏的一生，可以说，这位几乎以教职终其一生仕途的封建时代知识分子，较之岁岁设帐于缙绅先生家的蒲松龄，虽然说起来要堂皇些，但在经纶莫售、抱负难以实现的一点上却是共同的。而且，他们两人的拼命应科举（或应会试，或应乡试），以及由此而带来的伤心与懊恼，更是毫无二致。正是基于此，所以促使这位县学教谕与身为生员的蒲松龄产生了共同的语言，并由此而建立起深厚的友谊。

二

现存蒲松龄的著作中，出现孙景夏名字的计有四篇。这就是《聊斋文集》中的《邀孙学师景夏饮东阁小启》，《聊斋诗集》中的《送孙广文先生景夏》（七绝六首），以及《聊斋志异》中的《诸城某甲》和《冷生》篇末的"附则"。而尤能反映蒲氏与孙景夏交往及其情谊的，则数前两篇。其中《送孙广文先生景夏》七绝六首在《聊斋诗集》中系于"丙辰"，即康熙十五年（1676），为孙景夏离开淄川时蒲松龄的送行之作；而《邀孙学师景夏饮东阁小启》的写作时间则不明确。《小启》不长，而且格调也相当优雅，让我们先来欣赏一下吧：

琴书北渡，雪叶沾举子之衣；款段南来，桃花粲王孙之路。共意风流名字，已绕逐殿之雷；谁期颠倒英雄，未上迁莺之榜！笔底之经纶莫售，岂尔宣圣无灵？学宫之堂构未竣，故使孙山落第。忽闻音而感集，堪痛恨者不睹千里昂霄；一转念而欢生，所幸者又得三年聚首。过哉生之魄，设醴酒于东郊；卜焉逢之辰，醉羽觞于小圃。芳草迷芳径，一任红雨飘来；春色遍春城，莫遣黄莺衔去。序天伦之乐事，共倒芳樽；卜子夜之清游，同歌锦曲。虽则既醉以酒，不过满眼皆饰目之资；岂曰我爱其羊，遂使盈几无下箸之处？荒园初扫，若人者，若人者，共拟攀彭泽之车；篮舆已驾，吾师乎，吾师乎，何勿下陈蕃之榻？

从《小启》中可以看出，蒲氏的此次邀饮，是在孙景夏应会试落第后不久的一个春天，具体说便是"过哉生之魄""卜焉逢之辰"。"哉生魄"语出《尚书·康诰》："惟三月哉生魄，周公初基，作新邑于东国洛。""哉"者，始也；"魄"者，月亮黑而无光的部分。故《孔传》注云："始生魄，月十六日，明消而魄生。"盖农历每月十六日开始月缺，遂谓此日为"哉生魄"。"过哉生之魄"当为月之十七日。至于"焉逢"，字亦作"阏逢"。《尔雅·释天》云："太岁在甲曰阏逢。"是"焉逢"乃天干中"甲"的别称。而所谓"焉逢之辰"者，实即甲辰日也。可见，蒲松龄邀请孙景夏的日子是在该月的十七日，干支为甲辰。

再看《小启》写作的年和月。前面说过，孙景夏于康熙四年（1665）任淄川教谕，康熙十五年（1676）离去，前后计十一年。而据《清史稿·圣祖本纪》记载，此期间内朝廷会试的年份只有康熙六年（1667）、九年（1670）、十二年（1673）和十五年（1676）。又据《清史稿·选举志》称，顺、康间的考试，乡试以八月，会试以二月，均初九日首场，十二日二场，十五日三场。殿试为三月。依照惯例，会试名次二月底前即应公布，而落第者三月初也就陆续开始回归了。此与《小启》中所描绘的"款段南来，桃花綮王孙之路"的物候也极相合。再联系到"芳草迷芳径，一任红雨飘来；春色遍春城，莫遣黄莺衔去"的时令特征，可以判定，《小启》的发出时间是在夏历的三月。但据薛仲三、欧阳颐编《两千年中西历对照表》，康熙六年（1667）、康熙九年（1670）、康熙十三年（1674）、康熙十五年（1676）的三月十七日均非"甲辰"。而四年之中倒有两年置闰，其中康熙九年（1670）还是闰二月。再查该年闰二月的十七日，正是"甲辰"；复与公历对照，适当4月6日，为清明后一天。至此，我们总算可以肯定了，蒲松龄与孙景夏的此次聚会，是在康熙九年的闰二月十七，亦即公历1670年的4月6日。弄清了这一点，再联系到当时的延师之例（受聘多在岁前或年初）及是年秋后蒲氏的南游，可以看出，蒲松龄自与父兄"析箸"之后，也并非岁岁在外"游学"（即坐馆），至少康熙九年（1670）这一年并无"坐馆"之事。这对于学术界尚感困难的蒲氏南游之前一段行踪的考证，当不无意义。

　　再回到蒲松龄与孙景夏的问题上来。蒲松龄邀孙景夏饮于家，当然是出于对孙氏落第的同情与安慰，同时也可以看作是他们之间深厚情谊的体现。在蒲松龄的心目中，孙景夏这位学师德高望重，经纶满腹，其风流名字应该早"已绕逐殿之雷"；但到头来却还是"颠倒英雄"，"孙山落第"，真是连蒲松龄也未曾料到，更何况当事人的孙景夏呢！所以蒲松龄便选定了这样一个春色撩人的日子，用良辰、美景及师友间的谈宴来排解学师心头的郁闷，诚可谓是善解人意了。再从《小启》的文辞来看，也处处洋溢着蒲氏对孙景夏的一片真情。蒲松龄既对孙景夏的"未上迁莺之榜"而深表惋惜，同时也为他们"又得三年聚首"而感到庆幸。而"学宫之堂构未竣，故使孙山落第"一句，更无异是对孙氏醵金修葺学宫之举的赞颂。《小启》的最后几句尤富情趣。蒲松龄一会儿将孙景夏比作逸致高情的陶彭泽，一会儿又把孙景夏的驾临己舍比作当年的徐稚下陈蕃之榻，实足见其对孙氏的敬重与专诚了。

《送孙广文先生景夏》七绝六首，更将蒲松龄与孙景夏之间那种历十年而不衰的友谊及临别之际依依不舍的情态表现殆尽。诗云：

> 十年风雪眼常青，一曲骊歌月满庭。
> 未别先惊子夜梦，离魂常在短长亭。

> 把酒垂杨古渡头，高轩鹤盖两绸缪。
> 绕城一曲般河水，似解伤离咽不流。

> 野店梅花绿酒浓，劝君莫惜饮千钟。
> 明朝此际还相忆，知在云山第几重。

> 黄姑山下孝河流，酌酒为君壮远游。
> 他日屋梁看月落，相思应到碧山头。

> 把手东郊绿水津，长亭十里暗红尘。
> 山山望断浑无际，愁煞游仙梦里人。

> 长途遥接古荒邱，南北游人去不休。
> 他日梦中应记忆，行人从此到青州。

诗篇告诉我们，在孙景夏离别淄川之际，蒲松龄不但"把酒垂杨古渡头"为他饯行，"把手东郊绿水津"依依送之，而且在感情上也流露出这位聊斋先生所少有的缠绵。诗中一连用了"离魂""绸缪""伤离""相忆""相思""愁煞"等词语来表现彼此间分别时的心情，并反复进行渲染，令人有回肠九转之感。这种感情的建立，当然是人生际遇的相似、抱负的一致，以及情趣的相投；但不可忽视的一点也必须指出，那就是对"鬼狐事业"的共同爱好。

孙景夏曾为《聊斋志异》的写作提供过不少素材，其中有的已在篇首注出，如《诸城某甲》，其开篇即云"诸城孙景夏学师言"；有的虽未点明，但所记述却为孙景夏的亲身经历，如《冷生》篇末"附则"云："学师孙景夏往访友人……"故同样可信为是孙景夏与蒲氏"共倒芳樽""醉羽觞于小圃"时直接讲述的。除此之外，还有些篇章也不能说与孙景夏无涉。笔者尝思，《聊斋志异》中涉及诸城一带的人物、故事之多（约有九篇），实与孙景夏氏不无关系，只是由于某种原因，有些材料的来源未被注明罢了。例如金和尚故事（见《聊斋志异·金和尚》）的传布，其途径或有多种，但孙景夏便极可能是传播者之一①。又如《孙必振》故事的入《聊斋》，更是舍孙景夏而无更合理的传播人选。考虑到孙必振其人其事的长期鲜为研究者所知，以至有人竟将此公视为子虚乌有，本文最后一部分便来考证《聊斋志异·孙必振》篇的本事及其与孙景夏的关系。

三

孙必振（1619—1688），字孟起，号卧云，为孙景夏从弟。其事迹

---

① 见拙文《〈聊斋志异·金和尚〉的史学及民俗学价值》。

散见于《诸城县志》《山东通志》及《陵川县志》等。必振于顺治十六年（1659）成进士，康熙三年（1664）授淮庆府推官，有惠政，颇受直隶三省总督朱昌祚（朱缃伯父）赏识。康熙六年（1667）诏裁各府推官（见《清史稿》卷四百七十六《姚文燮传》），必振被裁归里。康熙八年（1669）改补山西陵川知县；康熙十六年（1677）迁河南道试御史，隔年实授。康熙十八年（1679），以左都御史魏象枢荐，命视浙江盐政；差竣，迁掌河南道。后以病归，卒于家，年七十①。《聊斋志异·孙必振》中所写的那位孙必振，便是此人。

《孙必振》篇写孙必振渡江时的一段惊心动魄的经历。略谓必振渡江，值大风雪，舟船荡摇，同舟大恐。忽见金甲神立云中，手持金牌，上书"孙必振"三字。众谓必振有犯天谴，遂不待其肯可，共将其推置旁边一小舟上。迨既登舟，则前舟覆矣。这故事虽杂有一定的迷信色彩，但其中还是有可值得注意的地方。

首先，蒲松龄写孙必振得天神保佑，大难不死，显然是取颂扬态度的，而这种颂扬，实有其现实的表现以为依据。孙必振在清初算得

《聊斋志异·孙必振》插图②

---

① 以上据《诸城县志》卷三十三、《山东通志》卷一百七十五、《陵川县志》卷八有关孙必振的记载。
② 本书《聊斋志异》各篇插图，均据《详注聊斋志异图咏》，北京市中国书店1981年版。

上是一位正气凛然，而又肯为民谋福利的清官。他任淮庆推官时，"监兑漕粮至小滩镇，吏以例金二千进，斥不受，更勒石戒来者"[1]。任陵川知县期间，亲率众凿山开道以通行旅，人号"孙公峪"[2]；并建学庙、创书院、"除豪猾蠹吏"，以是离任之际"民遮道数百里，既去，立祠祀名宦"[3]。其任河南道御史，"首陈河南漕粮折色之弊"[4]，并"疏请驰海禁，劝民出粟"以赈灾，"京察第一"[5]。他还曾劾遵义总兵李师膺参与"三藩之乱"，后"混厕俘囚，冒滥今职"[6]；甚至对"吏部铨法不公"也敢于弹劾，并险些获罪[7]。孙必振这种扶正除邪、造福于民的做法，与蒲松龄为官当使"良民受其福"[8]的主张是完全一致的。可以设想，蒲松龄写《孙必振》篇虽未言其德政，然于孙必振之事迹并非不知；而读者透过他所叙述的故事，也不难感受到孙必振那正直、善良的形象以及作品那"民心即天意"的主题。

其次，篇中所言"金甲神"事虽虚，然"渡江"的情节则是真实的。《东武诗存》收有孙必振的一首《赠九公之官》，诗云："一帆曾挂浙江潮，十载西湖兴未消。君到孤山寻处士，梅花折寄旧枝条。"足证必振确曾渡江并到过杭州。但时间是在哪一年呢？乾隆《诸城县志》（卷三十三）是这样记载的："（康熙）十八年，河南、山东水、旱，必振疏请驰海禁，劝民出粟，皆蒙允行。京察第一。又以左都御史魏象枢荐，

---

[1] 《诸城县志》卷三十三《孙必振传》。
[2] 《山东通志》卷一百七十五。
[3] 《陵川县志·宦绩录》。
[4] 《诸城县志》卷三十三《孙必振传》。
[5] 同上。
[6] 同上。
[7] 《山东通志》卷一百七十五。
[8] 《聊斋文集·上邑侯张石年书》。

命视浙江盐政，力剔宿弊。差竣，迁掌河南道。"又，李澄中《送侍御孙卧云先生巡盐两浙》诗亦有云："蓟门春已尽，四月未闻莺。"(《卧象山房诗集》)该诗作于康熙十八年(1679)四月。可见，必振渡江确是在康熙十八年(1679)的四月，即以河南道御史而"命视浙江盐政"事。而《聊斋志异·孙必振》篇既然写了"渡江"，则当然应是渡江以后的作品。换言之，在蒲松龄于康熙十八年(1679)春撰写《聊斋自志》、而《聊斋》一书已初具规模时，《孙必振》篇尚未载入。这于《聊斋》各篇写作时间的考定，或具一定的参照意义。

末了还要探讨的是，孙必振渡江的故事是如何进入《聊斋》的。前面说过，孙必振为孙景夏从弟，而孙景夏又任淄川教谕长达十一年之久，且与蒲松龄友情甚笃，并为《聊斋志异》的写作提供过不少素材；似此，则孙景夏当为最合适之传播人选无疑。然孙景夏已于康熙十五年(1676)离开淄川而赴鳌山卫任，实不可能再与蒲氏一起"卜子夜之清游"，"序天伦之乐事"。而且，从各方面的材料来看，亦未发现蒲松龄与孙必振的直接交往。那么，《孙必振》篇是如何撰写出来的呢？蒲松龄在《聊斋自志》中说："才非干宝，雅爱搜神；情类黄州，喜人谈鬼。闻则命笔，遂以成篇。久之，四方同人又以邮筒相寄，因而物以好聚，所积益夥。"看来，孙必振渡江的故事，极可能就是孙景夏通过"邮筒相寄"的方式转告蒲松龄的。过去，研究者们在谈到《聊斋志异》的材料来源时，往往乐道于某某"所述"，而苦于找不到"邮筒相寄"的实例；今既得《孙必振》篇，或可补此不足。

(原载《齐鲁学刊》1993年第3期，人大复印资料
《中国古代近代文学研究》1993年第10期全文转载)

蒲松龄与李澹庵

李澹庵是蒲松龄晚年的一位老友，两人关系密切，感情深厚，甚至到了无话不谈的地步。为此，蒲松龄还留下了五篇与李澹庵相关的作品，即《聊斋文集》中的《李澹庵图卷后跋》《与李澹庵》及《聊斋诗集》中的《雨后李澹庵至》《李澹庵小照》及《自青州归，过访李澹庵，值其旋里，绕舍流连，率作俚歌》。这是研究蒲松龄晚年生活及心态的重要资料，惜尚未引起研究者的注意，各种年谱及传记资料也都没有记载。今试对蒲松龄与李澹庵交往的情形略作考证，以期能补蒲松龄晚年事迹研究之不足。

一、李澹庵其人

李澹庵，名之藻，字宸铭，一字澹庵。因同祖兄弟排行第五，且与诸城张氏"四逸"相伯仲，又字五老庵。山东武定（今惠民）人。其伯兄即清初大学士李之芳（谥文襄）。又据蒲松龄《自青州归，过访李澹庵》诗中"君方七十有一岁，我仅差长年一周"句知，澹庵小蒲松龄一岁，当生于崇祯十四年辛巳，即公元1641年。

据张石民《五老庵传》称[①]，澹庵少绝慧，无书不读。年十七，补诸生。青年时期即出门漫游，除入京都、登泰岱、趋杏坛、过陋巷、走峄阳以拜谒先贤外，又远赴江南，游钱塘、金陵等地。康熙十二年癸丑（1673），

---

① 见张石民《其楼文集》卷一。

吴三桂反。翌年，耿精忠、尚可喜亦反。清廷派吏部侍郎李之芳总督两浙军务，澹庵亦随其兄往，并亲自参加了平定三藩的战役。战斗中，澹庵不但潜骑侦查，绘制了关塞要害地图，而且在著名的坑西之战中还"躬环甲胄，仗剑前驱"①，为平叛的胜利立下了大功。然他战后并未邀功，只是回归故里家居，偃仰林泉而已。多年后，经其兄之芳推荐，朝廷始追述其功，因滇南例，以知县用，并于康熙二十六年（1687）出为浙江嘉善县知县。任职三年，政绩卓著，浙江巡抚拟荐"浙中清廉第一"。后因母忧去，嘉善人曾为之罢市服阕。康熙三十九年（1700）再任青田县，嘉善之民闻之，与青田之民争相迎取，至"卧辙而攀辕""投辖而截镫"②。澹庵不愿"为五斗米终此身"③，遂辞职返乡。

还乡后两年，因闻诸城张氏别业卧象山之奇秀渺杳，于康熙四十一年（1702）八月，竟投放鹤村（诸城张氏族居地），与张氏"四逸"（蓬海、

李澹庵手迹刻石（原石藏诸城市博物馆）

---

① 见张石民《其楼文集》卷一。
② 同上。
③ 同上。

石民、子云、白峰）相视一笑，遂成人外之交。明年，同入卧象山，于白云深处起翠微小楼以居。是年春，适逢蓬海、石民七十初度，澹庵亲书"古稀兄弟，相为师友"以为之寿，并刻于石。此后，除康熙四十二年（1703）的夏秋之际曾一度回乡赈灾外，澹庵一直隐于卧象山中，并与放鹤张氏兄弟共同相处。康熙四十八年（1709）冬十月，他又与张石民东入琅邪台，筑歇歇庵（即蒲松龄所说的"构小舍于琅邪"）于秦皇帝残碑南，日"采蛤拾蚌"，所至辄有陌巷儿童随之，宛然一乡间老翁矣。这样的生活一直持续到了康熙四十九年（1710）的五月，即澹庵七十岁的时候。

可以看出，李澹庵是一个极具传奇色彩而又性情多样的人物。他既是文人，又娴武事；既放浪山水，又能在关键时刻投入到平定"三藩"的战斗中；既能成为一个为民称颂的良吏，又不屑为五斗米而折腰；既愿过"羊裘钓竿"以终老的隐逸生活，又喜欢为老百姓的疾苦而鸣不平。而正是他为人的这些特点，遂促成了他与蒲松龄的相识，并结下了深厚的友谊。

二、蒲松龄与李澹庵的交往

康熙四十九年庚寅（1710）二月，李澹庵随"张氏四逸"之首的蓬海公（讳衍）游琅邪台，蓬海公不幸病殁。三个月后，澹庵亦离开了诸城放鹤村。张石民《琅邪放鹤村蓬海先生小传》（《其楼文集》卷一）记述当时的情形是：

陇西李澹庵者，渤海有心人，羊裘后来续旧游。于庚寅春分前二日，偕跻琅邪古台，绕出秦皇帝辇道外，抚残碑，扣李斯小篆以为笑乐。是日逢先生初度，投杆紫澜亭，得鱼，唤渔童进酒，薄醉。日衔山，示微疾，溘焉以殁。季子霞雨泣进含贝，乘夜舁归先人旧庐，重与诸父昆季即位哭，皆澹庵一一左右之。事定，亲捧杖履入我村，葬之五老岩畔。义服缌三月，羊裘钓竿，踽踽渤海去矣。

　　"渤海"即澹庵之故里武定（今惠民）。大约就在此前不久，武定州知州曾请奚林和尚至武定开堂，并请蒲松龄写过一篇《为武定州知州请奚林和尚开堂启》，所以蒲松龄当是认识奚林的①。而澹庵与奚林则早就相识。因为澹庵早年游历泰山时即曾至普照寺拜访过奚林的师叔祖珍②，并因祖珍以识奚林；而奚林又常往来于诸城、青州之间，并与张氏"四逸"相熟③。所以澹庵一回武定，便与奚林过从甚密。用张石民《答李澹庵书》中的话说便是："奚大士、雯紫先生与先生生日数晨夕，自然极乐世界。"于是，经奚林介绍，李澹庵也就知道了蒲松龄。后李澹庵在青州附近的官庄构堂暂住，遂于康熙五十年（1711）雨季的一天，就近到满井庄访问了蒲松龄。蒲松龄《雨后李澹庵至》（《聊斋诗集》卷五）记李澹庵来访的情形是：

　　　　朝雨暮雨云不开，浊流滚滚漫庭阶。

　　　　墙倾百尺声如雷，何以代之高粱秸。

---

① 见《奚林和尚事迹考略》。
② 见张石民《其楼文集》卷一。
③ 见《奚林和尚事迹考略》。

> 老屋漏剧椽生苔，中宵移床坐徘徊。
> 野水入村泥满街，我将出游没青鞋。
> 回旋斗室难为怀，新雨可喜逢君来。
> 驴子乌豆客村醅，不嫌隘陋眠荒斋。

在这样一个"野水入村泥满街"的日子，李澹庵竟骑驴来到了蒲家，这怎能不令蒲松龄感动呢！可以想见，两人间的感情一下子便拉近了。蒲松龄留李澹庵住下，并以"村醅"款待。而李澹庵则一见如故般向蒲松龄展示了他在琅邪台边的小照及介绍他生平的"岁时之纪"。蒲松龄"展卷"之后，先是写下了《李澹庵小照》诗一首（《聊斋诗集》卷五）：

> 琅邪山前碧万顷，结庐似不在人境。
> 幕天席地何徜徉？大海澄波照双影。
> 耐可东去寻瀛洲，遥天尽处泛孤艇。
> 展卷一望心眼开，欣动胸怀意遐骋，
> 直欲乘翰坠巅顶。

所谓琅邪山前之"庐"，即澹庵与张石民在秦皇帝碑南所筑的"歇歇庵"。李澹庵在海滨的惬意生活令蒲松龄十分向往，以至要"乘翰坠巅顶"了。

大约又过了不久，蒲松龄似乎觉得意犹未尽，在仔细阅读了"岁时之纪"后，又在后面留下了一篇《跋》文，这就是收在《聊斋文集》卷三中的《李澹庵图卷后跋》。《跋》中，蒲松龄除了用优美的骈文叙述李澹庵的生平事迹外，其末一段也描述了自己晚年的景况，并交代了写作的缘起：

松,老复谁忆?拙少人怜!村鲜高朋,唯有清风入室;目如浊镜,犹与缃帙为缘。主宾荜门,劳高轩之过从;青菽白酒,佐嘉客之流连。偶窥宴坐之图,遐思芳躅;得读岁时之纪,聊赘俚言。

从字里行间可以看出,晚景寂寞的蒲松龄,对李澹庵的来访是何等的喜出望外了。

自此以后,李澹庵便成了蒲松龄晚年的老友,两人来往不断。就在这年的初冬,七十二岁的蒲松龄在去青州考贡回来的路上,还曾迂道去官庄拜访过李澹庵,不巧因李澹庵临时回武定而未能相遇。《聊斋诗集》卷四中的《自青州归,过访李澹庵,值其旋里,绕舍流连,率作俚歌》一首,即是记述这一次拜访的。诗中,蒲松龄除将李澹庵比作宋代治蜀有名的张益州(张方平),并再次称颂了李澹庵的品格及政绩外,又写道:

年来停云淄青界,佛阁高敞僧舍幽。
新构小堂一丈六,暂归未暇丹垩修。
遥想十年一旋里,妻孥号泣环相留。
如何一去久不返,炼钢或化绕指柔。
君方七十有一岁,我仅差长年一周。
君驰百里犹庭户,我去先作跋涉愁。
迂道过门失初望,心逐河水西北流。

对于他们的未能相见,蒲松龄既感遗憾,又表示理解。

会面虽然无由,但蒲、李间的联系却一直未曾中断。除书信往来外,李澹庵还曾以墨竹及"嘉贶"相赠,而蒲松龄也屡向官庄打问李澹庵的消息。尤其在蒲松龄丧妻之后，更是非常急切地盼望能与老友见面。他在康熙五十二年（1713）写给李澹庵的信中说：

> 别时相约，方期作五老之会，而竟渺然。屡向官庄问讯，则并无知行踪者，殊为怅惘！弟日益惫，又兼有悼亡之感，穷而无告矣。亟欲得老友一话间阔，恨道路修阻，不能躬亲一至耳。前蒙以墨竹见赠，感不去心！又遥惠嘉贶，愧仓卒无琼瑶之报，却之又失故人远馈之意，惟有汗悚而已！闻尊驾尚有东返之意，作大欢喜。引领翘切，不尽欲言。

写此信时，蒲松龄已是七十四岁的老人了，他与李澹庵的交往也有三年。但感情还是那样的真挚，思念仍是那样的殷切。而隔年后的正月，蒲松龄便辞世了。应该说，李澹庵是蒲松龄晚年所交的一位很重要的朋友，同时也是一位能给予他精神安慰的知己。

三、蒲松龄所见到的"图"与"纪"

蒲松龄的《李澹庵图卷后跋》是在见到了李澹庵的"图"与"岁时之纪"后写出的。而"图"与"纪"又是什么样的呢？蒲松龄在《跋》语中写道："纪素行以长笺，写小照于尺幅。"《跋》语的最后，蒲松龄还特地点明："偶窥宴坐之图，遐思芳躅；得读岁时之纪，聊赘俚言。"是所谓"图"，即"小照"，亦即"宴坐之图"，是画于"尺幅"之上的；所谓"纪"，即"纪素行"之"岁时之纪"，是写于"长笺"上的。那么，这"图"与"纪"又会成于谁人之手呢？窃以为，"图"的作者当为王鲁珍,而"纪"的作者当属张石民。

王鲁珍,名玙似,字鲁珍,山东益都人,清初著名画家。他是王渔洋的门人①,又长期居于诸城张氏的放鹤园,当地许多名人的画像都出自他手,张氏子弟中向其学画者亦颇不少。而澹庵既与张氏"四逸"相伯仲,也应算是放鹤园的半个主人了,故琅邪新居成后,澹庵欲写"小照",实非鲁珍莫属。且鲁珍之画,能熔中西画法于一炉②,又是极适合画肖像的。但遗憾的是,此小照至今未能发现。

张石民(1634—1713),讳侗,既是张氏"四逸"之一,又是清初"诸城十老"之中坚。乾隆《诸城县志》称其诗、书、画冠绝一邑,《四库全书》于其书亦有存目(名《放鹤村文集》)。他与李澹庵的关系十分密切。自康熙四十一年(1702)澹庵投放鹤村,至翌年同入卧象山起翠微小楼,再到康熙四十八年(1709)东入琅邪台下筑歇歇庵,石民都一直相陪。康熙四十九年(1710)五月澹庵归武定后,他们间的书信来往也一直不断。澹庵妻子去世,石民既赋挽诗③,又为之作墓志铭④。关系既然到了这样的程度,则澹庵小照成后,再由石民作"纪",也便是意料中之事了。盖其时"纪"写成后,正本交与澹庵,而石民自己尚存有副本。随着岁月的流逝,澹庵的正本即蒲松龄曾亲睹者早已不知去向,而石民所存的副本则被收入《其楼文集》中,这便是我们今日尚能见到的《五老庵传》。今天,人们只要细读全《传》便可以发现,蒲松龄《李澹庵图卷后跋》及《自青州归,过访李澹庵》,其所用的主要材料都来源于这一篇《传》,

---

① 见王士禛《池北偶谈》卷二十三"郑刺史"条自注。
② 见张石民《题王子鲁珍画册》,《其楼文集》卷三。
③ 张石民《挽武定李澹庵夫人刘孺人》,《其楼诗集》卷下。
④ 张石民《武定李孺人墓志铭》,《其楼文集》卷四。

只不过蒲氏在文字上将其骈体化罢了。至于《传》，即"纪"的作者张石民，由于有着李澹庵的当面解说，想来蒲松龄也应是知晓的。

鉴于《其楼文集》一直未能刊行，一般读者不易见到，特将《五老庵传》附于文末。

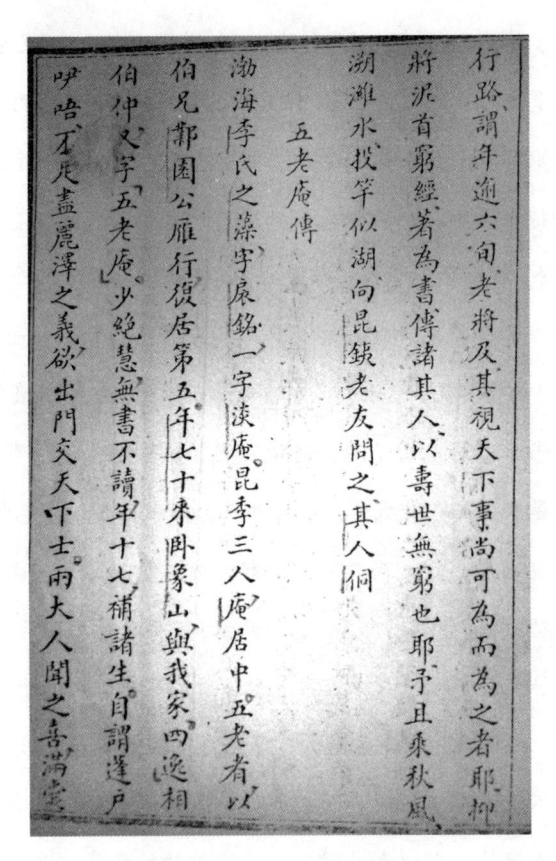

张石民《五老庵传》(《其楼文集》卷一)书页

五老庵传

渤海李氏之藻,字宸铭,一字澹庵。昆季三人,庵居中。"五老"者,以伯兄邺园公雁行,复居第五;年七十来卧象山,与我家"四逸"相伯仲,又字"五老庵"。

少绝慧,无书不读。年十七,补诸生。自谓蓬户咿唔,不足尽丽泽之义,欲出门交天下士。两大人闻之喜,满囊贮金钱,纵之游。己酉初,入太学,读《石鼓文》有得,往来黄金台下,两月不遇,归。武定游击范素横暴,纵步卒白昼掠人于市,祸延仲兄,杜门不出者累日。庵愤甚,谓老弁欺我,驰控提督,收步卒置于法。乃登太岱,遇祖珍大师凌汉峰前;趋杏坛,谒先师孔子,亲聆辟雍钟鼓;过陋巷,汲井水饮而甘之;西走峄阳,拜孟母祠。买舟南下,乱黄、淮,观潮钱塘江;陟鸡鸣山,下瞰鼍江,见青、白二气;与张容庵同入西子湖,遇张天羽、陆苌思,说往事三生石上。返金陵,泛秦淮,买醉凤凰台,望天外三山缥缈如豆,澹忘归。

癸丑吴逆窃发,耿、尚二贼交臂起,分疆裂土,大江南北摇摇动。于是九重震怒,特简吏部侍郎李,总督两浙,即庵伯兄邺园后谥文襄公者。癸丑七月陛辞,偕庵往,以绿旗兵三千自余杭移守衢州。于时群盗蜂起,疆域日蹙。帷幄出入,虽有方治方、李绘先、陆敦复、李敬月、周公岩,皆文士,究不能以岸帻风流办乃公事也。一夕风雨晦暝,夜将半,烛影闪闪,公就庵问计,期以来月对。遍选帐前精细数辈,潜骑引之出。逾二十八日,以图进,关塞要害,一一了若指掌,公展视久,藏枕中。贼渠魁姜元勋、马九玉,驱枭獍十万压衢州而阵,鼓噪之声震翻屋瓦。公于晨鸡未鸣,秘传麾下陈世凯、王廷梅、蒋茂勋、鲍虎、薛受益、詹六奇、李华、陈梦阳诸偏裨,直入卧内,亲为歃血,示以亲上死长大义,盟誓深重,泣洟淋下。麾下闻之,吐气如虹,发上指,无不一以当千。日卓午,见庵躬环甲胄,仗剑前驱,诸偏裨各率所部,鳞次鱼贯进。公兜鍪拥大纛,鼓行佐之,直抵黄巢城。至坑西,卒与贼遇,炮声震地,流丸如雨。有劝公少避者,大叱曰:"吾三军司命也,以三军进退为我死生耳。"鼓声愈疾,军士愈奋,三战三殪之。日入交锋,日出奏凯,露布声闻遍海上矣。时甲寅秋七月也。难既平,请归,公饯之城楼,引领北望,泣下阑干。九月抵里,两大人喜出望外,于城南起观获楼以为游憩之所。此后庵亦家居无事,偃仰林泉而已。

先是,坑西之役,贼锋虽挫,未破中坚。公亟请于朝,命康亲王统禁旅五万,集衢州。议歇马,公于是日亲率绿旗兵负弩先行,将军继之,王继之,于八月某日大破贼于大溪滩。一时群盗望风瓦解散,两浙全复。丁巳春,再为钱塘之游,登金山,度昭庆,晤天空老人,放舟太湖,纵观元墓万树梅花。抵杭州,重入文襄公署,洒酒西北向,稽首为河海庆清晏也。往富春山,坐钓台三日。复经柯城,与徐野公、林武宣阅襄时两军对垒处,遗簇满地,绣碧殷红,半作苔花色。值初秋,木叶苍黄下,泪洒西风,掩袖归。

戊午九月,首泉公捐馆舍,哭过恸,忧愤成疾,几不起。是岁年三十有八矣,髭须有数茎白者。壬戌,文襄公以保全两浙功,晋大司马,回朝,道经里门。庵上山左积弊十事,公一一首肯,奏之。偕入都门。一日宴集紫荆树下,公举卮从容谓庵曰:"弟,以汝之才比管乐,而不遇,数也。叔母春秋渐高,不思为禄养也。武城固在,小试牛刀何如?"庵受卮立饮,再拜,谢曰:"兄所谕,敢不惟命。"因滇南例,以知县用。

乘间与张禄之入西山，遇楚人昆山于香山寺，赋诗留别。丁卯春，掣签得嘉善县。四月旋里，眷恋慈帷，依依不去。迟二十六日遂行。

　　嘉善素称繁剧，最难理。涖任之始，环集乡城父老，问民间疾苦，与聚勿施，尽得其情。簿书之暇，相与劝农桑，议耕织，期年，陇间陌上桑柘之荫可息也。邑东偏有魏忠节公祠，倾圮久。一日驱车过其上，心怦怦动。因捐俸构之，三月鸠工，八月工竣。逢丁祭，恭循典礼，以少牢祭公，以公之长子学洢附焉。呜乎！忠臣孝子之魂，六十年来散而复收。语云：鬼神无依，唯人是依。彼某某者，非庵其谁与归？旧例，国税正月开征，五月起解；五月开征，十月起解。漕粮九月开征，十一月起解。念春耕秋获，古先王所以补不足助不给也。而反戕，诸重与父老约，漕粮国税起解，一遵旧例，未解之前，愿纳者听，勿问开征也。及期，妇负子戴，恐后输。将十日之内，无少欠。大中丞金谓之曰"能"，拟荐"浙中清廉第一"。

　　戊辰冬十月，遇覃恩，赠父首泉公文林郎，敕封母杨氏孺人，身及妻，准此。逾年秋七月，太孺人讣音至矣。擗踊惨怛连昼夜，远近闻之，匍匐寝门外，泥首哀号如丧一母。九月，督抚准还家守制，麻衣徒步，哀感行路。阖邑百姓，无男妇，各携炙鸡絮酒遥奠慈云外，望其行远，不见车尘，然后返。十一月抵家，入门一恸几绝。甦，重与文襄公相向哭曰："兄所谕禄养，今竟何如也！"

　　癸酉，入长白山，遇羽流赵长清。乙亥，复与张子闲闲度液水，登蓬莱阁，南望大劳，秀出天半。日暮跻巨峰绝巅，回视青齐如泥丸。然忽忆匡庐瀑布，因有江南之行。过桐城，溯九江，谒濂溪先生祠。霁日光风，汪洋心目，投东林，寻三笑，喧虚无人。纵身西下，上滕王阁，遥见马当之风飒飒帆际。游白鹿洞，历大小孤山，憩彭泽，有倦鸟之思焉。

丁丑、戊寅，修《渤海李氏族谱》成。客有长安来者，谓庵服阕久，例补官，不宜枉自放达，携之重入都门。于庚辰三月制签得固安县。会陛见期，恭迎銮舆浙水道中，于淡宁轩亲奉纶音，谓固安兵民杂处，非旗员不可，改青田县。即日偕张容庵方外素林辅车就道。至淮上，遇田紫纶、喻正庵；过虎丘，遇姜学在，与之序述姜先生遗事，留三日。

经嘉兴府，嘉善之民要于途，谓青田役曰："旧，我公也。尔何人，顾以我公归。"役曰："今，我公也。尔何人，敢遮留我公。"揶揄不已。庵乘夜单骑驰青田去。见孤城斗大，在万山中，其民皆鹑衣鹄面，不久势填沟壑。方思鞠育而安全之，诸上司役坐催连年逋欠不少贷。纵下民易虐，如欺上天何！哀矜轸恤，忧劳成疾。焚香奏帝，有乞骸骨之思。于是嘉善之民闻之，率千余人赴杭州府求调繁，其致词云："良工择木而施，国家量材为用。青田棘枳，不宜坐老佉香；嘉善要冲，还好重烦公绾。"于是青田之民闻之，率万余人赴处州府求就简，其致词云："嘉善之民欲私迎其前令复回，旧治固善矣，独不思时非两汉，地仍三衢，且去楛集菀为令甲所戒乎？我青田数十年来连遭兵燹，屡被水灾，幸天赐李君，还定安集之，使我父老子弟，离阽危，登衽席。方恨叔度之来暮，谁堪信宿而公归。与卧辙而攀辕，宁投辖而截镫。"庵见之，捧读微笑曰："真以庵为岁五斗米终此身也耶？亦脱屣去耳！"亟请督抚放还故山，不许至再至三。两县之民方笼马首，曳车轮，抵死不放行。督抚亦怜之，曲为解免，纵之归。两县之民复携斗酒壶浆，追送三百余里。庵下车谢父老曰："远劳汝，为汝再进此杯水。"遂别。回听南风，哭声震野。

八月解任，十月还乡。重与田父野叟课麻桑，商晴雨，尘世之缘永绝矣。适奚林禅师至自胶西，盛称卧象山奇秀远出九仙上，烟水渺香，旧为放鹤张氏昆季之所栖。洎庵闻之，跃跃欲往。于壬午八月，偕燕人姚雯紫，竟投放鹤村。初与我家蓬海、石之民、子云、白峰遇，相视一笑，遂成人外之交。明年，同入卧象，于白云深处起翠微小楼，登望指顾杓山云气以为笑乐。

是岁夏，炎旱连秋，人相食，道路多白骨。庵忾然叹曰："顾忘我邻里乡党故旧耶！"亟归，谋诸同祖昆弟及子姓，尽倾囊橐，沿途设粥以甦饥饿，凡三越月，合计一饭至一百三十五万人。二麦吐黄，稍稍散去。噫！民之困极矣。州尹蒋方横征额外，鞭朴之声骇心震耳。庵抚膺痛曰："独不畏我圣天子闻耶！"代控之通政，蒋百计阻之，俾不通。有姜汝桂、傅万程者，义士也，间关数千里，再为出塞，赴行在以状闻。至尊怒，钦差刑部郎中舒同山左巡抚赵会审得其情，蒋始革职归。

事毕甫十日，南望穆陵苍翠欲滴，于是布袍拽杖，逍遥卧象来。重于日跻台边起读易草堂，设绛帐，往延巴麓孙扶南授生徒其中。扶南以卢叶青祠讲席未终不至。于己丑冬十月，与石之民东入琅琊台，筑歇歇庵于秦皇帝残碑南。采蛤拾蚌，所至辄有陌巷儿童逶迤随之，无不知为五老庵。五老庵遂以羊裘钓竿老矣。

——张石民《其楼文集》卷一

（原载《蒲松龄研究》2017 年第 3 期）

蒲松龄《李澹庵图卷后跋》笺论

在蒲松龄的诗文中，涉及李澹庵的凡五篇（见《蒲松龄与李澹庵》）。而其中的《李澹庵图卷后跋》一篇虽是参照了张石民的《五老庵传》写成，然颇能尽李氏生平梗概，在留存至今的为数很少的李澹庵生平事迹资料中，也是弥足珍贵的。不过，由于《跋》文太简，又率作骈语，其中的含义并不能尽为后人所知。这当然给研究者带来一定的困难。兹据笔者所能搜集到的有关李澹庵的资料，试为《跋》文作一笺注，并与《李澹庵传》对读，以供治蒲学者之参考。因笺后又略附议论，故谓之笺论云。

笺　注

李公澹庵，武定文襄公叔弟也。

咸丰《武定府志》卷二十四："李之藻，字澹庵，武定州人。"

光绪《嘉善县志》卷十五："李之藻，字宸铭，山东武定州人。兄，大学士之芳。"

张石民《其楼文集·五老庵传》："渤海李氏之藻，字宸铭，一字澹庵。昆季三人，庵居中。'五老'者，以伯兄邺园公雁行，复居第五；年七十来卧象山，与我家'四逸'相伯仲，又字'五老庵'。"按：余十一世祖蓬海公与从弟子云、白峰及再从弟石民，时人称为"四逸"。

《清史稿》卷二百五十一《李之芳传》:"李之芳,字邺园,山东武定人。顺治四年进士,授金华府推官。卓异,擢刑部主事,累迁郎中,授广西道御史……(康熙)十二年,以兵部侍郎总督浙江军务。……上嘉之芳剿贼邻省有功,加兵部尚书衔。……二十六年,授文华殿大学士。……三十三年,卒于家,谥文襄。"

据此,知李之藻字扆铭,一字澹庵,又字五老庵,山东武定(今惠民)人。其伯兄即清初大学士李之芳(谥文襄)。

又据蒲松龄《自青州归,过访李澹庵》诗中"君方七十有一岁,我仅差长年一周"两句,知李之藻小蒲松龄一岁,当生于崇祯十四年辛巳,即1641年。

生而岐嶷,长尤磊落。童年抱卷,便怀濡翼之羞;午夜闻鸡,即有雄飞之志。驱风雷于指上,罗星斗于胸中。

蒲松龄《自青州归,过访李澹庵》:"伟人绝肖张益州,义气直上干斗牛。少年胸中破万卷,耻持剿说邀青眸。"

张石民《五老庵传》:"少绝慧,无书不读。年十七,补诸生。自谓蓬户咿唔,不足尽丽泽之义,欲出门交天下士。两大人闻之喜,满囊贮金钱,纵之游。己酉初,入太学,读《石鼓文》有得,往来黄金台下,两月不遇,归。武定游击范素横暴,纵步卒白昼掠人于市,祸延仲兄,杜门不出者累日。庵愤甚,谓老弁欺我,驰控提督,收步卒置于法。乃登太岱,遇祖珍大师凌汉峰前;趋杏坛,谒先师孔子,亲聆辟雍钟鼓;过陋巷,汲井水饮而甘之;西走峄阳,拜孟母祠。买舟南下,乱黄、淮,观潮钱塘江;陟鸡鸣山,下瞰鼍江,见青、白二气;与张容庵同入西子湖,遇张天羽、陆荩思,说往事三生石上。返金陵,泛秦淮,买醉凤凰台,望天外三山缥缈如豆,澹忘归。"

可见,青年时代的李澹庵即是一个钦奇磊落、激扬蹈厉而又权奇好事的人物。

迨夫御寇鸽原,谈兵虎帐;旌旗遍野,实先借箸之筹;鞍鞯从戎,首作破阵之舞。军中筹策,挥策而作疾雷;马上琵琶,回风而成雅乐。

《嘉善县志》卷十五:"兄大学士之芳制闽浙,值耿藩谋逆,之藻军前效力,有能名。"

《清史稿·李之芳传》:"(康熙)十二年,以兵部侍郎总督浙江军务。会吴三桂反,十三年,奏请复标兵原额,督习枪炮。疏甫上,耿精忠亦反,遣其将曾养性、白显忠、马九玉数道窥浙,浙大震。之芳檄诸将扼仙霞关。……五月,偕(都统)赖塔率满洲兵千、绿旗兵二千、乡勇五百,进驻衢州……温州镇总兵祖弘勋叛,召寇陷平阳,再陷黄岩,集悍卒数万窥衢州。七月,之芳与赖塔阅兵水亭门,率总兵官李荣、副都统瑚图等薄贼垒,军坑西。之芳手持刀督阵……麾众越壕拔栅,败之。……诏嘉之芳调度有方。"

按:康熙十三年(1674)七月坑西之役,李之芳固然"调度有方",而之藻亦建奇勋。《五老庵传》云:"癸丑吴逆窃发,耿、尚二贼交臂起,分疆裂土,大江南北摇摇动。于是九重震怒,特简吏部侍郎李,总督两浙,即庵伯兄邺园后谥文襄公者。癸丑七月陛辞,偕庵往。以绿旗兵三千自余杭移守衢州。于时群盗蜂起,疆域日蹙。帷幄出入,虽有方治方、李绘先、陆敦复、李敬月、周公岩,皆文士,究不能以岸帻风流办乃公事也。一夕风雨晦暝,夜将半,烛影闪闪,公就庵问计,期以来月对。遍选帐前精细数辈,潜骑引之出。逾二十八日,以图进。关塞要害。一一了若指掌。公展视久，藏枕中。贼渠魁姜元勋、马九玉，驱枭獐十万压衢州而阵，鼓噪之声震翻屋瓦。公于晨鸡未鸣，秘传麾下陈世凯、王廷梅、蒋茂勋、鲍虎、薛受益、詹六奇、李华、陈梦阳诸偏裨，直入卧内，亲为歃血，示以亲上死长大义。盟誓深重，泣淫淋下。麾下闻之，吐气如虹，发上指，无不一以当千。日卓午，见庵躬环甲胄，仗剑前驱。诸偏裨各率所部，鳞次鱼贯进。公兜鍪拥大纛，鼓行佐之，直抵黄巢城。至坑西，卒与贼遇。炮声震地，流丸如雨。有劝公少避者，大叱曰：'吾三军司命也，以三军进退为我死生耳！'鼓声愈疾，军士愈奋。三战三殪之。日入交锋，日出奏凯。露布，声闻遍海上矣。时甲寅秋七月也。"

观此可知，蒲氏《跋》中所谓"御寇鸰原"，即于衢州抵抗耿精忠之叛军；"谈兵虎帐"，即为总督李之芳出谋划策；"旌旗遍野，实先借箸之筹"，指澹庵潜出侦察敌情，并以关塞图进；而"戎轱从戎，首作破阵之舞"，则指坑西之役澹庵"躬环甲胄，仗剑前驱"也。蒲诗"曾骑怒马讨逆寇，腰插弓箭亲兜牟。武库森森列矛戟，一战奏捷纾君忧"（《自青州归，过访李澹庵》），盖亦指此。

既而解甲作牧，初释褐于鹤湖；与浙有缘，再烹鲜于芝岭。

"鹤湖"指嘉善，"芝岭"谓青田。此指澹庵因平叛有功而得令嘉善、青田事也。《嘉善县志·名宦·李之藻传》："之藻军前效力，有能名。康熙丙寅（1686），宰嘉善。……三载，丁内艰去。"

《武定府志·人物·李之藻传》："授嘉善县令……以母忧去。嘉人为罢市服阕。补青田县，未几，引疾归。"

按：澹庵"解甲"在康熙甲寅（1674），"作牧"在康熙丙寅（1686），前后相距尚有一十二年。其间事迹,蒲氏未述,而《五老庵传》中载之:"难既平,请归,公饯之城楼,引领北望,泣下阑干。九月抵里……此后庵亦家居无事,偃仰林泉而已。……丁巳春,再为钱塘之游。……抵杭州,重入文襄公署,洒洒西北向,稽首为河海庆清晏也。往富春山,坐钓台三日。复经柯城,与徐野公、林武宣阅襄时两军对垒处,遗簇满地,绣碧殷红,半作苔花色。值初秋,木叶苍黄下,泪洒西风,掩袖归。……壬戌,文襄公以保全两浙功,晋大司马,回朝,道经里门。庵上山左积弊十事,公一一首肯,奏之。偕入都门。一日宴集紫荆树下,公举卮从容谓庵曰:'弟,以汝之才比管乐,而不遇,数也。叔母春秋渐高,不思为禄养也。武城固在,小试牛刀何如?'庵受卮立饮,再拜,谢曰:'兄所谕,敢不惟命。'因滇南例,以知县用。……丁卯春,掣签得嘉善县。"

此亦即蒲诗"功成羞与绛灌伍,远除召杜官南陬"(《自青州归,过访李澹庵》)之义。"召杜",誉之也;"南陬",则是纪实。

由拳城下,咸颂神君;少微山旁,如得慈母。政教为浙中第一,循良则海内无双。

《武定府志》本传:"授嘉善县令。邑故东南财赋区,甚繁剧。里中又多豪猾。藻先为噢咻,形民之力而缓其催科。于强横者不少贷,廉知其人,即痛惩之。漕粮旧为蠹弊薮,藻平斛加槩,正供外,绝无浮费。剖决如神明,屏绝苞苴,莫敢请托,民间称为'铁面青天'。"

《嘉善县志》本传:"宰嘉善,严明刚介,痛惩健讼。念恤民隐,三月开征,农忙毕后,始摘催一二。革除漕粮私派,饬束旗丁,督睿城河,崇文礼士。"

《五老庵传》:"嘉善素称繁剧,最难理。泣任之始,环集乡城父老,问民间疾苦,与聚勿施,尽得其情。簿书之暇,相与劝农桑,议耕织。期年,陇间陌上桑柘之荫可息也。……大中丞金谓之曰'能',拟荐'浙中清廉第一'。"

观此,知蒲氏之词绝非过誉也。

以故野苦连天,为廉叔之欲去;欢声动地,因召父之将来。异地同仁,俱有桐乡之爱;我公汝夺,遂起杜国之争。

此言嘉善、青田两县之民争迎澹庵,即蒲诗所谓"两国并如慈母恋,上书卧辙争君候"(《自青州归,过访李澹庵》)也。据《嘉善县志》云,澹庵离县时,"拥舟恸哭者甚众";《武定府志》亦云"以母忧去,嘉人为罢市服阕"。可见澹庵甚得嘉善民众之心。至嘉善与青田争迎事,两志皆未载,详情仍于《五老庵传》中见之:"逾年秋七月,太孺人讣音至矣。……九月,督抚准还家守制。麻衣徒步,哀感行路。阖邑百姓,无男妇,各携炙鸡絮酒遥奠慈云外。望其行远,不见车尘,然后返。……客有长安来者,谓庵服阕久,例补官,不宜枉自放达,携之重入都门。于庚辰三月制签得固安县。会陛见期,恭迎銮舆浙水道中,于淡宁轩亲奉纶音,谓固安兵民集处,非旗员不可,改青田县。……经嘉兴府,嘉善之民要于途,谓青田役曰:'旧,我公也。尔何人,顾与我公归。'役曰:'今,我公也。尔何人,敢遮留我公。'揶揄不已。庵乘夜单骑弛青田去。……忧劳成疾。焚香奏帝,有乞骸骨之思。于是嘉善之民闻之,率千余人赴杭州府求调繁,其致词云……于是青田之民闻之,率万余人赴处州府求就简,其致词云:'嘉善之民欲私迎其令复回……方恨叔度之来暮,谁堪信宿而公归。与卧辙而攀辕,宁投辖而截镫。'庵见之，捧读微笑曰：'真以庵为岁五斗米终此身也耶？亦脱屣去耳！'亟请督抚放还故山，不许至再至三。两县之民方笼马首，曳车轮，抵死不放行。督抚亦怜之，曲为解免，纵之归。两县之民复携斗酒壶浆，追送三百余里。庵下车谢父老曰：'远劳汝，为汝再进此杯水。'遂别。回听南风，哭声震野。"

不知公归兴方浓，宦情久薄。无青洪君愿，惟痼疾于烟霞；访赤松子游，更敝屣乎轩冕。角巾北上，齐马东归。日以茶灶随身，仍携钓具；时或寒驴踏雪，但问梅花。

　　蒲松龄《自青州归，过访李澹庵》："……再任压薄折腰若，解组欲访赤松游。……斋马凤驾潜宵遁，回睇轩冕等蜉蝣。归来布袍蜡双屣，蹇驴东去寻瀛州……"

　　《五老庵传》："八月解任，十月还乡。重与田父野叟课桑麻、商晴雨，尘世之缘永绝矣。适奚林禅师至自胶西，盛称卧象山奇秀远出九仙上（琛按：卧象山、九仙山皆在诸城县西南八十余里，今属五莲县），烟水渺沓，旧为放鹤张氏昆季之所栖。泪庵闻之，跃跃欲往。于壬午八月，偕燕人姚雯紫，竟投放鹤村（琛按：今山东省诸城县普庆村）。初与我家蓬海、石之民、子云、白峰遇，相视一笑，遂成人外之交。明年，同入卧象，于白云深处起翠微小楼，登望指顾杓山云气以为笑乐。"

构小舍于琅邪，结隐沦于北海。与共晨夕，遂历春秋。张仲蔚满径蓬蒿，剥啄频至；李元忠随车弹酒，临眺还同。

　　《其楼文集·琅邪放鹤村蓬海先生小传》："陇西李澹庵者，渤海有心人。羊裘后来续旧游,于庚寅(1700)春分前二日,偕跻琅邪古台,绕出秦皇帝辇道外,抚残碑、扪李斯小篆以为笑乐。"

《五老庵传》:"己丑冬十月,与石之民东入琅琊台,筑歇歇庵于秦皇帝残碑南。采蛤拾蚌,所至辄有陌巷儿童逶迤随之,无不知为五老庵。五老庵遂以羊裘钓竿老矣。"

乾隆《诸城县志》卷四十四《侨寓》:"李之藻,字澹庵,武定人……数往来于县,亦半主于衍(蓬海)家。

是澹庵所构之琅邪"小舍"即"歇歇庵",而所结之"隐沦"殆即张氏"四逸"也。《东武诗存》(嘉庆间王赓言编)卷四收有蓬海公《九日李澹庵来饮我村》诗一首,可见当年隐沦情致,此录于下:"故园诗酒会,谁复记年华。树老天风急,秋高雁影斜。怀山归白社,拂袖落黄花。忻得柴桑侣,树头景正嘉。"同卷还有白峰公(偒)《武定李澹庵来访山中,适翠微楼落成,以诗赠之》一首,也一并移录:"仙人原自好楼居,结构层岩万木疏。采葛人来时命酒,弹棋客到罢摊书。千秋慧业孤筇外,半世风流一衲余。陶令辞官耽隐逸,东林惠远伴居诸。"其中"千秋慧业孤筇外,半世风流一衲余"两句,可谓是对澹庵一生之概括。

纪素行以长笺,写小照于尺幅。偶归二皓,绝类商山;顿见两翁,宛如桔叟。离家在云山外,见达士之襟怀;席地坐苍莽中,想逸人之风致。

澹庵图卷盖有图有纪,"图"即"小照","纪"即年谱,亦即下文之"岁时之纪"。蒲松龄《李澹庵小照》云:"琅邪山前碧万顷,结庐似不在人境。幕天席地何倘佯?大海澄波照双影。耐可东去寻瀛州,遥天尽处泛孤艇。展卷一望心眼开,欣动胸怀意遐骋,直欲乘翰坠颠顶。"是"小照"当写于琅邪山前、歇歇庵旁之海滨。"小照"或出王鲁珍之手,"纪"乃石民所作。《其楼文集·答李澹庵书》:"自去岁翠微(即卧象山中之翠微小楼)一别,又逾年矣。……每因鸿便,上候起居,前后皆被洪乔浮沉去。如孟勋者,将先生'年谱'并奚公'小赞'拐带远去,况其他乎?"所谓"年谱",即"岁时之纪",亦即"纪素行之长笺"也。

松,老复谁忆?拙少人怜。村鲜高朋,惟有清风入室;目如浊镜,犹与缃帙为缘。圭窦筚门,劳高轩之过从;青菘白酒,佐佳客之流连。

"松"即松龄自谓。此乃蒲翁自言晚年境况及与澹庵之交往也。蒲翁与澹庵之最初交往始于康熙五十年(1711)。《其楼文集·琅邪放鹤村蓬海先生小传》云蓬海公康熙庚寅(1710)殁于琅邪后,"皆澹庵一一左右之。事定,亲捧杖履入我村,葬之五老岩畔。义服缌三月,羊裘钓竿,踽踽渤海去"。哪儿去了呢?找蒲松龄去了。观蒲氏诗文集中,若《雨后李澹庵至》、若《李澹庵小照》、若《自青州归,过访李澹庵》、若《李澹庵图卷后跋》,皆作于康熙五十年(1711)可知,1711年后,这两位老人的来往的确是频繁起来了。而且彼此一往情深,见面辄流连忘返。可以说,李澹庵成了蒲松龄晚年最好的朋友。

偶窥宴坐之图,遐思芳躅;得读岁时之纪,聊赘俚言。

此言李澹庵将自己的图卷展示给蒲松龄看,松龄窥后,遂跋于后。

按:此图卷既存澹庵小照,又有石民之"纪"与柳泉之"跋",诚为宝贵文物,不知今日尚存留于世否?

附 论

《李澹庵图卷后跋》是蒲松龄在老友李之藻图卷后面的跋词。文凡420字，皆作骈语。《聊斋诗集·辛卯》有《李澹庵小照》诗一首，与《跋》文写作时间相同，故知《跋》当作于康熙五十年（1711）也。时松龄七十二岁，澹庵七十一岁。

蒲松龄此《跋》，首先为我们提供了重要的历史资料。具体地说：

一是为研究李之藻这类带传奇色彩的历史人物提供了一份典型事迹材料。明末清初，山左颇多四方奔走而又权奇好事之人。早一点儿的，如丁野鹤（耀亢）、丘海石（石常）辈；晚些时候，则有李之藻、丘元武（柯村）、李象先、刘子羽（翼明）等人。他们在鼎革后，走南闯北，跃跃欲有所为。然而，他们又与纯粹的遗民不同。他们既鄙视富贵，亦不屑计较名节。他们对清廷不满，然于清官亦不妨为之。而其结局，大都归于疏淡，即所谓"半世风流一衲余"。对这些人应当做何评价，实在是一问题。我想，通过对李之藻其人的剖析与研究，大概可以有助于此一问题的解决。而李之藻作为蒲松龄晚年的知心朋友，所提供的正是关于这个问题的第一手资料。过去，由于蒲松龄的题跋多作骈语（如《陈淑卿小像题词》等），后人往往视为夸饰之辞，不肯当真；今观此《跋》，可谓句句有据矣。

二是记录了康熙平定"三藩"的一次具体战役的情况。《跋》文与《五老庵传》对读，可以得知康熙十三年（1674）坑西之战的详情。特别是澹庵谈兵虎帐、潜骑侦察、仗剑前驱的情节，为诸书（包括《清史稿》）所未载。而之芳麾下将士之奋勇御敌，则又说明康熙平叛是深得人心的。

其次,《跋》文对研究蒲松龄的思想特别是民族思想问题,亦具一定的参考价值。

蒲松龄民族思想的有无,是学术界长期争论不休的问题。持肯定态度的同志往往举出《聊斋志异》中对清兵奸杀掳掠的揭露和对官场腐败的谴责;而持反对意见的同志则谓蒲松龄一生孜孜追求科举功名,并写过许多拟表之类的文章为清统治者歌功颂德,实在看不出有什么与清廷不合作的地方。对于这个问题,我的看法是,应当具体分析。蒲松龄作为一名接受儒家传统思想的下层知识分子,对清统治者的入主中原,特别是其高压、杀戮政策,应该说是反感的,所以他才在《聊斋志异》中多次揭露"北兵"的种种罪行,甚至说"大兵所至,其害甚于盗贼"(《张氏妇》);而对大局已定之后,清廷的削平"三藩"、维护祖国统一,他则是拥护的(见《拟上允辅臣请,选日开馆,编辑〈睿算平定三逆方略〉》)。对于官场的腐败、污吏的贪虐,他不遗余力地进行揭露;而对循吏的政绩,他又是热情歌颂的(如对宝应县任内的孙蕙)。从揭露的一面看,可以说他具有一定的民族思想,而从歌颂的一面看,又似乎是矛盾的。那么,应当如何来看待蒲松龄身上所表现出来的这样两种思想倾向呢?我认为,两者虽似矛盾,然都统一于蒲松龄的爱民思想之中。也就是说,蒲松龄虽有民族思想,但更具体恤民众的情怀(这主要是接受儒家传统思想的结果)。当两者相一致时(如清统治者入主中原,人民遭殃),民族思想便表现得格外明显;而当两者有矛盾时(如清统治者平定"三藩",对于安定民生有利),则以前者服从后者,故民族思想便显现不出来了。廉吏与污吏的问题也是同样。污吏肆贪肆虐时,蒲松龄往往联系上层统治者一起批判;而循吏得民心时,则又并最高统治者一起称颂之。一句话,蒲松龄看问题的出发点与当时流行的狭隘的汉族主义和复明思想不尽相同，他是以对民众的态度为前提的。

蒲松龄的上述思想完全可以从他对李澹庵的评价上来加以印证。毫无疑问，李澹庵是蒲松龄所首肯的人物。也就是说，李澹庵的所作所为，赢得了蒲松龄的钦佩；换言之，在李澹庵身上，体现着蒲松龄的某种思想和要求。李澹庵早年不甘寂寞，四处奔走，表现了一种隐微的反清情绪；但当"三藩"起事时，他却能以大局为重，积极参与平叛的斗争，并立下了大功；解甲作牧后，又能除暴安良，爱护百姓，深得民众之心。这些，与蒲松龄的政治见解及其爱民的情怀，应该说是完全合拍的。也正因为如此，所以蒲松龄才在《跋》文及其诗中多次进行称颂，并引李澹庵为晚年的知己。可见，从《跋》文中，我们正可以窥见蒲松龄思想的某些本质的方面。

再次，牵涉到蒲松龄与诸城遗民集团的关系问题。清初，与扬州遗民集团存在的同时，山左也有一个以诸城为中心的遗民集团。这个集团约包括两部分人：一是以"诸城十老"为代表的当地人士；二是从各地奔集而来的所谓"侨寓"。他们虽对清朝统治者有着不同程度的抵触情绪，但于名节似乎看得也不太重。如丁耀亢、李澄中、李澹庵等人便都曾在清朝做过官。对于当局的一些做法，如平定"三藩"、尊孔、免税、赈灾等，他们中的一些人也都不同程度地进行过颂扬。这一点又似乎与蒲松龄的思想比较接近。

从有关的迹象来看，蒲松龄是到过诸城的，他与诸城遗民集团的联系也是有迹可寻的。一方面，蒲松龄在《聊斋志异》中写过或提到过不少诸城遗民集团中的人物，如孙必振、李象先、张贞等；另一方面，诸城遗民集团中的许多人物如李澹庵、张贞、孙景夏、释奚林（蒲松龄写过一篇《为武定州知州请奚林和尚开堂启》）等，又都与蒲松龄相识，甚至是要好的朋友。就中尤其是李澹庵，既与张氏"四逸"相伯仲，情同手足；又与蒲松龄交谊深厚，来往密切，是一个很值得研究的人物。倘说他在沟通蒲松龄与诸城遗民集团的关系方面做过一些工作，大概是不会过分的罢。

（原载《兰州大学学报》1992年第4期）

蒲松龄与张贞

长期以来，山东一些地区的人们对《聊斋志异》中的某些篇章似有着一种特殊的理解。如谓《五通》篇是蒲松龄在嘲笑南方人之"半通"，《张贡士》篇是蒲松龄借"心头小人"以讥讽张贞为小人，等等。《五通》篇所写之"五通"，实际是一种人形动物，或谓之"野人"，清初以前江南地区多有之，余曾有论"山鬼"文顺便提及[1]，容当详论之，此不赘。《张贡士》篇则无论其主人公是张贞抑或其子张在辛（卯君），也都构不成对张贞的讥讽，相反的，蒲松龄与张贞倒是情投意合的好朋友。基于此，本文便先对张贞生平及其与蒲松龄的交游做些考证。

张贞，字起元，以其世居杞国故地，又号杞园。关于他的生年，学界多谓不详，其实是可以确考的。据张贞《先考明经府君行略》称[2]，张贞父继伦殁于顺治乙酉（1645），而"先府君见背时，小子贞方九岁"；复据其《先妣孔孺人行述》称[3]，"至丁丑而育不孝贞"；又据其《先伯父孝廉府君行略》称[4]，"贞之生乃在丁丑"。可见，张贞生年是在丁丑，即明崇祯十年（1637）。此与张贞《画像自赞》所云"康熙甲戌（1694）余年五十有八"，以及《杞纪自序》之"康熙四十五年（1706）重九日七十老人张贞"之语亦皆相合，故可信而无疑。近读李漴所撰《张

---

[1] 参拙文《"山鬼"考》，《宁波大学学报》1998年第4期。
[2] 张贞《杞田集》卷十一。
[3] 张贞《杞田集》卷十二。
[4] 张贞《杞田集》卷十一。

杞园先生墓表》，其谓张贞"生于崇祯丁丑，卒于康熙壬辰，享年七十有六"，也印证了我的这一看法。崇祯丁丑即 1637 年，康熙壬辰即 1712 年。可以看出，他比王士禛小了三岁，而又长蒲松龄三岁，同属一时之人。

张贞自九岁丧父后，全赖其母孔氏抚育教诲，以至成人。二十余岁，他的诗文已斐然可观，受到时人的称誉②。康熙癸卯（1663），时任青州海防道的周亮工招揽地方名士，张贞即被延为"真意亭四君子"之一③。自此，他不但受知于栎园先生，亦与李象先、李澄中、安致远辈定交，并终生不渝。康熙壬子，他拔贡入太学，这便是"张贡士"称谓的由来。据说张贞在国子监学习成绩优异，考试居第三名④，而且还被推荐参加康熙十八年（1679）的"博学鸿词"考试；但结果却未能入选五十"鸿博"，只做得一个从九品的翰林院孔目罢了。康熙二十四年（1685）腊月，他东归故里⑤，从此再未出任。

张贞画像①

---

① 叶衍兰、叶恭绰编《清代学者像传》第二集。
② 李澄中《张杞园〈或语集〉序》，见《白云村文集》卷一。
③ 张贞《李渭清〈白云村文集〉序》，见《杞田集》卷一。
④ 李澄中《送张杞园孔目东归》，见《卧象山房诗正集》卷五。
⑤ 同上。

张贞自称"壮好远游，倾身结客"①。他的挚友李澄中也说他"平生以友朋为性命"（《张杞园〈或语集〉序》）。可见张贞壮年之后常在外游，而且"遍交天下名士"②，放浪形骸，萧然物外。康熙庚申（1680），苏州顾云臣为其写《浮家泛宅小照》（即《远游图》），用张志和"烟波钓徒"故事③，一时题咏者，如丁耀亢、王士祯、赵执信、朱彝尊、安致远等甚众。洪昇还曾为其题曲三首④，其第二首《普天乐》云：

绿蓑衣，随身挂。青箬笠，笼头大。何须要象简乌纱，休提起御酒宫花。纶竿自拿。只凭着笔床茶灶生涯。

大概张贞自己对这幅"小照"也颇为得意，所以，他在六十四岁时又提笔题写了《远游图自赞》⑤：

卦气已全，性犹乐托。宁肯如蚕，吐丝自缚？既不能乘万里之长风，又不能驾九天之野鹤。且与一緉草鞋，任他到处行脚。

这些都可以说是对张贞壮年时期的远游生活及其豪放情怀的生动写照。

张贞晚年，这种狂放不羁的气概减弱，然其"以用世之才，而不欲自见于世"⑥的处世态度却还是依然如故。他的好友安致远描述他晚年的生活时说⑦：

---

① 张贞《画像自赞》，见《杞田集遗稿》。
② 金德纯《张杞园〈或语集〉序》。
③ 张贞《渠丘耳梦录》乙集《洪昉思赠曲》。
④ 同上。
⑤ 张贞《杞田集》卷十三。
⑥ 安致远《张氏家乘跋》，见《玉砚集》卷三。
⑦ 同上。

出则投缟赠纻，入则与诸郎发篋陈书。著述满家，又以余力精于篆籀图绘之间，相与清闲娱老，而不欲于帖括争尺寸之进。夫亦有足以自乐于此。而其微意，或非世人所得而窥也。

其所著书，主要有《半部》《或语》《潜州》《娱老》诸集以及《渠丘耳梦录》等，并俱已授梓。前四种后来又统于《杞田集》中，凡14卷。此外尚有《杞纪》22卷，为考证杞国历史之作。朱缃称其人"为醇乎其醇之人，故应为醇乎其醇之文"[1]，李澄中称其文"淹雅淡逸"[2]，安致远谓"杞园之文禀经酌雅"[3]，高珩"得杞园古文一二首即以大家许之"[4]，沈名荪更谓杞园古文"当于钱虞山后参一座"[5]，甚至连那位大名鼎鼎的王士禛也"垂老犹求先生定其文"[6]。凡此，皆可见其文章在清初的影响之大了。

张贞曾于康熙二十六年（1687）到淄川访问过高珩[7]，而且他的《或语集》等也早在康熙三十四年（1695）即已梓行；因此，对于张贞的人品及其文章，蒲松龄应是早就听说过的。不过他们的正式相见，则是在康熙四十一年（1702）济南朱缃的宴席上，时蒲氏年六十三岁，张贞六十六岁。而将蒲氏与张贞联系在一起并终于促成了这一次的会见的，除朱缃外，尚有一位鲜为人知的吴木欣。木欣名长荣，别字青立，又号茧斋，山东长山人。他是朱缃的从姊丈，并甚得朱缃之父朱宏祚的器重，

---

[1] 朱缃《〈杞田集〉序》。
[2] 李澄中《张杞园〈或语集〉序》，见《白云村文集》卷一。
[3] 安致远《题张杞园〈或语集〉》，见《纪城文稿》卷四。
[4] 高珩《〈杞田集〉序》。
[5] 沈名荪《杞田集序》。
[6] 卢见曾《国朝山左诗抄》卷三十三所附张贞《小传》引李质庵《杞园先生墓表》。
[7] 高珩《〈杞田集〉序》云："丁卯（1687）之秋，杞园张君过予，负郭开樽，谈谐甚适。"

在朱氏为广东巡抚和浙闽总督时曾佐其幕，以此木欣得与朱缃时相过从。而木欣之父吴琯，即曾官平顺、内丘两县知县并候补中行评博者，又是张贞的挚友。出于此，木欣一直十分尊礼张贞，以至每岁必一访张贞于家；而张贞有事会城，道出长山，亦必过访木欣①。于是，张贞便由木欣而结识朱缃，并终于在朱缃的宴席上遇见了蒲松龄。

蒲松龄对于他同张贞的这一次会见是感到十分欣慰的，《聊斋诗集》卷四中有一首作于壬午之年的《朱主政席中得晤张杞园先生，依依援止，不觉日暮，归途放歌》，即记述了他们这一次的相见。这诗据杞园后人张公制先生所藏蒲松龄原稿（现藏山东省博物馆）来看，于诗题"归途放歌"之后，尚有"望教正"三字，末又署"般阳弟蒲松龄"，以是知乃专门写了赠给张杞园的。其诗曰：

先生卓荦绝世才，挥毫立洒烟云开。
尤喜一庭三玉树，英英骥子皆龙媒。
德星今日方东聚，斗南欲压眉山摧。
高名日日喧吾耳，依稀百里闻风雷。
华宴幸识紫芝面，琼树坐对融心怀。
得登龙门展清啸，下视一切等浮埃。
笼霄气爽惊四座，擘海金翅凌九垓。
所恨抱璞悭一剖，明时遗弃空蒿莱。
谈倾忽出明湖记，金石声发有余哀。
我亦头白叹沦落，心颜对此如死灰。

---

① 张贞《待赠承德郎吴君墓志》，见《杞田集》卷七。

久与魍魉相向语，如此肮脏世所猜。

握手缠绵示肝膈，堕身云雾忘形骸。

留连不觉日昏暮，雨余滑滑泥满街。

跌蹶几将成泥鲋，倒着接䍦（䍦）归去来。

看来在这一次的会见之前，蒲松龄对张贞的确是早有所闻的。所谓"高名日日喧吾耳，依稀百里闻风雷"，便十分清楚地说明了这一点。而且，蒲松龄不但了解张贞本人，也还十分熟悉其家世。所谓"一庭三玉树"，便是指张贞的父亲为明经、伯父为孝廉、叔父为侍御而言；所谓"英英骥子"，则是指张贞的三个儿子在辛、在戊、在乙皆为一时之俊士。对于蒲松龄来说，能够与仰慕已久的张贞相识，坐对晤谈，只觉得心怀融融，大有"登龙门"之感。兼以彼此间又具有着共同的情怀和语言，所以，这一次的长谈，真可以说是肝胆相照、衷情互诉的。谈话中，张贞还出示了他的《明湖记》，即记述康熙三十九年（1700）四月十五日夜他同朱子青（缃）、吴木欣等人游大明湖的《夜泛连子湖记》①，文中所描写的"凫沈雁宿"、清歌忽发、"音韵缥缈、声绕荻芦"的凄清意境，令蒲松龄读后犹觉有"余哀"缭绕。而尤其值得注意的是，张贞对蒲松龄的写作《聊斋志异》，"与魍魉相向语"，完全不存世俗之人的鄙视意，他"握手缠绵示肝膈"，给了蒲氏以极大的鼓励，以至蒲松龄"堕身云雾忘形骸"了。最后，两人依依不舍，不觉日暮。归途中，这位"恂恂然长者"②的聊斋先生竟然兴奋得高一脚，低一脚，几次跌倒在泥泞

---

① 张贞《杞田集》卷四。
② 张元《柳泉蒲先生墓表》，《蒲松龄集》，上海古籍出版社1986年出版，第1814页。

路上。应该说,像这样令蒲松龄异常激动的会见与谈话,在他的一生中,并不是很多的。

大约就是在这一次的相识后不久,蒲松龄也为张贞的《远游图》作了题咏。《聊斋诗集》"壬午"之年的诗作中有一首《题张杞园〈远游图〉》,已将这一题咏的文字保存了下来:

> 谁者肖作湖海人,将无似我老张君?
> 碧笠犹沾绿江雪,奚囊尽括青山云。
> 游仙欲把浮丘袖,笑我双瞳小如豆。
> 髯兮髯兮游何之,布袜行缠从而后。

可见,蒲松龄对张贞浪迹湖海、超脱世俗的生活是十分钦慕的,甚至还愿收拾行缠以追随其后。这与洪昇的题曲以及杞园本人的《自赞》,其思想格调是完全一致的。真无怪乎他们在朱缃的宴席上一见如故了。还有值得注意的一点是,由于张贞是位"八尺髯张"的大胡子[①],蒲氏题诗中便用了"髯兮髯兮"之句以为调侃,足见题咏之时,他们之间的关系已是十分的亲密了。

观乎上述蒲松龄与张贞友情的叙说,可以看出,蒲松龄非但不鄙薄张贞,而且其崇敬之情一直溢于言表。那么,《张贡士》一篇的寓意到底是什么呢?清人但明伦评《聊斋》此篇时说:"人之一生,不过一场戏耳。"联系到《聊斋志异·王子安》篇末"异史氏曰"所谓"顾得志

---

① 安致远《张杞园索题小影》诗中有句云:"八尺髯张书满航,樵青夫妇也风光。"见《纪城诗稿》卷四。又,安荺《杞城别业图赋》亦云:"杞园先生者,九皋鸣鹤,八尺髯张。"见《绮树阁赋稿》。

之况味,不过须臾;词林诸公,不过经两、三须臾耳"的话,则但氏此评,也许可以道出蒲松龄将"心头小人"事笔之《聊斋》,以及王士禛移入《池北偶谈》的某种心态罢。

(原载《国际聊斋论文集》,题作《〈聊斋志异〉中的张贡士与李象先其人》,北京师范学院出版社1992年版,此为节选)

中○《聊斋》本事考证

《聊斋志异·姊妹易嫁》本事考证

吕剧《姊妹易嫁》是近年来涌现出来的一出脍炙人口的好戏。它是根据《聊斋志异》中的同名小说改编的，但二者又有许多重要的不同：一是原作有头有尾，而吕剧只是截取了其中"易嫁"的一节而加以扩充。二是原作中渲染风水、说梦以及因果报应的部分，到了吕剧中被删掉了。三是对"易嫁"的情节也做了某些调整和变动：如原作是"易嫁"在前、"赶考"在后，吕剧为了增强戏剧性将二者颠倒过来；原作中妹妹的长相并不漂亮，毛纪与姨妹的联姻也并非情愿（视其阴欲易妻可知），而吕剧则将两人都美化了（或美化外貌，或美化心灵）。可见，吕剧《姊妹易嫁》既保留了《聊斋》原作的精华，又扬弃其糟粕。这在今天所改编的众多的《聊斋》戏（包括电视剧）中，无疑是值得重视的一个。

当然，我们讲改编的成功，并不意味着对原作的贬低。《聊斋志异·姊妹易嫁》一篇，尽管存在着前述的一些消极因素，但是，两姊妹的鲜明形象对比和批判嫌贫爱富的主题，毕竟在原作中即已具备。而且，由于蒲松龄文笔的朴实、流畅、生动，作为文言小说，也还是上乘之作。现在我们要进一步探讨的问题是，蒲松龄的原作又是否有着写实的成分呢？

《聊斋志异·姊妹易嫁》一篇，近人一般是把它当作小说来读的，但据我考查，其中的人物和故事并非完全虚构。确切地说，应是真假并存，虚实参半。

首先，毛纪就是实有其人的。据《明史·毛纪传》及《掖县志·名臣·毛纪传》记载，毛纪，字维之，明代山东掖县人。成化末，举乡试第一，登进士①，选庶吉士；弘治初，授检讨，进修撰，充经筵讲官，简侍东宫侍读。正德十年（1515）迁礼部尚书，正德十二年（1517）为东阁大学士。此后又晋少保、武英殿大学士兼户部尚书，嘉靖初，并为首辅。嘉靖三年（1524），因疏谏忤旨，"乞赐骸骨归乡里"。其后二十余年皆在林下，直至嘉靖二十四年（1545）八十三岁时卒（据此可知，他当生于1463年，即明英宗天顺七年）。死后赠太保，谥文简。其一生事迹，如中解元、登进士、拜尚书、做宰相，以及"以宰相归"等，都与《聊斋》所言相合。可见，对毛纪这个人物，实不能以子虚乌有视之。当然，有关毛纪的家世，小说的叙述与事实是不符的。

清人孙扩图在《聊斋志异·姊妹易嫁》篇末的附录云："文简封翁讳敏，以孝廉任杭州府学教授。生五子，文简最少。封翁年八十余，文简官少宰，乃受封而卒。其茔地自赵宋时沿葬，历有达者。至文简卒，始卜西山新阡。乾隆壬戌，予与文简裔人共修《掖县志》，曾亲至毛氏新旧两茔，览其碑表，征事实焉。"又，孙氏《附考》云："余读《掖县志》，相国封翁讳敏，以孝廉任浙江杭州府教授，盖自元以来，已为东莱名阀矣。《聊斋》此条，传闻之讹也。"

孙扩图，山东济宁人，乾隆年间做过掖县教谕②。乾隆七年（1742），他为修《掖县志》曾与毛纪后人一起亲自到氏墓地"览其碑表，征事实焉"。可以说，他是对《聊斋志异·姊妹易嫁》本事进行考证的第一人。又因他所据的都是第一手资料，故其所言应可信。照孙氏所说，毛纪之父显

---

① 据吕湛恩注《聊斋志异·姊妹易嫁》，中解元在成化丙午，即1486年；登进士在丁未，即1487年。
② 见《掖县志》卷三《职官》。

然不是放牛郎，而是中举后又出任杭州府学教授，且受封而卒；其家世亦非"素微"，而是"东莱名阀"。至于毛父死后得风水"佳城"而卒使儿子大贵之说，更显系附会。这类的故事在山东一带流传甚多。例如王士禛《池北偶谈》卷八《薛忠武》云："明郢国忠武公薛禄，胶州人。其父居海岛，为人牧羊，时闻牧处有鼓乐声出地中，心识之。语忠武兄弟曰：'死即葬我于此。'后如其言葬焉。已而，勾军赴北平，其兄不肯行，忠武年少请往。后从靖难师，累功至大将军，封阳武侯，追封郢国公。其地至今号薛家岛。""薛家岛"今有其地，在青岛市西南的海中，据云其得名确系因薛禄。而薛禄亦实有其人，本名薛六，既贵，乃更名禄；卒伍出身，建文年间从明成祖起兵，以"靖难"之功累迁至右都督、大将军，封阳武侯，为明初宿将①。至其父死葬"有鼓乐声出"之地云云，则亦纯属无稽之谈。这个故事蒲松龄在《聊斋志异》中也有记载，只不过改"牧羊"为"牧牛"，改"时闻牧处有鼓乐声出地中"为"辄见蛇兔斗草莱中"而已，见卷五《阳武侯》："阳武侯薛公禄，胶薛家岛人。父薛公最贫。牧牛乡先生家。先生有荒田，公牧其处，辄见蛇兔斗草莱中，以为异，因请于主人为宅兆（何注：宅兆，墓也），构茅而居……"

再如，对清代乾隆朝的名相刘统勋，亦有类似的传说。略谓统勋父本同村逄姓地主之放牛郎，偶遇南方"蛮子"来探地脉，见其在村南泽地中埋一鸡蛋，翌日便有小鸡孵出，遂请于主人，死后安葬于此。结果，后人终于显达。予与统勋同里，儿时乡中故老犹言之凿凿——实则统勋父刘棨生前已仕至四川布政使矣②。蒲松龄对毛纪父亲葬地的叙说，很可能

---

① 见《明史》卷一百五十五《薛禄传》。
② 见《清史稿》卷四百七十六《刘棨传》。

就是受了这些民间传说的影响而有意为毛纪之发迹涂上一层神秘色彩。

其次,"易嫁"之事也是有的。孙扩图附录又云:"至文简夫人一段,毕氏《蝉雪集》中所载,亦与此小异。夫人姓官氏。姊陋文简有文无貌,临嫁而悔。妹承父母意,遂代姊归文简。文简既贵,姊自恨,出家为女道士。妹馈遗之,都不肯受,清修登上寿。文简林下二十余年,颇与过从谈道,相敬重云。任城孙扩图识。""毕氏",即毕拱辰。拱辰,字星伯,明万历丙辰(1616)进士,曾官至盐城、朝邑知县,历淮徐兵备佥事,后在太原为李自成起义军所杀,亦掖县人[①]。据《掖县志》说,其人"喜著书,官辙所至,缥缃之富充栋宇",所著有《珠船斋集》《凫溪存稿》《旅味瓿余》《系曤近草》《莱乘》及《蝉雪呓言》(殆即孙氏所谓《蝉雪集》)等[②]。然除《莱乘》外,余皆不存。这样一来,孙氏所引《蝉雪集》中的一段话,便成了有关这个问题的现存唯一资料了。据孙氏引述,毛纪夫人虽不姓张而是姓官,其姊"临嫁而悔"的原因不是嫌贫爱富而是以貌取人,晚年与毛纪的关系不但不僵反而"相敬重",但"易嫁"的事实应是不容否认的。

蒲松龄(1640—1715)生于毛纪(1463—1545)死后的第九十五年,他是否读过毕拱辰的《蝉雪呓言》不得而知,但他的确听过有关"姊妹易嫁"的传闻。篇末"异史氏曰"所云"余闻时人有'大姨夫作小姨夫,前解元为后解元'之戏"便是明证。大约毛纪的婚姻逸事,在当时山东一带已广为传播,殆为蒲氏所闻后,便据以写进小说。

那么,蒲松龄笔下的"姊妹易嫁"故事又为何与毛纪婚姻的真相不

---

① 参见《明史》卷二百六十三《蔡懋德传》及《掖县志》卷四《名臣》。
② 见《掖县志》卷四《名臣》及卷五《艺文志》。

尽相符呢？这除了"传闻之讹"外，很可能又与蒲松龄参考了古代有关"姊妹易嫁"的故事而施以艺术加工有关。在中国历史上，"姊妹易嫁"之事不止一起。例如，唐代的孙泰和吉顼便都有这样的逸事。王定保《唐摭言》卷四云："孙泰，山阳人，少师皇甫颖，操守颇有古贤之风。泰妻即姨妹也。先是，姨老矣，以二子为托，曰：'其长损一目，汝可娶其女弟。'姨卒，泰娶其姊。或诘之，泰曰：'其人有废疾，非泰不可适。'众皆服泰之义。"这实际上也就是"姊妹易嫁"，只不过是男方的主动变易罢了。男方放着既定的"妹妹"不娶，出于善心，娶了"有废疾"的"姐姐"。蒲松龄在《姊妹易嫁》中，将代姊出嫁的、原本并不难看的妹妹，写成了"病赤鬊""发鬖鬖"，或许就是受了孙泰娶盲妻的启示吧！

再看宋钱易《南部新书·庚集》的记述："吉顼之父哲为冀州长史，与顼娶南宫县丞崔敬女。崔不许，因有故胁之。花车卒至，崔妻郑氏抱女大哭曰：'我家门户底不曾有吉郎！'女坚卧不起。小女自当，登车而去。顼后入相。"这故事与毛纪事更为相似。而且几乎可以肯定，蒲松龄对这个故事是相当熟悉的。你看，他在小说中写的"新郎入宴，彩舆在门，而女掩袂

向隅而哭"和"即以姊妆妆妹,仓促登车而去"的场面,不就是借鉴了吉项娶妻时"花车卒至","女坚卧不起,小女自当,登车而去"的情节吗?

现在,我们总算可以将蒲松龄《姊妹易嫁》一篇的构思过程搞清楚了:他是先取毛纪事作为基本情节,然后参照有关历史人物的传说,变毛纪的"东莱名阀"家世为"牧牛儿"出身,并虚构了另一张姓世族,安排毛纪与张氏而不是官氏联姻。这样的设计,对于增强故事的思想性、戏剧性以及为后面的情节张本,都是十分必要的。在"易嫁"一节,蒲松龄又改姊之以貌取人为嫌贫爱富,这样又使主题的开掘更深一层。此外,蒲松龄还改毛纪原妻的"临嫁而悔"为自始至终都不肯相从,并让她屡次出言不逊,且增加了与妹妹间的口角。这样做,客观上又为人物形象的塑造,安排了一个极为理想的矛盾冲突的环境(吕剧《姊妹易嫁》便是在这种典型环境和典型环境中的人物身上大做了文章)。其用意实在是够高明的了。至于其他一些细节,他也都参照历代有关"姊妹易嫁"的故事和自己对周围生活的观察、体验,而加以藻饰、渲染。最后,一个意在批判嫌贫爱富而又半真半假的故事便产生了。当然,由于蒲氏时代和世界观上的局限,小说也被涂上了一层宿命论和封建迷信的色彩。但由今观之,似乎并不掩其积极的主题。

综上可见,由毛纪其人其事,而《聊斋》,而吕剧,这便是"姊妹易嫁"故事搬上舞台的全过程;其中蒲松龄和吕剧改编者的两次艺术加工均堪称高明。明乎此,则不但于《聊斋志异》的深入研究,且于历史剧的创作,乃至古代文学遗产的批判继承,都不无益处。

(原载《齐鲁学刊》1986 年第 1 期,
《人民日报》(海外版) 1992 年 9 月 24 日"蒲松龄专版"摘要刊登)

《聊斋志异·金和尚》本事考

号称"短篇之王"的蒲松龄,于《聊斋志异》中所写故事,就其真实性而言,大致可以分为三类:一为作者所亲历或亲闻,如《地震》《水灾》《跳神》诸篇,便基本上是纪实之作,故亦有人称之为新闻报道或素描;二是取其一点因由,随意点染,且多"写鬼写妖",并具有曲折的情节,鲜明的人物形象,这可以《促织》《聂小倩》《青凤》等篇为代表,属小说的范畴,也是《聊斋志异》中的大部分;三是篇中所写之人或事,都有相当的依据,只是在某些细节部分由作者进行了一定的艺术加工,即所谓"藻饰之,点缀之"①,这一部分姑可谓之特写或报告文学。《金和尚》便属此类。

《金和尚》写了一个"两宗未有,六祖无传"②的金姓和尚,发迹后如何荒淫无耻,如何暴横乡里的故事。此人名义上是诸城五莲山寺的和尚,但"生平不奉一经,持一咒,迹不履寺院,室中亦未尝蓄铙鼓",独于"饮羊""登垄"之类投机倒把的勾当最有研究。故本师死后,他凭借"遗金",不数年便暴富起来。之后,遂在故里广置田宅,"绕里膏田千百亩,里中起第数十处"。而那些贫而无业者,便纷纷"携妻子僦屋佃田"。金又广收弟子,僧徒以千计,"一声长呼,门外数十人轰应如雷"。僧舍之内,朱帘绣幕,香气喷人,锦被折叠厚尺有余,连墙

---

① 蒋瑞藻《花朝生笔记》。
② 见《聊斋志异·金和尚》。以下引文未注明者皆出此。

上也都糊满了美人画,"悬粘几无隙处"。虽不敢公然蓄歌妓,然有"狡童十数辈",日常"偻屋者,妇女浮丽如京都"。尤其可笑的是,僧奴辈呼金皆以"爷",即邑人抑或"祖"之、"伯"之、"叔"之,不以"师"或禅号称。金又买异姓儿,延儒师教帖括业,旋由捐纳而入太学,不久竟然中举。于是,金和尚又成了声名赫赫的"太公"。其在乡里,颐指气使,飞扬跋扈,竟连官府也奈何他不得。金死后,"冥宅壮丽如宫阙",葬仪极其隆重。上自方面大臣,下至贡、监、薄吏,"皆伛偻进,起拜如朝仪"。真可谓生前享尽富贵,死后备极哀荣。显然,这位金和尚已不是普通和尚,而是一位典型的僧侣地主了。

这样一个"狗苟钻缘,蝇营淫赌"的"和幛",在当时究竟有无其人、其事?是蒲老先生"姑妄言之",抑或真有所本?对此做些考证,于《聊斋志异》的深入研究,应是不无益处的。

一

最早留意《聊斋志异》中金和尚本事的,是那位"知不足斋主人"鲍廷博(字以文),他在青柯亭刻本《聊斋志异·金和尚》的篇后加有这样一则附录:

> 予闻之荷邨先生云:和尚盖绍兴某县人。少时与侄流寓青州,久之,复与侄相失,遂祝发为僧。后其侄显达,乃于诸城道中物色得之。劝令改初服,不可;因出资令有司创建刹宇,且为营别业焉。一时服御华侈,声势炫赫,诚有如《聊斋》所云者。而其嗣孝廉某,

实其族子也。荷邨先生言其名字、爵里及其他琐事甚悉。尝以柳泉此传未尽得实，付梓后，欲别为小纪以正之。刻甫竣，而先生遽捐馆舍。予述焉不详，姑摭其大凡如此。丙戌六月二十七日，天都鲍廷博书于严陵舟次。

鲍氏所述，皆系闻诸荷邨先生。荷邨即青柯亭本的编辑人赵起杲（莱阳人）。由于赵氏在刻本正式出版前的半年，即丙戌乾隆三十一年（1766）五月，已暴卒于严陵官舍，故"小纪"未成，无由睹其详说。其谓"和尚盖绍兴某县人"云云，亦不知所本。

其实，早在鲍、赵之前，已有人提到过金和尚其人了，只是没有与《聊斋志异》相联系而已。其中，言之最悉者为王士禛，其《分甘余话》卷四云：

> 国初有一僧，金姓，自京师来青之诸城，自云是旗人金中丞之族，公然与冠盖交往。诸城九仙山古刹，常住腴田数千亩，据而有之。益置膏腴，起甲第。徒众数百人，或居寺中，或以自随，居别墅。鲜衣怒马，歌儿舞女，虽豪家仕族不及也。有金举人者，自吴中来，父事之，愿为之子。此僧以势利横闾里者，几三十年乃死。中分其资产，半予僧徒，半予假子。有往吊者，举人斩衰稽颡，如俗家礼。余为祭酒日，举人方肄业太学。亦能文之士，而甘为妖髡假子，忘其本生，大可怪也。

王士禛为清初文坛领袖，也是蒲松龄的一位阔朋友。其家虽居新城（今桓台县），然原籍诸城，同诸城文人李澄中、隋昆铁、张石民等一直保持联系；① 而且，金和尚之养子"金举人"肄业太学时，他又正在国子监做着祭酒，故其所言应可信。唯王氏撰《分甘余话》在康熙四十八年（1709）罢刑部尚书家居期间，时蒲氏年已七十，《聊斋志异》一书早成，而王氏此前又索阅过原稿，不知缘何，此条于《聊斋志异》竟未及一词也。

照王氏所说，这位金和尚本姓金，旗人，清初由北京到达青州府之诸城县，遂主九仙山古刹（琛按：应为五莲山古刹。九仙、五莲，一涧之隔）。此后，凭借"冠盖"之力，"以势利横闾里者几三十年"。而其嗣子，即由吴中来之金举人。我原以为，这样一位"两宗未有，六祖无传"的和尚，能在历史上留下如许记载已属不易了，而我们对他的了解，大概也就仅限于此了。实在没有想到，1983年五六月间，赴山东考察的过程中，在诸城博物馆又读到了前所未读之《五莲山志》一种，从中竟发现了关于金和尚的更加具体、确切的材料。

《五莲山志》成书于康熙二十年（1681），为五莲山释海霆（字惊龙）所编，乐安李象先（即《聊斋志异·李象先》中的那位李象先）删定，诸城王咸炤（屋山）批选，张石民订正。据书中记载，清初，诸城五莲山寺，确有一金姓僧人，法号海彻，字泰雨。其《诸

《五莲山志》封面

---

① 李澄中，字渭清，号渔村，康熙十八年（1679）召试博学鸿词，授翰林院检讨；隋昆铁，名平，一字悔斋；张石民，讳侗，字同人；皆清初山左诗人。

师本传·海彻》云：

> 先兄讳彻，字泰雨，金姓，辽左巨族，汉日䃅之后。当辽阳失据，一门死难者十九，时师方八岁。有女兄德庵，夫丧，誓死奉金仙，久为尼氏，住东南之昙华庵。师潜奔其所，得不死。嗣毛帅建旗鼓于海外，招集辽徙，姊携师杂难民队中，晓住夜行，月余至旅顺。登舟阻风，又月余，抵皮岛。居无几，毛帅拨官舟送姊过海西，姊止高密单宦尼庵。久之，姊谓师曰："吾一家父兄子弟七十余口，莫不饮刃茹戈，鸟惊兽散。惟我兄弟二人性命相依，形影相吊，流离至此，不知税驾于何所也。吾闻诸城五莲山心空大和尚者，人天之所归趋，欲送弟礼彼空王，荐我祖考；且弟年稚，吾罪女身，舍是则无所为弟著足矣。"师唯唯。开山素不喜童子出家，怜师积代簪缨，一时落魄，可矜可哀，许为剃度。遂执巾瓶于摩诘丈室。时天启丁卯岁也。

此云五莲山寺之释海彻，即俗姓金，本辽左巨族，汉车骑将军金日䃅之后。海霆系海彻师弟，所为传当属第一手资料。传中所谓"辽阳失据"，系指1621年（明天启元年）金兵（时尚未改国号为大清）攻陷辽阳事。时海彻八岁，据此可知海彻生年当在1614年，即明万历四十二年。辽阳失陷后，

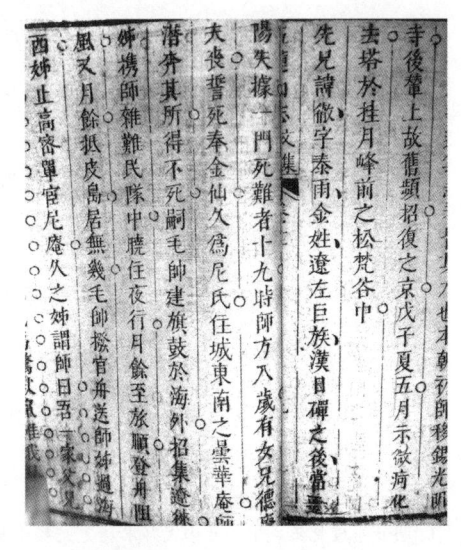

《五莲山志·海彻传》书页

海彻因潜奔为尼之姊所，故得不死。后姊弟又杂难民队中，辗转而至山东，止高密一单姓官僚之尼庵中。所谓"拨官舟送姊过海西"之"毛帅"，即毛文龙（字镇南），万历间以都司援朝鲜，逗留辽东。会辽东失，一时军民尽窜，即招募逃民为兵，占据皮岛，南联登州以为犄角，抗击金兵。海彻姊弟因系弱女幼童，不能从军，故被遣之。此后，海彻与姊在高密一住就是六年，直到天启丁卯（1627），海彻十四岁时，始出家至诸城的五莲山寺，礼心空大和尚。其为僧，与其说为"荐祖考"，毋宁说是为谋生而觅一驻足之地。故剃度后，诚有如《志异》所云者，"牧猪赴市""饮羊""登垄"，无所不为矣。

海彻所礼之心空大和尚，法号明开，字心空，为五莲山光明寺之开山祖师。本四川成都人，姓庞氏。少业儒，一日因"阅内典有悟"，遂出家。后渡江、历淮扬而流落到山东诸城，次第行乞于市。明神宗万历三十年（1602），经南京工部尚书臧惟一与其弟臧惟几（均诸城人）挽留，遂在五朵山（五莲山原名）构茅舍定居，收纳僧徒。海彻剃度时，心空已是六十高龄，一年后便圆寂了。①《诸师本传·海彻》又云：

> 越明年，开山寂后，师始北省先师。蒲团未暖，值流氛之变，师遣霆侍先师归休五莲，独留当门户。世祖定鼎燕都，师之伯从兄弟俱从入关。一日，师立弥勒阁前，诸公朝退，忽于征尘中与师邂逅。顺治三年，大中丞廷献公直指东省，损俸串俾补五莲之阙焉者，自是山名闻益远。师于康熙十四年九月初八日示疾入灭，世寿

---

① 明开事迹见王咸炤《开山大师本传》，载《五莲山志》卷二。以下所引各篇，除特别注明者外，皆出《五莲山志》。

六十五，法寿五十一。生葬林泉庄西北之会稽山麓。

据道忞《开山和尚碑铭》，明开卒在崇祯二年（1629）元旦，与海彻出家之天启七年（1627）恰隔一年。时海彻方十六岁，不能自立，遂"北省先师"。"先师"即性觉（字元照），顺天东安人，本姓刘，少依怡庵（洪姓，明开再传弟子）出家，时居北京西山某寺。明开寂后，海彻与海霆俱往事之。适逢清兵大举南下，京师局势不稳，故"蒲团未暖"，海霆又侍性觉归休五莲，只留海彻一人独当门户。大约自崇祯二年（1629）至顺治三年（1646）的十七年间，海彻一直都在北京。其间他经历了李自成进京和清朝定鼎，并与入关做官的伯从兄弟们邂逅。这些经历，使他开阔了眼界，广泛地"结纳"了一批上层官员，为日后的发迹奠定了基础。顺治三年（1646），清朝偏沅巡抚金廷献（海彻亲族，即所谓"大中丞"者）进兵山东，海彻便随其后又回到了五莲山。然此次进山已非昔比，不但阅历加深，而且增添了一定的政治背景。确切地说，便是凭借旗人的势力，以征服者的姿态来进驻山寺了。故顺治五年（1648）五月原主山和尚性觉去世后，海彻便成了当然的众僧之王。计自顺治三年（1646）至康熙十四年（1675）的三十年间，是五莲山寺的所谓"极盛"时期，同时也是海彻"以势利横闾里"、作威作福的时期，《聊斋志异》所述金和尚之种种劣迹，大都发生在这一段时间里。

二

海彻主山后，为什么能够"大振五莲"[1]，并凭借山寺横行乡里呢？这要先从五莲山寺的历史说起。

五莲山旧名五朵（以主峰五尖并立，如花之初放故名），在诸城西南八十三里（今属五莲县叩官公社），苏东坡所谓"奇秀不减雁宕"者，即其地。唐宋时曾有僧尼筑舍其中，后荒废，至明初，仅留云堂寺之遗址。万历三十年（1602），明开和尚进山后，先在东北方之大悲峰下卜居；不久即去北京，请山名，讨大内龙藏。适逢神宗之母李皇太后有眼疾，命各寺院为之祈祷，明开在西山寺也参加了这一活动，并因此而结识了惜薪司太监王忠。此时的万历皇帝正"弘崇释典，愿以大乘三藏普贮名山，暨僧之有道行者领之，命内侍各举所知"[2]，于是王忠便以五朵山奏，悉白其状。结果，万历皇帝大加赏悦，赐山名为"五莲"，并"发大藏六百七十八函、共六千七百八十卷，玉磬、御杖、宝幡、内帑金，差御马太监张思忠赍以往"，就地划定了山界，督工敕建万寿护国光明寺。同时，"敕本寺僧明开赐紫伽梨，主其事"[3]。可见，五莲山寺与一般的寺庙不同，它是直接秉承最高统治者的旨意而修建的，故而在封建社会中本来就享受着绝大的特权。

明朝末年，战争频仍，国家政权不稳，所以自明开死后，五莲山寺亦曾一度式微。但至顺治五年（1648）海彻主山后，情况就大不一样了。

首先是僧徒的大量增加。据《五莲山志·世系》记载，海彻之前，

---

[1] 道忞《开山和尚碑铭》，《五莲山志》卷三。
[2] 翁正春《五莲山光明寺碑记》，《五莲山志》卷三。
[3] 同上。

五莲山僧虽已传四世（即明、真、如、性），但合计仅有僧众179人。自"海"字辈后，僧徒开始急剧增加。除了"海"字辈本身的130人外，海彻主山后又剃度"寂"字辈110人、"照"字辈40人。而且直到康熙二十年（1681），"寂""照"两辈都还"尚未止度"。这还不算仆役人员及"狡童"、佃农的人数。《聊斋志异》云金和尚"弟子繁有徒，食指日千计"，固非夸张。僧人之间，辈分分明，俨若世俗。后辈之称前辈，皆以"爷"或"祖"，即海彻、海霆亦自称为明开之"五世孙"①。此又与《聊斋志异》所述相合。

其次是寺院的大规模扩建。五莲山寺初建时，只有光明殿、藏经楼、分贝阁、御杖阁几处建筑。海彻主山后，不但重修了光明殿，而且新建了御书楼、御幡楼，"起东西阁，盖梁樆，饬垣墉，寺后筑甬道，绕大悲峰，凿山西北，创精舍数楹"②，"因峰峦起楼台，凿蹬瞪石，巧夺天工，一时梵刹称希有焉"③。此外，海彻还在潮河、榆林、水泊（即《聊斋志异》所谓"水坡里"）等地修建"别墅"几十处，而大和尚们平日多半时间也就住在这些"别墅"里。《聊斋志异》云金和尚"起第数十处"，盖亦有本。

再次是僧徒的势焰日炽。山寺初立时，只有"林泉、榆林庄田千五百亩"（海霆《开山和尚自叙碑铭》）。海彻主山后，又在"山外置常住田以给众"④，于是庄田面积遂大增。据《五莲山志·庄田》所载，至康熙二十年（1681），寺院庄田计有中榆林、下榆林、小榆林、胡林、上下林泉、大槐树、固子头、潮河集、任兰、丹土村、寇官庄、封家村、

---

① 道忞《开山和尚碑铭》。
② 孙祚昌《重修光明寺大殿碑》。
③ 王咸炤《开山大师本传》。
④ 孙祚昌《重修光明寺大殿碑》。

北榆林、叶家沟、水泊等十六处，占地一万多亩。这些土地上的人民，从此便成为寺院的佃户。他们不但要向寺院交租，而且要服劳役，诸如修建僧舍、侍候出游、贡奉时鲜等，无所不为。更有甚者，某些有地位的大和尚还可以随便强占民女，以满足其荒淫无耻的生活。佃户们婚嫁，他们要享受所谓的"初夜权"；即在平时，也常常将佃户的女子召进乡间的"别墅"或寺院内特建的"精舍"恣意蹂躏。久之，里中遂形成了《聊斋志异》所说的"不田而农者以百数"的怪现象。其受害尤深者是大榆林、水泊、潮河等几个村庄，故时谚有云："五莲山的和尚，大榆林的婆娘。"有时佃户们也会反抗，即所谓"恶佃决僧首痤床下"，但结果往往是被"逐去之"，流落他乡。这种状况一直持续到中华人民共和国成立前夕。土改时，当地人民对这些僧侣地主的暴行忍无可忍，遂群起而将山寺捣毁。[①] 人民政府也应群众要求，镇压了其中四名作恶多端的主山和尚，余令还俗。

海彻主山后，之所以能凭借山寺如此"暴横乡里"，除了前面说过的历史的原因外，又与他本人的社会关系及其"广结纳"是分不开的。道忞《开山和尚碑铭》云："彻公故家辽左，为名族。本朝初，其弟侄辈多为显宦，彻公复大振五莲。"这说得一点儿都不错。请看下面这张《泰公弟侄宰官护法》名单：

总督云贵标前中营副总兵官加一级金公声遽

都统随印他亦哈番加二级金公声迅

陕西富平县知县金公声遽

一等阿思哈尼哈番兼理参赞内大臣加一级金公声遥

---

① 据五莲县志编纂委员会编《五莲山简介》云，寺毁于1947年。

一等阿思哈尼哈番加一级金公玉成

御前一等侍卫加一级金公玉式

广西梧州府同知金公玉衡

一等阿达哈哈番管杭州固山大事金公玉英

一等阿达哈哈番加一级拖沙喇哈番金公玉琨

正白旗阿思哈哈番金公铵

吏部郎中金公鉴

吏部考功司员外郎金公镁

工部左侍郎金公鼐

奉天府府丞金公玺

大理寺寺正金公铗

此名单乃泰雨师弟海霆所开列，载在《五莲山志》，足证道忞所云"彻公弟侄辈多为显宦"为不虚。再看海霆所开列之《五莲山前任宰官护法》名单：

巡抚偏沅等处地方金公廷献

巡抚山东等处地方耿公焞

镇守沂州等处地方总兵李公克德

分巡青州海防道参议周公筌

分巡青州海防道参议周公亮工

青州府知府张公文衡

青州府知府曲公允斌

青州府同知边公大绶

……

诸城县知县程公涝

诸城县知县李公天伦

……

诸城县知县程公甲化

诸城县知县蒋公振勋

诸城县知县卞公颖

诸城县典史孙公文绣

以下还有什么《五莲山邑人开创檀越宰官》《五莲山见任宰官护法》以及《五莲山见任邑人宰官护法》名单几十人,其中有历任的山东巡抚、青州知府、诸城知县,还有那位《聊斋志异》中曾出现过的掌管山东道监察御史孙必振(诸城人,顺治戊戌进士),以及翰林院检讨李澄中等。当是时,"凡守青郡,令诸邑,必先为之容"①。许多达官贵人都争同海彻唱和、交往,不敢稍加得罪。②试想,有着这样一些"为显宦"的弟侄和省、府、县各级官吏的"护法",金和尚及其僧徒当然可以在地方上为所欲为而有恃无恐了。而《聊斋志异》上说的"金又广结纳,即千里外呼吸亦可通,以此挟方面短长,偶气触之,辄惕自惧",正是十分真实地写出了海彻这种不可一世的嚣张气焰。

三

《聊斋志异》所云"金又买异姓儿,私子之。延儒师,教帖括业。

---

① 《诸师本传·性觉》,《五莲山志》卷二。
② 如周亮工便有《雨中过泰雨禅师期游五莲》诗,见《五莲山志》卷五。

儿聪慧能文，因令入邑庠；旋援例作太学生；未几，赴北闱，领乡荐。由是金之名以'太公'噪"，此亦有本。

所谓"异姓儿"者，即王士禛《分甘余话》所云自吴中来之"金举人"。但"金举人"又系何人呢？王氏未言其名字。按其事迹，可知即清初诗人金奇玉。卢见曾刊《国朝山左诗钞》曾选其诗六首，确为"能文之士"。其《小传》云：

奇玉，字绍怀，号琢庵，江南昆山人，本姓朱氏。避难居诸城，遂家焉。康熙辛酉顺天举人。官渑池知县。有《龙溪纪年诗集》。

原来所谓"金举人"者并不姓金，而姓朱。赵起杲（荷邨）谓金和尚之嗣"实其族子"云云是讲错了，倒是蒲松龄言"异姓儿"者确。但是，这位金奇玉是否即五莲山释海彻之养子呢？《国朝山左诗钞》未及。让我们再看看金奇玉本人的诗集吧。

金奇玉确有《龙溪纪年诗集》八卷行于世。诗集刻于康熙五十年（1711），时金奇玉年六十六。据此，则金当生于1646年，小海彻三十二岁。集中自言其本姓张，祖父时因遭家难而改姓。又言其父于顺治初曾任长洲知县。查《启祯纪闻录》："昆山庠生朱应锟，献本县册，遂令为长洲县令。"是应锟即为奇玉之父也。父为县令，而子又以"家难"奔逃，不知缘何。奇玉适诸城后，先结识县人李澄中（渭清），又因澄中而识刘翼明（子羽），遂与县诸文人为友，留居西村；后竟以诸城籍应乡试而中式。然会试屡不第，晚始谒选为渑池知县。此其本人自述，亦未及"为妖髡假子"事。再检索其诗，中有《追赋龙大师》十章。龙即惊龙，亦即海彻之师弟海霆，非海彻也明。显然，金奇玉本人的诗集也是不能证其为金和尚之养子的。然则,是蒲氏之言妄邪?抑金举人羞称其事?再翻乾隆《诸城县志》。巧极了,在"侨寓"类里,恰有《金奇玉小传》:

> 金奇玉,本姓朱,江南昆山巨姓。十余龄,遭家变出亡。至县,无所依,五莲山僧金姓养为子,从姓金氏。僧延名师教之,仍以昆山籍举顺天乡试。知渑池县。博学,工诗画。居城西黑龙沟,侧与县诗人相唱合。集号《龙溪》。

此言金奇玉十余岁出亡至诸城,因"无所依"而被"五莲山僧金姓养为子,从姓金氏",是可信的。本人所谓由李澄中、刘翼明而留居诸城,不及僧事,盖讳之也。

收养金奇玉的"五莲山僧金姓"又是否即海彻呢?比金奇玉稍后的诸城人王蘉绪(号五莲山人)有一篇《金大令传》记其事甚明:

> 君少遭家难,亡命至诸。遇泰雨上人,收养入太学,登乡试。九上春宫不第。后为渑池令,陷于山贼,以计免归。早年即擅诗名。七十后,同时若刘子羽、李渭清、丘龙标、徐栩野、张蓬海、石民,皆先后去世,而君独存。学者称龙溪先生云。

泰雨即海彻。至此,我们总算可以下结论了:金奇玉就是海彻之养子,亦即金和尚所"私子之"的那位"异姓儿"。他于1646年生于江苏昆山,十余岁时,因遭家难逃亡至诸城,被海彻收养,旋入太学读书,三十五岁(1681年)中举人;后多次考进士不中,晚始谒选为渑池知县,不久即免归。晚年居诸城城西之黑龙沟村(今属诸城县吕标公社)。因地名"龙沟",故其集号《龙溪》,学者亦称龙溪先生。终年七十余岁。其一生事迹，约与《聊斋志异》所言合。唯"领乡荐"在康熙二十年（1681），而其时海彻早已去世六载，不及享"太公"之名了。又，奇玉集中有举家食粗粝诗，反映出家境并不富裕，不似得厚产者，《聊斋志异》言金和尚死后，养子得其资产之半，亦不符。此殆与《聊斋志异》言金和尚殡仪盛况一样，乃蒲老先生点染、藻饰之辞，不过是涉笔成趣罢了。

还要说明的是，金奇玉虽于晚年编成的诗集中讳言曾为僧之养子事，然早年并非如此。《五莲山志·卷五》载金奇玉所作《万松林歌》一首，副题便是"己未秋，为先恩君泰雨公作。"己未秋即康熙十八年（1679）之秋，时距泰雨去世四年，奇玉三十三岁，"方肄业太学"（王渔洋即于是年迁任国子监祭酒）。可见，那时的奇玉尚不以有这样一位"恩君"而为耻呢！

综上所述，我们约略可以将《聊斋志异·金和尚》之本事钩稽出来了：和尚本姓金，法号海彻，字泰雨，辽阳人，为汉车骑将军金日碑之后。他生于1614年，卒于1675年，终年六十二岁（《诸师本传》云世寿六十五，当系计算之误）。八岁时，因辽阳失陷，与其姊一同出亡到山东高密，居六年，至十四岁时，为生活所迫，遂出家到诸城的五莲山寺。又隔年，即1629年（崇祯二年），因本师心空去世，乃与师弟海霆一起往北京西山寺投奔性觉和尚。不意时值清兵南下，"蒲团未暖"，海霆即侍性觉返回五莲，只留他一人"独当门户"。此后，他在北京一住便是十七年。直到顺治三年（1646）才随"大兵"又回到了五莲山，旋即做了主山和尚。计自1646年回山至1675年去世，其间三十年，是这位和尚"发迹"并以势横行乡里的时期。他利用寺院的特殊地位和自己显赫的社会关系，勾结官府，大力发展僧众，扩建寺院，购置田宅，遂成为一名典型的作恶多端的僧侣大地主。而他收养并培植的那位"异姓儿",便是清初山左诗人金奇玉。

可以看出,蒲松龄写《聊斋志异·金和尚》一篇,虽叙事滑稽,语言诙谐,但基本上还是忠于事实的。而此篇的价值,也正由于它是报告文学(或曰传记文学)而非小说,故而已远远地超出了文学的方面。例如,要研究明清之际的寺院经济及社会状况,《金和尚》便是极为难得的材料。这一点,历史学界似乎还不曾注意到。

(原载《兰州大学学报》1984年第3期,
《人民日报》(海外版)1992年9月24日
"蒲松龄专版"摘要刊登)

《聊斋志异·金和尚》的史学及民俗学价值

20世纪80年代初,即1983年的五六月间,余随赵俪生、高昭一及袁世硕先生进行过一次山东乡邦文献考察,目的是想看一看十年浩劫之后,山东各县所存乡邦文献的情况。此行收获颇大,单就《聊斋》研究而言,我们除赴五莲山寺考察之外(当时寺庙已毁),还见到了不少此前未被发现的《聊斋》本事资料。尤其在诸城博物馆读了前所未读之《五莲山志》一种,从中竟发现了有关金和尚的十分具体、确切的记载。考察结束后,赵俪生先生曾撰有《山东乡邦文献考察小记》一文[①],在谈了考察的种种收获之后,赵先生最后提及:

> 以上种种,仅是我与高昭一同志的一些收获。袁世硕同志,对益都冯氏五代诗传,颇感兴趣,当有专文论及。张崇琛同志,本人就是诸城"十老"中张石民、张蓬海两先生的裔孙,对"十老"事迹收获不小。且拟写为《金和尚本事考》一文。凡此种种,两同志将各有所交代。

遵赵先生之命,考察结束之后,余即撰有《〈聊斋志异·金和尚〉本事考》一文,并于翌年发表于《兰州大学学报》[②]。我在文中提出,《聊斋志异·金和尚》篇实为报告文学而非小说,是研究明清之际寺院经济

---

① 赵文发表于《文史哲》1983年第6期。
② 拙文发表于《兰州大学学报》1984年第3期。

的极好材料。但遗憾的是，自拙文发表至现在已过去 25 年，尚未见到有关这方面的研究文章。今赵先生已归道山，而我本人也已超"耳顺"而奔"古稀"，时不我待，遂穷数日之工，草成此文，以续前篇，并追怀蒲学界之前辈赵俪生先生。

一

《金和尚》的史学价值，首先是为我们提供了明清之际寺院经济的真实情况。

寺院经济经六朝、隋唐发展至明清之际，其规模究竟如何？《金和尚》便提供了一个范例。我们且看篇中的描写：

> （金和尚）数年暴富，买田宅于水坡里。弟子繁有徒，食指日千计。绕里膏田千百亩，里中起第数十处。

这乍看起来像是小说家言，实际上句句属实。

先看寺院的庄田。据明开《开山和尚自叙碑铭》①，山寺初立时，仅有"林泉、榆林庄田千五百亩"。而海彻主山后，又在"山外置常住田以给众"，②于是庄田面积遂大增。据《五莲山志·庄田》载，至康熙二十年（1681），寺院庄田已有"中榆林、下榆林、胡林、小榆林、上下林泉、大槐树、固子头、潮河集、任兰、丹土村、寇官庄、封家村、

---

① 载《五莲山志》卷三。《五莲山志》为海彻师弟海霆编、王咸炽批选、张侗订正、李象先删定，梓刻于康熙二十年（1681）。
② 孙祚昌《重修光明寺大殿碑》，载《五莲山志》卷三。

五莲山光明寺全景

北榆林、叶家沟、水泊"等16处。所有这些庄田共计多少亩呢？据笔者1983年在当地的实际考察所知，有一万余亩。可见，不但蒲松龄所说的金和尚"买田宅于水坡里"属实（"水坡"又作"水泊"），就连"绕里膏田千百亩"，也还是金和尚主山之前的一个十分保守的数字。

再看寺院的宅第。五莲山寺初建时，只有光明殿、藏经楼、分贝阁、御杖阁几处建筑。海彻主山后，不但重修了光明殿，而且新建了御书楼、御幡楼，"起东西阁，益梁櫺，饬垣墉，寺后筑甬道，绕大悲峰，凿山西北，创精舍数楹"①，"因峰峦起楼台，凿磴甃石，巧夺天工，一时梵刹称稀有焉"②。此外，海彻还在潮河、大榆林、水泊（即"水坡里"）等地修建"别墅"几十处，而大和尚们平日多半时间也就住在这些"别墅"

---

① 孙祚昌《重修光明寺大殿碑》，载《五莲山志》卷三。
② 王咸炤《开山大师本传》，载《五莲山志》卷二。

里（此亦笔者1983年赴五莲山考察得知）。故《金和尚》篇云"里中起第数十处"，盖亦有本。

复看寺院的僧徒。据《五莲山志》"宗派"及"世系"载，五莲山僧系临济宗，其世系辈分是"智慧清静，道德圆明，真如性海，寂照普通"。而五莲山寺的开山和尚明开（字心空）即自"明"字辈始。在海彻之前，五莲山僧合计仅有僧众179人（即"明"字1人、"真"字21人、"如"字63人、"性"字94人）。自"海"字辈后，僧徒开始急剧增加。除"海"字辈本身的130人外，海彻主山后又剃度"寂"字辈110人，"照"字辈40人。而且直到康熙二十年（1681），"寂""照"两辈都还"尚未止度"，这还不算仆役人员及"狡童"、佃农的人数。《金和尚》云"弟子繁有徒，食指日千计"，固非夸张。

而五莲山寺的寺院经济又是如何发展起来的呢？究其原因，不外有三：

一是历史原因，即五莲山寺原本是明朝后期作为皇家寺院而兴建的。

五莲山光明寺山门

王咸熠《开山大师本传》云①：

> 山先有云堂寺，荒寂不治。师（琛按：即明开）卜东北大悲峰下高厂，遂结茅焉。既而北走京师，请大内龙藏。会旧李皇太后病目，医久不效，敕祷诸寺观，师为结坛咒大悲水，服之立愈。于是神宗皇帝遣中侍张思忠，发内帑千金，敕建光明寺。山改名五莲（琛按：原名五朵）。

海霆《五莲山志·缘起》亦云：

> 万历三十年（1602），初祖开山和尚奏请发帑金，差御马监太监张思忠督工，至三十五年（1607）落成。内藏经680函，计6800卷，敕书一，御磬一，御仗一，宝幡二，紫衣一。

而当时的山寺范围有多大呢？心空《五莲道里记》称②：

> 五莲山在诸城南八十三里，高八百四十丈五尺，径九里二十三步一尺，围二十九里五十三步三尺。东至漏卮河，南至二人石，西至胡林，北至北榆林，东南至鹦鹉、小垛二山，西南至九仙麓，东北至城子麓，北至倒仓岭。盖御马太监张思忠表定者。

可见，五莲山寺与一般的寺庙不同，它是直接秉承最高统治者的旨意而修建的，故而在封建社会中本来就享受着绝大的特权。而对于这样一种背景，蒲松龄也许是不甚了然，也许是为了突出金和尚个人而有意回避，

---

① 王咸熠《开山大师本传》，载《五莲山志》卷二。
② 载《五莲山志》卷一。

故在《金和尚》中未能提及。

二是凭借清代官员（尤其是旗人高官）的政治势力以扩张和维护寺院经济。明朝末年，随着时局的动荡，五莲山寺曾一度式微，故明开卒后（明开卒在崇祯二年，即公元1629年元旦），海彻不得不与师弟海霆一起前往北京投奔先师性觉，并在北京一住就是17年。其间他经历了李自成进京和清朝定鼎，并与入关做官的伯从兄弟们邂逅，还结识了一大批上层官员，为日后的发迹奠定了基础。顺治三年（1646），清朝偏沅巡抚金廷献进兵山东，海彻便随其后又回到了五莲山。顺治五年（1648）五月，原主山和尚性觉去世后，海彻便成了五莲山寺的主山者。此后的30年间，既是五莲山寺院经济的"极盛"期，也是海彻"以势力横闾里"、作威作福的时期。《金和尚》篇记其"势力"云：

  金又广结纳，即千里外呼吸亦可通，以此挟方面短长，偶气触之，辄惕自惧。

金和尚的势力竟然可以达到千里之外，连地方官员都害怕他，这会不会是蒲老先生的夸张描写呢？我们只要看一看《五莲山志》所载《泰公弟侄宰官护法》《五莲山前任宰官护法》《五莲山邑人开创檀越宰官》《五莲山见任宰官护法》《五莲山见任邑人宰官护法》等五个名单便可知晓[①]，蒲松龄说的一点儿都不过分。因为这些名单中不光有偏沅巡抚金廷献、总都云贵标前中营副总兵官金声迻、御前一等侍卫金玉式、广西梧州府同知金玉衡、吏部郎中金鉴、工部左侍郎金鼐、奉天府府丞金

---

① 皆见《五莲山志》卷三。

玺等一大批金和尚的族人，就连山东巡抚耿焞及历任的青州海防道参议、青州知府、诸城知县及诸城籍在外为官的邑人都在其中。这样一个庞大的官方"关系网"，怎能不"千里外呼吸亦可通"呢！而这些官员名曰"护法"，实际上便是金和尚的后台。难怪五莲山地区至今还流行这样一句歇后语："跟五朵的官司——还有赢？"

三是靠剥削和奴役周边的佃农以积累寺院财富。《金和尚》篇云：

> 绕里膏田千百亩，里中起第数十处，皆僧无人；既有，亦贫无业，携妻子，僦屋佃田者也。

而这些"僦屋佃田者"便成为寺院的佃户。他们不但要向寺院交租（一万亩的田租当是一个绝大的数目），贡奉时鲜（如山果等），而且还要服劳役，诸如修建僧舍、拓展山路、侍候出游等，无所不为。更有甚者，某些有地位的大和尚还可以随便强占民女，常常将佃户的女子召进乡间的"别墅"或寺院内特建的"精舍"恣意蹂躏。和尚们对此，竟至毫不避讳。据当地老人讲，直到中华人民共和国成立前夕，每逢夏日，仍可以看到一群群的和尚携带妇女到处游览，名曰"避暑"。而有些妇女为生活所迫，亦不得不出卖肉体以换取一点儿"脂粉钱"来养活老小。可见，蒲松龄说金和尚的五莲山寺"妇女浮丽如京都"的现象也是事实。而这种既有经济剥削又有人身依附关系的寺院庄园，在中国整个寺院经济的发展史上也是颇为罕见的。

其次，《金和尚》的史学价值还在于它如实地描绘了一个典型的作恶多端的大僧侣地主形象。

海霆在为其师兄海彻（即金和尚）所作《传》中①，仅是简要叙述了海彻一生的经历，这自然无法令人窥见金和尚的具体形象。曾为《五莲山志》进行"批选"的王咸炤，在其所作《开山大师本传》中，也仅云海彻"为人坦易直憨，任人缓急，士大夫咸与之游"。这当然已带有颂扬的意思了。倒是乾隆《诸城县志·方伎》卷四十三记载说："海彻者，金姓，王士禛《分甘余话》所谓旗人金中丞之族者也。势赫灼，横行闾里间。《后志》（琛按：指康熙《诸城县志》，修成于康熙十二年（1673））时金和尚在，而为之传，何耶？"看来乾隆《诸城县志》的修撰者对金和尚的印象并不佳，然亦语焉不详，仅云"势赫灼，横行闾里间"而已。比较而言，似以王士禛《分甘余话》卷四与蒲松龄《金和尚》两篇所记较为详细，而又以后者更为生动具体。我们来看《聊斋志异·金和尚》篇所写金和尚为人之种种特点：

一曰不礼佛。《金和尚》云：

> 其为人，鄙不文，顶趾无雅骨。生平不奉一经，持一咒，迹不履寺院，室中亦未尝蓄铙鼓；此等物，门人辈弗及见，亦弗及闻。

作为五莲山的主山和尚，既不奉经，又不持咒，而且还不住在寺院，居室内也无任何礼佛的法器，这真如蒲松龄所说，是"两宗寺有，六祖无传，可谓独辟法门者矣"②。显然，这仅是一名披着和尚外衣的地主罢了。

二曰广结纳。作为一个和尚，本应"五蕴皆空，六尘不染"，尽量

---

① 即《诸师本传·海彻》，载《五莲山志》卷二。
② 《聊斋志异·金和尚》"异史氏曰"。

与世俗疏远。但金和尚却一反其常,"公然与冠盖交往"①,而且还"以此挟方面短长"。甚至在他死后,"会葬者盖相摩,上自方面,皆伛偻入,起拜如朝仪;下至贡监簿史,则手据地以叩"②。这哪里是什么和尚,简直是统治阶层之一员了。

三曰置田宅。金和尚主山后,最大的业绩莫过于置田宅了。他不但将原有的寺田由1500亩扩大到一万余亩,而且还大力兴建僧舍,"里中起第数十处"。僧舍的建筑及陈设也富丽而豪华。请看《金和尚》篇的描写:

> 僧舍其中,前有厅事,梁楹节梲,绘金碧,射人眼;堂上几屏,晶光可鉴;又其后为内寝,朱帘绣幕,兰麝充溢喷人;螺钿雕檀为床,床上锦茵褥,褶叠大尺有咫;壁上美人、山水诸名迹,悬粘几无隙处。

这哪里是什么僧舍,俨然是官府衙门兼地主豪宅。而其"内寝"之中,既有朱帘绣幕、螺钿床以及锦茵被褥等,又香气喷人,连壁上也贴满了美人画。这种俗不可耐的布置不但令人作呕,而且也凸显出典型的"土财主"与"暴发户"的形象。

四曰逞威福。由于金和尚既有众多僧徒,又有大量庄田,而且还有官府的背后支持,所以他便摆出一副颐指气使、作威作福的样子。《金和尚》篇是这样描述他日常生活的架势的:

> 一声长呼,门外数十人轰应如雷。细缨革靴者,皆乌集鹄立;受命皆掩口语,侧耳以听。客仓卒至,十余筵可咄嗟办,肥醴蒸熏,

---

① 王士禛《分甘余话》卷四。
② 《聊斋志异·金和尚》。以下引文,除注明者外,皆见于此篇。

> 纷纷狼藉如雾霈……金若一出,前后数十骑,腰弓矢相摩戛。奴辈呼之皆以"爷";即邑人之若民,或"祖"之,"伯叔"之,不以"师",不以"上人",不以禅号也。其徒出,稍稍杀于金,而风鬓云髻,亦略于贵公子等。

这种威权及气派,即知府、县令也无以过之了。

五曰竞腐化。这方面的表现,王士禛在《分甘余话》中已有所涉及了,即所谓"鲜衣怒马,歌儿舞女,虽豪家仕族不及也"①。而蒲松龄在《金和尚》中的刻画,更可谓入骨三分。请看:

> 但不敢公然蓄歌妓,而狡童十数辈,皆慧黠能媚人,皂纱缠头,唱艳曲,听睹亦颇不恶……凡僦屋者,妇女浮丽如京都,脂泽金粉,皆取给于僧,僧亦不之靳,以故里中不田而农者以百数。

既有"狡童"唱艳曲,又有"不田而农"的妇女"僦屋",再加上僧舍内的朱帘绣幕、螺钿床上的锦被锦褥,以及贴满壁上的美人画和充溢室中的兰麝香气,人们不难想象金和尚的荒淫无耻已到了什么样的程度。

概言之,蒲松龄在《金和尚》中所展现出来的金和尚形象,正如他在"异史氏曰"中所说,是一个"狗苟钻缘,蝇营淫赌"的"和幛"。而从其实际的身份来说,则是明清之际一个十分典型的僧侣大地主形象。

---

① 王士禛《分甘余话》卷四。

二

除史学价值外,《金和尚》也为我们提供了不可多得的民俗学资料。

首先,《金和尚》真实而具体地反映了明清之际山东地区僧俗与世俗的融合。

明清之际,随着大量汉族知识分子在反清的图谋失败之后而纷纷"逃禅",他们将汉族知识分子的一些传统思想、为人品格和生活方式也带入了佛寺,即所谓"援儒入佛"。清初山左"诗僧"之多,便是这一现象的反映。如泰山之元玉(祖珍),青州之元中(灵謩),济宁之澄瀚(郢子),新城之成楚(荆庵),安丘之隆溁(寒辉、寒灰),以及诸城(一曰奉天武清)之成榑(奚林),皆其著名者。这些"诗僧"不但要结社、出游、作诗,而且也将世俗文化引入佛界,从而造成了僧俗与世俗的界限模糊不清。换言之,便是僧俗与世俗的相融。

金和尚自然不是什么知识分子,而且其远祖还是匈奴;但在僧俗与世俗相融的一点上来说,却一点儿也不比汉族知识分子落后。如果说知识分子出身的僧人们还重在从文化上对儒、佛两种思想进行调和的话,那么像金和尚这一类"鄙不文,顶趾无雅骨"的"和幢",其用心所在,便集中于一些日常生活习俗的相融了。具体说:

一是称谓。金和尚明明是和尚,却不让人以禅号或"师""上人"相称。不但其奴辈皆呼之为"爷",就连当地之邑人亦称其为"祖"或"伯""叔"。至于僧人内部,更是以祖、孙相称,辈分之分明俨如世俗。应该说,这种向世俗看齐的僧人称谓,在山东地区还是比较普遍的。笔者上小学时曾在镇上的一寺庙寄宿,时值20世纪50年代初,还亲闻当地群众呼住持僧为"大爷"或"大叔",而极少有称其为"虚然上人"的。可见此种习俗延续之久。

二是社交。传统意义的僧人是极少与社会交往的。而金和尚则不但"公然与冠盖交往",而且由于其日常居所已不在寺院而在山外的"别墅",所以更提供了与外界交往的方便条件。山寺之中也是人来人往,宴席杂陈,艳曲不断,喧声如雷。这更是在有意仿效士大夫的社交礼俗了。

三是积财。按说和尚是不应该有身外之物的,但金和尚却像世俗地主一样,生前积累了一大笔财富。《金和尚》篇云:

> 葬后,以金所遗资产,瓜分而二之:子一,门人一。孝廉得半,而居第之南、之北、之西东,尽缁党;然皆兄弟叙,痛痒又相关云。

金奇玉是否得其资产之丰,尚有可说;然金和尚生前留有大批资产,则是不容置疑的。

四是立子。和尚要立一嗣子,这一条更滑稽,也更世俗化,但金和尚就这样做了。《金和尚》篇云:

> 金又买异姓儿,私子之。延儒师,教贴括业。儿聪慧能文,因令入邑庠;旋援例作太学生;未几,赴北闱,领乡荐。由是金之名以"太公"噪。

金和尚所收养的"异姓儿"即金奇玉(原姓朱),余前文中已经考定。唯是金奇玉"领乡荐"在康熙二十年(1681),而金和尚则早于此前的康熙十四年(1675)就已去世,实不及享"太公"之名了。但收养"异姓儿"及"领乡荐"之事却都是有的。

五是俗葬。按说高僧圆寂后应奉骨灰入塔，亦不接受世人吊唁；但金和尚死后却按世俗之礼殡葬。海霆《诸师本传·海彻》云："师于康熙十四年九月初八日示疾入灭，世寿六十五，法寿五十一。生葬林泉庄西北之会稽山麓。"所谓"生葬"，就是没有火化入塔。此与《金和尚》的描写是一致的：

> 士大夫妇咸华装来，寒怵吊唁，冠盖舆马塞道路……冥宅壮丽如宫阙，楼阁房廊连垣数十亩，千门万户，入者迷不可出。祭品象物，多难指名。

这也是"两宗未有，六祖无传"的一种葬法。再联系到前述之"称谓""社交""积财"及"立子"诸端可以看出，五莲山寺之僧俗已明显融有山东地区的民俗特征了。而这种僧俗与民俗相融的事例也实不止五莲山寺一隅，只不过各处相融的程度有所不同罢了。至于为何相融，仍是一个可以继续深入探讨的课题。

其次，《金和尚》中有关殡葬仪式的描写，也为我们提供了一个明清时期山东地区丧葬习俗的范例。正因为金和尚的丧仪不依僧俗，而完全按照世俗举行，所以我们便可以拿它当作世俗的葬仪来对待了。事实上，蒲松龄的描写也是参照了他所目睹过的世家豪族的丧葬仪式的。但不管从哪个角度说，都为我们留下了宝贵的丧葬民俗资料。还是先来具体看一看蒲松龄笔下金和尚葬仪的盛况吧：

> 殡日，棚阁云连，旛煊翳日。殉葬刍灵，饰以金帛；舆盖仪仗数十事；马千匹，美人百袂，皆如生。方弼、方相，以纸壳制巨人，

> 皂帕金铠；空中而横以木架，纳活人内负之行。设机转动，须眉飞舞；目光铄闪，如将叱咤。观者惊怪，或小儿女遥望之，辄啼走……当是时，倾国瞻仰，男女喘汗属于道；携妇襁儿，呼兄觅妹者声鼎沸。杂以鼓乐喧阗，百戏鞺鞳，人语都不可闻。观者自肩以下皆隐不见，惟万顶攒动而已。

这种超豪华型的葬仪，后世已很少再见到了。唯《红楼梦》中秦可卿之葬仪差可与之相比。笔者少时居诸城乡间，常闻父老言方弼、方相之殡，然具体什么样子，也未能亲睹（赵俪生先生言他曾见过），到头来还是从《聊斋志异·金和尚》的上述描写中知其大概。

再次，从大文化的视野而言，《金和尚》一篇也可为我们认识齐俗之"弥侈"与"夸奢"提供鉴戒。早在汉代，班固就曾在《汉书·地理志》中指出过齐俗的"弥侈"与"夸奢"，迄至明清，这种好尚依然不减。李象先《张石民诗序》（《织斋文集》卷一）云：

> 诸于郡雄大邑，秦台汉坝，突兀迅激。其人皆磊异豪迈，好功名，喜富贵，多专制举义。弓冶相继，冠盖相望，篮舆裘马，交错市中。

金和尚虽是辽阳人，但由于长期生活在山东，故齐文化的渲染也便在所难免。当然他所感兴趣的并不是齐俗的"舒缓阔达"，更不是什么"泱泱乎大国之风"。他仅是"好功名，喜富贵"，追求"弓冶相继，冠盖相望，篮舆裘马，交错市中"的感觉罢了。如果说金和尚的所作所为体现了齐文化的特点，这自然不准确；但如果说金和尚将齐文化中的一些负面效应放大到了极致，则不但可以这样说，而且也是可以引为鉴戒的。

三

最后来谈谈《聊斋志异·金和尚》的写作背景及其有关问题。

前已述及，在记录金和尚事迹较为详细的三种材料中，金和尚师弟海霆所撰《诸师本传·海彻》于金和尚之生平经历叙述虽较详尽，然于金和尚之为人及主山后的事迹则只字未着，于其功德亦仅云"顺治三年大中丞廷献公直指东省，损俸囊俾补五莲之阙焉者，自是山名闻益远"。王士禛《分甘余话》是他在康熙四十八年（1709）罢刑部尚书家居期间的作品，其时《聊斋志异》一书早成，而王氏此前又索阅过原稿，故可以肯定是读了蒲氏《金和尚》一篇之后才撰写的。其中，王氏虽根据自己的闻知补正了蒲氏文中的一些缺失，但基本上未能出蒲氏原文的范围。三种之中，自然以蒲氏所记最为详赡，也最为具体。那么，蒲氏所据的材料又是从哪里来的呢？窃以为，主要有两种途径：

一是蒲氏个人的闻知。五莲山寺是山左"四大名寺"之一，在当时是非常有名的。而且，五莲山距蒲氏所居的淄川也不过三百余里，因此有关金和尚的一些事情极可能会传到淄川乡间，并为蒲松龄所闻知。又，蒲松龄曾于康熙十一年间（1672）游崂山途中，往返皆经诸城，并登临超然台①。其时海彻尚在，势焰也还正炽；而已经开始写作《聊斋志异》的蒲松龄，对这方面的信息当不会不留心的吧！

二是来自学师孙景夏的转述。孙景夏是诸城县人，他对诸城一带盛传的金和尚事迹应是知晓的。他在担任淄川县学教谕的11年间曾向蒲松

---

① 参见拙文《蒲松龄的诸城之行》，《明清小说研究》1996年第3期。

龄述说过不少诸城故事①，金和尚其人其事应该也是内容之一。

当然，无论蒲松龄也好，孙景夏也好，他们都没有亲赴五莲山寺考察，所以对金和尚的描写也就难免会出现某些局部的偏差。如前述有关金和尚出家及"暴富"原因的交代，以及金举人"领乡荐"的时间，便与事实有些出入。不过从总体上来说，蒲松龄的把握还是不错的。

至于金奇玉其人，王士禛对他嗤之以鼻，说金"亦能文之士，而甘为妖髡假子，忘其本生，大可怪也"②。也许是王士禛的这番话刺激了金奇玉，所以促使他的前后表现不一。应该说，早年的金奇玉并不以有这样一位"僧父"而为耻，但到了金奇玉晚年编辑他的《龙溪纪年诗集》时③，却讳言这位"恩君"了，于金和尚之师弟海霆也仅称其为"龙上人"（海霆字惊龙）。不仅如此，就连其早年流亡诸城，"五莲山僧金姓养为子"的事实也避而不谈。集中自称其先识李澄中，因澄中以识刘翼明，遂留居西村，以诸城籍应试，得乡举。殊不知他到诸城时才"十余龄"，又如何与长他十七岁的著名诗人李澄中相识呢？还有，集中又自言其本姓张，其祖以家难改，并言其父顺治初曾为长洲知县④。这都与事实不符。而其意显然是在遮掩，实不想贻羞于其家族及后代也。

金奇玉晚年居诸城城西之黑龙沟子村，集号"龙溪"，即取此义。他本人也确为"能文之士"，晚年常与诸城诗人李渭清、丘峒庵、隋昆铁、张石民等相唱和。然观其诗中有"休粮无术岁寒饥，藿食藜羹万事

---

① 孙景夏与蒲松龄之交往，可参见拙文《蒲松龄与孙景夏》，《齐鲁学刊》1993年第3期。
② 王士禛《分甘余话》卷四。
③ 诗集刻于康熙五十年（1711），时金奇玉六十六岁。
④ 以上可参邓之诚《清诗纪事初编》卷三，上海古籍出版社1984年版。

非"及"输仓难贷监河粟,括地犹生煮海钱"之句[1],应不似得厚产者,蒲松龄言其得金和尚资产之半,亦不确。金奇玉活了七十余岁,而其晚年之操守也迥异早年,故学者称龙溪先生云。

综上所述,《聊斋志异·金和尚》作为一篇纪实之文,不但表现出很强的艺术性,而且也具有较高的史学及民俗学价值。它不但从一个侧面提供了明清之际寺院经济的真实情况及僧侣地主的具体形象,同时也反映了明清之际山东地区僧俗与民俗的融合,并可作为我们认识齐文化中一些负面效应的借鉴。而透过此篇的写作背景,亦能令学界窥见《聊斋》故事材料来源的种种途径。因此可以说,《金和尚》篇的学术价值是多方面的。

(《蒲松龄研究》2009年第3期)

---

[1] 金奇玉《感事》诗,载王赓言纂《东武诗存》卷十"流寓",中华书局2003年版。

奚林和尚事迹考略

《聊斋文集》卷五中有一篇《为武定州知州请奚林和尚开堂启》，内容是请奚林和尚到武定（清初为济南府属州，治所在今惠民）开堂的。虽是代人之作，但从《启》中的描绘来看，蒲松龄对奚林和尚并不陌生：

> 大师雪山罗汉，鹫岭仙人。石室出家，垂须拂履；生公上座，聚石为徒。粉碎顽空，心净琉璃之地；津梁大道，舌发珊瑚之光。说偈则金玉成音，翔步则旃檀散馥。清风卓朗，名士披其素衿；直辔孤骞，徽音流其雅绪……

从"垂须拂履""清风卓朗"及后文之"偶于上刹闻禅"等词句判断，蒲松龄很可能还是见过这位名僧，并存有良好印象的。

奚林，法号成榑，字奚林，以字行。诸城人（据《国朝山左诗抄》卷六十），俗姓不详。其生活年代与清初诸城诗人张石民（1634—1713）相近，而年龄略长。他是清初一位颇有影响的释者，又是山左诗坛上的知名诗人，故或称之为"诗僧"。

奚林事迹，《诸城县志》不载。除蒲松龄这篇《启》外，张石民曾为之作《奚公小传》（见《其楼文集》卷一，以下简称《小传》），约略能见其生平梗概。又，乐安李象先《与奚林师绝交书》（见《织斋文集》卷四，以下简称《绝交书》）中，亦有关于奚林情状的简要描写。此外，同时文人及佛释文字中尚能见到一些零星的记载。兹据上述资料略作钩稽，庶几其事迹或不致湮没。

奚林原为行脚僧，康熙八年（1669）过青州，法庆寺大和尚元中一见异之，三四年间，自侍者而升至首座，并付以西来衣钵，永为佛子。元中，字灵䎗，系临济宗天岸弟子。王士禛《法庆灵䎗禅师塔铭》云：

> 临济一宗，传三十世至天童密云（琛按：即圆悟）和尚而极盛，座下龙象，蹴踏诸方。一传而为木陈忞公（琛按：即道忞），际遇世祖章皇帝，赐号宏觉禅师。再传为天岸升公，顺治中亦赐紫衣，有旨住青州法庆寺。师即岸公嗣法弟子也。

由于顺治皇帝的青睐，临济宗在清初可谓不可一世。而从佛嗣上来说，奚林即临济宗之天岸法孙、道忞曾孙也，其地位是可想而知的。故释成楚《赠奚林大师》诗云："派衍南宗第一枝，无言得髓是吾师。偶然竖拂天花落，绝胜秋寮晏坐时。"（见《国朝山左诗钞》卷六十）

大约奚林在青州法庆寺一住就是二十余年。其间，当然也曾多次外出作法，并颇得士大夫之倾心。但不知怎的，他后来竟同本师和尚闹僵了，并被灵䎗赶出了法庆寺，"如逐臣之去国，孽子之无家"（《绝交书》）。至其原因，灵䎗好友李象先亦仅云"大师实有罪过，虽中于诸谗者，䎗和尚所责于大师未尽非也"。细绎其义，似是被人所谗，然其"罪过"为何，则不得而知了。

此后，奚林先住岭南禅舍，后又数应颜山、於陵士大夫之请，最后避入武定，并多次往来于临淄、泰山间。其时霁轮（名超永，亦密云法裔，于奚林为师叔）和尚正奉旨修《五灯禅史》，闻之，迎入北京西山圣感寺，亲给笔札，议从事；而他却"潜曳茶条，趁晓风，蹋残月，看水江头去"

（《小传》）了。奚林晚年曾至诸城放鹤村（今普庆村）小住，其时已"鲐背龙钟老矣"。出其"小影"，石民为之《赞》：

> 彼危危者巅耶？坠坠者风铎耶？级之阁阁而洞洞者，户牖耶？一人趺坐其下则奚为者？或从门外来，合掌作礼，以为白玉塔也。
>
> ——《其楼文集·奚公小影赞》

石民还约略其生平为之《小传》，而他见后却笑曰："彼何人斯？既不持戒，又不诵经；有来问他，指出一峰；倘或沉吟，唱得耳聋。是所谓奚公也耶？"虽是戏语，亦可见其为僧风貌。此后他更是行踪不定，卒莫知其所终。

奚林之应邀赴武定开堂，当是他从青州法庆寺被元中和尚逐出之后。而奚林之所以选择武定，虽名义上是应知州之请，实则是出于他的好友李之藻的关照。

李之藻在清初可算得上是一位富有传奇色彩的人物。他比蒲松龄只小一岁，年轻时即权奇好事，南北奔走；后又参加过平定"三藩"的战斗，并在浙西之役中建有奇勋。战后则扬长而去，遍游江南山水。直至康熙二十五年（1686），始由其伯兄之芳推荐，以军功被任命为浙江青田、嘉善知县。然不久又引去，复流连于诸城、青州、淄川、武定一带，与诸文人、释者、遗民相交往[①]。李之藻早年登泰山时即识普照寺名僧元玉，并由元玉以识奚林；待到奚林落魄后，他便施以援手，并介绍奚林去自己的故里坐堂。而李澹庵辞官归武定后，奚林又介绍李澹庵与蒲松龄相

---

① 李之藻生平事迹，合见张石民《其楼文集·五老庵传》《武定府志·李之藻传》及《嘉善县志》本传。

识①，遂促成了蒲、李间的友谊。

奚林虽为释者，却能诗，并常与山左诸文人、诗僧相唱和，这当然也是蒲松龄愿与之交往的原因之一。从现有资料看，奚林与诸城诗人张石民及泰山诗僧元玉交最契。元玉字祖珍，号石堂，亦天岸弟子。初往青州大觉寺，后居泰山名刹普照寺，并为住持二十余年。元玉著有《石堂集》十卷，《石堂近稿》一卷及《菊咏百八首》，诗名甚著。其人善"援儒入法"，并喜结交文人，与诸城遗民关系尤为密切，蓬海、石民、徐田、李象山等皆是其至交。奚林自年轻时即得元玉厚爱，而晚年更常居普照寺东之"石堂"，号为"石堂八散人"之一。《泰山石堂老人文集》（1932年刊本）中有元玉《与槫侄奚林禅师》文一则，当是元玉教诲年轻时的奚林的，从中可见其情谊，兹摘录之：

> 学者不愁无道德学问，惟愁无志气耳。若有时时不忘光耀祖宗门户念头，则道德自是从此而增，学问自是从此而长，暨出世入世、自利利人一应经济等事，亦莫不从此称。第一入步在能以吾儒孝弟为立身根本，而方使人道之正、礼乐之存。老朽陈腐之言，固不足以入少年英杰之耳，由尔属吾至爱犹子，故特言之……

以此推之，再联系《小传》中奚林自道之语，也许奚林终未能遵元玉之教，以"孝弟为立身根本"，而不拘佛律，沉湎于诗，故遂至灵磬之逐。石民亦称其晚年"贪磨墨""嗔鹿吃芭蕉""痴于看云出岫"（《答霁轮大师》，《其楼文集》卷三），可见其诗人气质之重了。然诗乃"穷

---

① 见《蒲松龄与李澹庵》。

而后工"，奚林虽不见容于法庆寺，却能有诗名于当世，此诚不知为奚林之幸抑且悲耶？

奚林喜登泰山，"一日登岱，望见大海波涛，裂云长啸，题句天门上"（《小传》）。然题句今不存。诗集有《登岱草》，亦不传。幸石民《其楼文集》（卷六）中有《登岱草序》一篇，借此可知奚林诗之风格：

> ……奚公过鹤亭，出《登岱草》。读之，清音越朗，若云璈发响，虽勺水拳石，一一解语，不尽虎丘竺道生始为点头也。乘月登其楼，洒洒凌风，诵"雪蓑"之句，山灵尚识故人乎？未必玉女池边不嫣然笑我。

石民曾多次上泰山，故其读《登岱草》后遂生如此联想。然亦可见奚林状泰山景物之真切了。今泰山尚存奚林咏普照寺的诗句，曰："门前几曲流水，寺后千寻碧峰。鸟语溪声断续，山光云影玲珑。"确是非同凡响，可证石民序言之并非过誉。此外，卢见曾《国朝山左诗钞》还选其诗三首，皆为《卧象山分赋》。

其一曰《复有台》：

> 归来自远山，历历烟霞在。
> 最爱夕阳残，牧笛横牛背。

其二曰《花叟》：

> 空谷无人迹，尚有爱花翁。
> 东风乘薄醉，颜色胭脂红。

其三曰《太一仙人莲叶舟》：

曾将一叶舟，日夕狎飞浪。

烂醉不归来，身泊芦花上。

其格调皆淡泊、超逸而饶有生活情趣，与咏泰山之句略同。

除诗集外，奚林著作还有《语录》一册。张石民《奚公语录叙》云：

……师握手过我村，趺坐潊丘上，探囊出一白玉小塔，《语录》一册，问序及予。予捧读一再过，倚枯松相视而笑。既云"即此不是，离此不是，不即不离总不是"，尚容阶下汉下一转语，拖泥带水渣滓太清也耶？师向苍苔稽首曰："已叙矣。"负册囊中，东入九仙山……

奚林《语录》今亦不传。然从石民《叙》中所引"即此不是，离此不是，不即不离总不是"的偈子来看，其语录的风格抑或可见一斑。

王士禛《池北偶谈》尝言，清初不少僧人工诗。若泰山之元玉（祖珍），青州之元中（灵䎘），济宁之澄瀚（郚子），新城之成楚（荆庵），安丘之隆潆（寒辉、寒灰），皆其佼佼者。此诚一特定时代之特殊文化现象，而有待于吾人之深入研究也。至奚林，虽其诗集已逸，然其诗名固不可泯，故爰为之考略如上。

（原载《蒲松龄研究》1996年第3期，此次收集，略有删改）

《聊斋志异·李象先》中的李象先其人

《聊斋志异》有《李象先》一篇，记李象先前世为僧事。略谓象先前世为某寺僧，无疾而化，魂出栖坊上，至夜，见一家灯火犹明，飘赴之，及门，则身为婴儿，是为象先。儿时至某寺，见寺僧，皆能呼其名。此事亦见于王士祯《池北偶谈》。然记载最详最诞者，无过于象先好友安致远的《玉砰集·杂志》：

> 吾友乐安李焕章象先，前身系一老僧，其门徒曾来省视，君自言之甚悉。云但降生时，如投身火坑，片刻昏迷不觉耳，余皆记忆分明。君之貌则酷肖一老僧，寿七十余而终。闻又降于仇尚书家为子，今八九岁矣。然相去不满二百里，惜不能一往省视云。

然则象先前世为僧事，乃其"自言之"。此与象先《与马汉仪书》[①]所称"某自宿命通来，不欲婚，不欲宦，得一大禅宗为之导师……如刘勰之于定林寺"之语亦相合。又该文尚称"吾性命友友龙陈君云，织斋再来人，不必以常律论"；其《忆交记》[②]亦称其盟弟成其谦云："兄具宿命通，三生石上，精爽依然。"观此，知象先尚不止为致远一人言之也，其友朋辈多已与闻。至其入载《聊斋志异》，观铸雪斋抄本列在卷十二、二十四卷抄本列卷二十一，排序均甚后，则其写定时间似亦不

---

① 李象先《织斋文集》卷三。
② 李象先《织斋文集》卷五。

会太早。又观《聊斋》所载与《玉硾集》所记不尽一致，意其传播途径或不由致远，而与"真意亭四君子"之一的张贞似不无关系。张贞为李象先挚友，康熙壬子张贞拔贡入太学，李象先为作《张杞园贡太学序》①，中云：

> 余求友四方，二十年得安邱张君杞园。自甲辰（1664）至今岁，凡六七过其家。昼阖扉，夜呼灯，握手言笑，即余髫龄交未有如杞园者。

关系既然到了如此地步，则其"宿命通"事亦当为杞园言之。而杞园与蒲松龄又曾在康熙四十一年（1702）有过一次肝胆相照的长谈。那么，这谈话的内容便难免不涉及于此了。当然，李象先其人早已闻名于青齐、海岱间，正如《李象先》篇"异史氏曰"所说，"象先学问渊博，海岱清士"，"兄弟皆奇人"，所以，不管故事由何种途径传播，而蒲松龄对于李象先或许早已经有所闻知了。

由今观之，所谓"宿命通""记前生"云云，并不会真有其事。而象先屡为人道之，其意谓何？此中微义，怕只能联系其生平遭际及处世态度始能得以发明了。

象先名焕章，以其晚年居于织水之斋，又号织斋，山东乐安（今广饶县大王镇李桥村）人。据李澄中《李太公象先墓志铭》（《卧象山文集》），象先生于明万历四十三年（1615），卒于清康熙二十九年（1690），得年七十有六。又据傅国《黄云集·少溪李公墓表》，其父李中行为明万

---

① 李象先《织斋文集》卷二。

历三十八年（1610）进士，由部郎而出守镇江，后至陇右佥事、贵州参政。焕章周岁丧母，"自总角受书，意不自息"，并从临朐傅国读书黄云山中，业日进，明亡前已为诸生①。据其《忆交记》称②，"余自甲申（1644）绝意人世，罢诸生，放迹荒村萧寺"；复又云"三十一罢诸生，惘惘逐逐，南北东西，萧然一苦行头陀"。观此，知象先"欲脱白而事空王"，实由"感世多故"也③。

象先"落诸生，置诸子业"后，大半时间皆"放浪于深山穷谷，箐村秘壑，佛老之宫，野火之庐，偕出世人逍遥物外"④。其在外游踪，则有他的《再与马汉仪书》⑤一文详为之记：

> 某自丧乱来，无家矣。不得已而放之山崖水次，僧寮道舍。亦以其村野间巷罕可语之人，乏可语之事，遂薄游江南者二，之淮、滁，渡江至秣陵；游中州、汴、宋、亳、宿间；游晋中、邺郡、武安，涉潞、黎、上党、平阳、洪洞、赵城；游京师者八、九；游岱岳者三；过曲阜、任城、曹、单者三；游不其，登大、小劳者二；更游琅琊不数计。……且欲之浙东、西，湖南、北，粤左、右，以年老无济胜之具，故不得往，而此心方以为恨。

其间，他曾为谢绝"山林隐逸"之举而三上邑侯邵公书，为"不再娶"及"好游无定居"而两与马汉仪书⑥，皆言辞切峻，无复有商量之

---

① 李象先《与邑侯邵公第一书》，载《织斋文集》卷三。
② 李象先《织斋文集》卷五。
③ 李象先《忆交记》，载《织斋文集》卷五。
④ 李象先《与邑侯邵公第一书》，载《织斋文集》卷三。
⑤ 李象先《织斋文集》卷三。
⑥ 皆见李象先《织斋文集》卷三。

余地。其于当朝人物，亦唯交一周亮工而已。亮工观察青州时，曾亲往法庆寺，请入署中，"奉之客座"，"待如畏友"，并"给笔札代稿"①。后亮工曾刻其文于《赖古堂文选》中，与新建陈石庄、南昌王于一、商邱侯朝宗号"四家文"②。亮工虽是贰臣，但喜欢结交遗民，"执谦揖让，解衣推食，虽富贵与颠沛不少变"③，故象先愿附之。而于其同乡权贵王士祯，则表现得极为冷淡。士祯曾通过李澄中索要过象先的著作，并招之往；然象先仅"漫应之，越三载未一寄也"。后闻"安邱富人子"乘机"中伤"，他便径直写信给王士祯，"业先自疏自绝于大司成"④，且言"某之不求见重于公卿贵人之在辇下者，不止一大司成也"。尝谓与势利人交为"祸阶"，为"危事"⑤，然于遗民耆旧，则一见如故，情投意合。康熙十二年（1673）春天象先与修《山东通志》⑥，遇济阳张尔岐，共事五月，竟令这位一生"息影伊蒿之庐而下之楗"的蒿庵处士慨叹道："仆鲜四方交，老而交一织斋，亦差不寂寞矣！"⑦盖蒿庵父行素，曾官明朝石首驿丞，罹甲申兵难而死，蒿庵殉亲殉国未果，遂"日淹蹇于蓬蒿败屋中，无意人间世"⑧。正是由于这种共同的遗民情怀，所以他们彼此间倒不感到寂寞了。

象先于遗民耆旧，其关系最密切者，莫过于诸城遗民集团中人，而尤以张蓬海、石民兄弟为知已。蓬海曾为象先及其兄绘先（名灿章）于

---

① 李象先《与陈孝廉友龙书》，载《织斋文集》卷四。
② 李象先《与邑侯邵公第一书》，载《织斋文集》卷三。
③ 曹寅《楝亭文钞·重修周栎园先生祠堂记》。
④ 李象先《与陈孝廉友龙书》，载《织斋文集》卷四。
⑤ 同上。
⑥ 李象先《蒿庵集序》，载《织斋文集》卷一。
⑦ 张尔岐《织斋集序》。
⑧ 李象先《张蒿庵处士传》，载《织斋文集》卷七。

放鹤村筑"二李轩"以居之,而"二李"亦安于是。张石民《二李轩小记》①描述当时情景说:

> 兄蓬海于朴亭之西筑室三楹,左右置几榻,酒、水、茶、烟满之。客有潍上来者,无近远,投宿于此。庚申(1680)春,织水象先先生至;越数日,其兄绘先先生继至,年皆七十余。绘先工骚赋,而传记、碑铭归象先。醉后搔短发,据案长吟,声满天地。

"二李"有时也参加一些当地文人组织的"白莲文社"的活动,与诸遗民如"张氏四逸"(蓬海、石民、子云、白峰)及徐田、隋平、赵清、刘翼明、杨水心等一起宴游吟诗。他们间皆以"逸民"相称许,并可纵谈天下事而不存介意。徐田《鹤亭赠李象先先生》②有句云:

> 云门有逸民,奇文载一橐。
> 法逼秦汉古,气吞欧苏薄。
> 擅长铭碑间,不受龙门缚。
> 公卿避其锋,微瑕不敢作。

又,《鹤园赠李绘先先生》③中亦有句云:

> 三春客鹤园,兄弟共一被。
> 但闻小陆笑,不见大苏醉。
> 君逾绛父年,白发光堕地。

---

① 张石民《其楼文集》卷六。
② 徐田《栩野诗存》,王剑三先生1932年10月辑印《鉴庐丛刊》之一。
③ 同上。

> 犹奋苏张舌，纵谈天下事。
>
> 胸列舆地图，洞悉山河位。

这样看来，象先兄弟又不似纯粹的文人，难怪有人说他们是"慷慨负大略"了。① 再联系到诸城遗民中那种隐然而存的恢复之志，以及象先"于明季忠烈诸臣多为立传"的"表微阐幽"心理，② 此中微义，实足令人深思。

象先晚年，除屡寓于诸城外，康熙乙卯（1678）之后，在其老家的织水之畔也辟一室，供"五先生"。自谓"于洪都取其逸，于富春取其高，于栗里取其真，于河渚、王官谷取其旷达，无意人间世也"③。然其著述则至老未停。今观其《织斋文集》中，若《广固览古记》、若《毁奇松园记》，皆署"康熙戊辰（1688）"，则其时年已七十四矣。又，其《游浮来记》末署"康熙丁卯（1687）夏"④，其《书罗文止为陈大士墓志铭后》及《书汝州知州钱公忠烈祠碑后》，开首皆点明写作时间为"康熙丁卯（1687）冬"⑤，可见象先在去世前的两三年间，仍操觚不倦也。

统观象先一生，其在明季，尚为诸生，汲汲进取；然于鼎革之后，"即天荒地老，不复萌仕宦意"⑥。且以"黍离板荡、国破家亡之后而撄情好爵"为"自欺而欺人"⑦，以"苟且偷生，未能引决，尚在编氓、

---

① 张昭潜《织斋集序》。
② 《四库全书提要·织斋集钞》。
③ 李象先《与邑侯邵公第一书》，载《织斋文集》卷三。
④ 李象先《织斋文集》卷六。
⑤ 李象先《织斋文集》卷七。
⑥ 李象先《与邑侯邵公第二书》，载《织斋文集》卷三。
⑦ 李象先《与邑侯邵公第三书》，载《织斋文集》卷三。

在茅屋、为太平之民"为不得已①,并明言"遭鼎革,义不可入名场"②。足见象先其人,实乃一品节极峻之遗民耳。而所谓"宿命通"云云,则不过是托言而已。他的多次拒绝新朝之荐,固可以说明这一点;而他的长期在外远游,亦当与其遗民事业

李象先《织斋文集》封面

有关,实不可视为纯粹的"逍遥物外"也。因为清初遗民的四方奔走,乃是一种普遍现象,如顾炎武、屈大均、王弘撰、阎尔梅、丁耀亢诸人便无不如此。而按不少遗民之初衷,原本是想有所作为的。但随着时间的推移,他们所看到的是清朝统治的日益巩固,民族对立情绪的逐渐减弱,以及越来越多汉人知识分子的进入仕途。他们的希望破灭了。因此,在极度的失望和困惑之后,不少遗民便由积极而转向消极,纷纷逃禅、归隐。李象先的屡言欲"事空王",多次散布"宿命通"的言论,即为此种心态之反映。究其实质,不过为其赤裸裸的遗民面目及对新朝的强烈抵触情绪做一掩饰而已。然观象先晚年,在放鹤园从张蓬海处读到明季忠臣李邦华之文集时,因"睹其忧君爱国之衷"尚激动得"老泪纵横于尺幅间"

---

① 李象先《与邑侯邵公第三书》,载《织斋文集》卷三。
② 李象先《与马汉仪书》,载《织斋文集》卷三。

的样子①，以及过故明衡藩奇松园时"犹有新旧存亡之感"，并忿言"此园存之不如毁之，毁之不如忘之"②的愤激情绪，则其遗民情态虽加掩饰，也还是掩抑不住的。这与蒲松龄在《聊斋志异》的一些篇章中所流露出来的民族情绪，实有着某些相似之处。

象先著作，以古文见长。据《四库全书提要》称，所著有《龙湾集》《无学堂集》《老树村集》凡百余万言，后合诸集而刊削之，定为《织斋集》8卷，得文91首。又据其十世孙振甲《织斋集跋》称，"是编也，视吾家所藏不过什之二三，而吾家所藏视邑中他姓所藏又不过什之二三"，则象先之文，未刻者实多，未知变乱劫火之余，今尚有存者否？至其文章风格，李澄中谓"上溯子长，下宗韩柳，晚乃放之庐陵"，"其文有举百钧之力，辟易万夫之概"。③而张尔岐则谓"其文有嶔崎礌砢、猝不能句者，有超忽奔放、目不及瞬者，有简质浑穆、时见斑驳如古敦彝器者，有靓妆炫服、香艳自喜如好女者，有微吟缓咏、冷挑淡唱如宗门评唱者，有旋风骤雨、霆霰交下者。其雄伟豪迈，岳岳难下之气，随方变现，不执一轨"④。今观其文，虽有如蒿庵所言者，然其主流似当如《四库全书提要》所评："跌宕排戛，气机颇壮，而汪洋纵放，未免一泻无余。"至其文风的形成，则除师法前人外，尚当与其"老逸民"⑤之情怀不无关系。这一点，至文网稍弛的光绪朝，始被史学家张昭潜所点明⑥：

---

① 李象先《李忠文公文集序》，载《织斋文集》卷一。
② 李象先《毁奇松园记》，载《织斋文集》卷五。
③ 李澄中《织斋文集序》。
④ 张尔岐《织斋集序》。
⑤ 李象先《赠陈孝廉友龙序》云："织斋一老逸民。"见《织斋文集》卷三。
⑥ 张昭潜《织斋集序》。

> 先生一前明遗老耳。当易世之际,感怀沧桑,行吟草泽,不无故宫禾黍之感。于是之燕、之赵、之晋、之梁、之吴楚,及倦游而归,卧织水之庐,学益博,气益健,文笔益豪。论者谓先生遨游半天下,得名山大川以助其奇气,而文章乃独有千古,然亦乌知先生之文之别有根柢也哉!

这"别有根柢",说明确点,便是遗民的特殊生涯及怀抱。而似此等为文之"别有根柢"者,其在清初,又岂止象先一人!

已故邓之诚先生曾经指出:"清初青齐、海岱间,人文之盛,足与大江以南相匹敌。"① 此言信矣。今试以古文辞一技而言,以青齐一带而数之,其荦荦大者,则除李象先与张贞外,尚复有寿光之安静子(致远),乐安之徐太拙(振芳),以及诸城之李渔村(澄中)、张石民(侗)、丘楚村(石常)、柯村(元武)等;更无论益都之冯氏、博山之赵氏与新城之王氏也。而此种浓厚的文化氛围及其隐然而存的遗民情绪,对于蒲松龄的思想和创作都是产生过不可忽视的影响的。这一点,拙文《蒲松龄与诸城遗民集团》已详论之,在此便不赘言了。

(原载《国际聊斋论文集》,题作《〈聊斋志异〉中的张贡士与李象先其人》,北京师范学院出版社1992年版,此为节选)

---

① 邓之诚《清诗纪事初编》,上海古籍出版社1984年版,第706页。

《聊斋志异·丁前溪》中的丁前溪其人

《聊斋志异》卷二有《丁前溪》一篇，说的是丁前溪流亡至安丘，遇雨，避身一杨姓旅店中，受到了主人之妻的热情款待，甚至不惜将屋上的茅草撤下以饲客人之马。后值岁大饥，杨氏穷困，乃照丁氏所留地址往访。丁氏宠礼异常，不但设宴相待，为制冠服，而且还暗中派人送布帛米粟至其家，并为其妻买婢以供使唤，杨家由此遂成小康。故事虽于丁前溪之逸事叙述颇详，然于丁前溪其人则介绍甚为简略，仅云"丁前溪，诸城人。富有钱谷。游侠好义，慕郭解之为人。御史行台按访之，丁亡去，至安丘"。这就给不少《聊斋》研究者带来一个疑问：丁前溪是实有其人，还是蒲老先生姑妄言之？记得20世纪90年代，盛伟先生亦曾以此事相询。然因其时教务鞅掌，竟未能留意及此。今时稍暇，乃翻阅有关资料，并参以丁氏后裔及乡人所述，爰为考证如下。

一

丁前溪确有其人。他名丁綵，号前溪，诸城人，并有《小令》一卷传世。今人谢伯阳据明崇祯刊本将其《小令》编入《全明散曲》，齐鲁书社1994年出版。谢伯阳于书中丁綵《小令》前有介绍称：

丁綵，号前溪，山东诸城人。少任侠，以布衣终其身。雅好词曲，有小令一卷。约生于万历元年（1573），卒于崇祯十年（1637）以后，年六十五左右。

丁前溪是诸城人没错，但关于他的生卒年，则谢氏所断未免太迟。据《琅琊丁氏家乘》第51支谱记载，丁綵之兄丁纬（号围溪）生于明嘉靖七年（1528），如以前溪之生在万历元年（1573），则前溪已小于其兄45岁矣，于理似有未合。再考虑到前溪之"早孤"（早年丧父）①，只有兄弟二人，故其兄弟间的年龄差距也不会太大，似应在二至五岁间。复据钟羽正于崇祯十年（1637）正月为丁前溪之子丁惟恕《小令》所作《序》称，"丁公（惟恕）之先人（前溪）曾有小令谐里耳，以为当时则传，没则已焉"②。是崇祯十年（1637）丁前溪已"没"，并被称为"先人"，绝不可能"卒于崇祯十年（1637）以后"了。更何况丁前溪自己在小令《惊岁周自嘲》中还说过"俺如今六十八九"的话③，故其"年六十五左右"的推断亦不确。又，据丁前溪十五世孙丁全来说，"文革"期间丁前溪之墓被掘，当地村民丁文然曾亲见其棺旌上有"享年七十二岁"字样。④如是，则丁前溪之生卒年便不难界定了。

综上所述，谓丁前溪生于嘉靖十年（1531）前后，卒于万历三十年（1602）前后，享年72岁左右，应是比较接近事实的。至于丁前溪之婿

---

① 丘云嵊《丁前溪小令》《序》，谢伯阳编《全明散曲》，齐鲁书社1994年版，第3492—3493页。
② 同上注，第3494—3495页。
③ 谢伯阳编《全明散曲》，齐鲁书社1994年版，第3477页。
④ 丁全来《丁前溪其人其事》，胶南市史志办公室编《丁前溪丁惟恕小令合集校注》，黄河出版社2009年版，第303页。

丘云嵲（丘志充父）于万历三十一年（1603）为其小令所作《序》中[1]，称前溪为"布衣老人""匹夫终身"，则已是前溪卒后一年的事了。这与《序》中所说"不于其身于其后"的话也是相吻合的。

关于丁前溪的家世，据《琅琊丁氏家乘》载，丁氏始迁诸城者为丁推，其二世祖彦德，三世祖伯忠，四世祖宗本，即前溪之祖父也。宗本生五子，其长子珍，乃前溪伯父；次子珏，即前溪之父也。珏生纬（围溪）、绤（前溪）；而珍生纯，纯生惟宁，惟宁生耀亢（野鹤）。因此，丁前溪即野鹤公之叔祖也。

据丘云嵲《序》称，前溪"早孤，不竟所学"，以"匹夫终身"[2]。又据丁前溪十五世孙丁全来说，前溪父早逝后，兄弟二人靠母亲杨氏抚养成人。而前溪与兄析居后，一直居住于诸城县大村以南的西南城，即今青岛市黄岛区大村镇西南庄[3]。其地背靠藏马山，前有白马河环绕，景致颇佳。而丁前溪的不少小令便是在此写的。由于家产颇丰，不乏资斧，所以他的一生也常在外游。仅其小令所记，所游之地便有东莱、金陵、历下、琅邪、江南、都下、姑苏、青州、燕市、金山寺等。大约在他五十岁刚过，还曾北走辽阳，当然这已不是游历，而是发配了（详后）。后得救回归，晚年便一直居于故乡，靠创作词曲以为精神寄托。死后葬庵子村西原（今陈家庄河西）[4]。此其生平大略。

---

[1] 丘云嵲《丁前溪小令》《序》，谢伯阳编《全明散曲》，齐鲁书社1994年版，第3492—3493页。
[2] 同上。
[3] 丁全来《丁前溪其人其事》，胶南市史志办公室编《丁前溪丁惟恕小令合集校注》，黄河出版社2009年版，第300—301页。
[4] 同上注，第304页。

二

《聊斋志异·丁前溪》所述丁前溪因"游侠好义"而被"御史行台按访之",其事亦有所本。

我们先看丁前溪之为人。丘云嶙《丁前溪小令》《序》云:

> 君少年,仗义负气重然诺,而轻千金,有古豪侠卜式之风。其倜傥风流,诙谐调度,又绝有东方生滑稽气味。至于愤世嫉俗,悲深思苦,虽人不类而事不同,亦仿佛屈贾之流乎①。

丘云嶙作为丁前溪之婿,又兼有两世通家之好,自谓"侍外君最久,得其行谊最详"②。他对丁前溪的印象,一是仗义疏财,二是倜傥诙谐,三是愤世嫉俗。这与蒲松龄所述基本是一致的。但对丁前溪被当局缉拿一事,却只字未提(此或是为尊者讳之义)。而丁前溪自己则坦言之。他的小令中有好几首都言及此事。如《有感引分》云:

> 傻呆子休笑俺不济,俺八字里生来寒滞。不如意十常八九,快心的事百无一二。俺如今年过了五十,方才知往事多非。悔只悔回头不早,纵到七十能有几日……③

这说明他在五十岁后遇上了麻烦事,且后悔已来不及。什么麻烦事呢?他在《辽阳孤愤》中说:

---

① 丘云嶙《丁前溪小令》《序》,谢伯阳编《全明散曲》,齐鲁书社1994年版,第3492—3493页。
② 同上。
③ 谢伯阳编《全明散曲》,齐鲁书社1994年版,第3469页。

> 缩不来迢迢道路，推不倒重重山阜。一天秋色助我愁无数。万里途西南望帝都，魂劳梦依夜夜还乡故。醒后增悲也，在他方破草庐。踌躇，少青骢千里驹。还须，顾皇恩一札书。[1]

原来他在一个秋天，被发配到了辽阳（今辽宁省辽阳市一带），并被安置在一个"破草庐"中。道路迢迢，他夜夜做着还乡梦，但只能是"醒后增悲"而已。他只盼望着皇恩一札赦书，可以早日还乡。

丁前溪居辽阳的时间大约有一年。他在《寄老友周联峰》中说"屈指数别后经年"[2]，在《寓辽阳答友人赵海石》中说"问归期且避酷寒，要相逢只待阳春"[3]，在《寄兄》中说"风急雁分飞""清明自有颁颁日"[4]。他是在秋天被遣，来春才回归的。蒲松龄说"御史行台按访之，丁亡去"，但最终丁前溪还是被"访"到了，并被发配到了辽阳。

丁前溪因何而被遣呢？封锡奎先生介绍丁氏族中传云：

> 丁前溪好游侠，视青州府知府年少，未必有为官之才，遂与表弟十字路臧某造假案试之。事发，充军辽阳。[5]

丁全来先生更认为"发配之事起因众说纷纭"，又大致不外以下几说：

> 考试答卷中触及时弊被逮；假打官司嬉弄地方官被罚；赴考途中未能经受住神仙考验遭报；其五子惟廉曾将京里来诸城公干之武

---

[1] 谢伯阳编《全明散曲》，齐鲁书社1994年版，第3471页。
[2] 同上书，第3470页。
[3] 同上。
[4] 同上书，第3472页。
[5] 胶南市史志办公室编《丁前溪丁惟恕小令合集校注》，黄河出版社2009年版，第44页。

官一耳于较武中削下，而惹祸后辗转逃匿并落籍唐家庄，于是父代子过；不足千顷地而挂千顷牌犯法。①

然从丁前溪在辽阳期间所作小令来看，他"恨权贵暗咬牙关"（《寄老友周联峰》）②，此前此后的小令中也有"有财的傲人，有势的害人"（《自慰》）③，"有财的会使财，有势的全依势"（《叹世》）④，"您使机关实是巧"（《愤世》）⑤ 这样的句子。据此推断，他似乎是因为效仿郭解（汉代游侠），做了某些仗义行善、除暴安良的事情而受到了豪强的陷害，并由豪强勾结官府，将他捉拿发配的。此与蒲松龄所说的"游侠好义"是一致的。

关于丁前溪之"游侠好义"，除《聊斋》所记外，丁全来还提供了另一则事例："传说聊城北洼有人刻在谱中，世世代代感念丁前溪，其事约略与《聊斋》所记相同。"⑥ 因未得验证，姑录以备考。

三

前引丘云嶙《序》已言及，丁前溪不但有仗义负气、愤世嫉俗的一面，同时也具有东方朔的滑稽气味及屈原、贾谊之风流。再进一步说，他的文学成就也是颇受人瞩目的。

---

① 丁全来《丁前溪其人其事》，胶南市史志办公室编《丁前溪丁惟恕小令合集校注》，黄河出版社 2009 年版，第 308—309 页。
② 谢伯阳编《全明散曲》，齐鲁书社 1994 年版，第 3470 页。
③ 同上书，第 3455 页。
④ 同上书，第 3486 页。
⑤ 同上书，第 3484 页。
⑥ 丁全来《丁前溪其人其事》，胶南市史志办公室编《丁前溪丁惟恕小令合集校注》，黄河出版社 2009 年版，第 306 页。

现被收入谢伯阳编《全明散曲》的《丁前溪小令》一卷，是丁前溪唯一流传的作品。据其长子丁惟申（麓田）称，"其翁之作，率从口头嬉笑，旋即散落，统无遗稿。虽稍有传诵，皆好事者耳拾其十之一二耳"①。但就是这仅存的百余首小令，已足见其文学才华了。正如丘云嵊所说，他是"秉灵山岳，自然天真"，"师心率已辄成一家"②。具体说，其主要特点有三：

一是对世态人情的批判鞭辟入里。如《坐客闲谈斋公害人》：

> 心地好不在你吃斋把素，行事公也不消修桥补路。你吃斋断不了普天下的宰割，你修桥只当（挡）了行人眼目。济人心半点无，害人方百样熟。恶心肠毒如蛇蝎，暗伤人无其数。③

针对有些人表面吃斋念佛、修桥补路，而暗地里却在想方设法伤人害人，他进行了无情的揭露。再如《歌怀感世》：

> 由他做，尽他行，设计铺谋不肯停，兵家哪有常常胜。任人家唤雨呼风，任人家捉虎擒龙，任人家撼的乾坤动。闭着门瞧也休瞧，塞着耳听也休听。黄天自有轻和重，从今后把恶孽消除，出上个心地干净。④

看来作者对"设计铺谋""唤雨呼风"的"恶孽"已有亲身体会，

---

① 丘云嵊《丁前溪小令》《序》，谢伯阳编《全明散曲》，齐鲁书社1994年版，第3492—3493页。
② 同上。
③ 谢伯阳编《全明散曲》，齐鲁书社1994年版，第3481页。
④ 同上书，第3451页。

所以在字里行间才充满着强烈的鄙夷和痛恨之情,并对他们的行径不遗余力地进行了鞭笞。正如丘云嶙所说:"其感时触物,一言一曲,往往中肯綮而达关窍,有意在言外者。"①

二是嬉笑自若的艺术风格。由于丁前溪性格中有"倜傥风流,诙谐调度"的一面,所以他的小令也常常表现出嬉笑自若的风格。如《愤怨》:

蹭蹬度流年,不遂心有万千。使力气推磨也不转。买鳔来不粘,买蜜来不甜,买的盐来精哩淡。叫苍天,实米实面,做酒刾牙酸。②

题目是"愤怨",说的是"不遂心"事,但作者在叙说时并没有表现出深沉的情绪,也没有使用激烈的言辞,而是嘻嘻哈哈,谐语连篇,让人们在不经意间体会其内心的"愤"和"怨"。再如《自嘲》:

休笑俺胡诌,俺胡诌不害羞。个中滋味谁参透。该愁处不愁,得讴处且讴,天来大事丢开后。笑凝眸。人情世故,尽在我心头。③

这是作者在"参透"了世间事之后的"自嘲",虽曰"胡诌",实是对"人情世故"的洞悉。基于此,所以他对"天来大事"不"愁"且"讴",均一笑置之。

这种幽默风趣的风格有时也出现在他刻画人物的小令中,更显得别有情趣。如《从侯给事山行》:

---

① 丘云嶙《丁前溪小令》《序》,谢伯阳编《全明散曲》,齐鲁书社1994年版,第3492—3493页。
② 谢伯阳编《全明散曲》,齐鲁书社1994年版,第3460页。
③ 同上书,第3474页。

山径遇佳人,一担挑两束薪。上埃(崖)下着腰儿趁。腰曳着布裙,口咬着下唇,鬓边汗湿香腮润。问佳人,相思柴担,哪担重沉沉。①

作者由佳人挑担而引出"相思柴担,哪担重沉沉",又以嬉笑口吻问之,非但不陷轻薄,直令人觉其风趣与雅情。

三是方言俚语的大量运用。如《有感自嘲》之"刚会叭叭,硬待踏踏""任他嗦嗦,尽他嗦嗦"②。诸城乡间谓小儿刚刚学语曰"叭叭",谓小儿刚能走步曰"踏踏"。"嗦嗦"即"咤咤",诸城方言小声议论之谓也。这些俚语无论状小儿之声貌还是成人之神情,都十分形象。其他如《借蝉寓意》之"旺相"言兴旺貌③,《会老妓于青州邸中》之"难闸挣"言病之难治④,《南商调山坡羊》之"提流脱落"言人之不齐整、不硬朗⑤,也皆是以方言入小令。由于这些小令都是可以用来演唱的,所以方言俚语的加入,不但使小令更加通俗易懂,同时也令听者备感亲切。

方言中尤其值得注意的是《自慰》中的"咱"字⑥。这首小令押"真文"韵,其最后几句是:"无财无势才安分。掩柴门,蹬妻抱子,如人的不如咱。""咱"字无论在平水韵还是现在的普通话中与"真文"都不相押,但在诸城方言中却相押,读 zèn。实际上,诸城方言"咱"字之读音,乃先秦第一人称"朕"之声转⑦,而此古音历两千多年仍保留于诸城方言中,并由丁前溪之小令记录下来,弥足珍贵。

---

① 谢伯阳编《全明散曲》,齐鲁书社 1994 年版,第 3463 页。
② 同上书,第 3455 页。
③ 同上书,第 3461 页。
④ 同上书,第 3480 页。
⑤ 同上书,第 3476 页。
⑥ 同上书,第 3456 页。
⑦ 参见拙著《楚辞文化探微》,新华出版社 1993 年版,第 139—141 页。

总之，丁前溪的小令创作，无论是其"愤世嫉俗，悲深思苦"之精神，还是在风格上的自然诙谐以及遣词上的方言俚语运用，在明后期的曲坛上都具有鲜明的特色。当然，他的作品也存在一些不足之处，如晚年写及时行乐尤其写与妓女交往的篇章明显增多。这大约与他充军回归后，思想变得消极有关。

四

丁前溪的文才对其家族的文风也产生了深远的影响。

丁氏之先尚武。明洪武初，原籍武昌的铁枪将军丁兴以平寇功受封居海州，其子丁惟再迁诸城，是为诸城丁氏之祖。其后数代，皆不以文显。至六世之前溪，始有小令创作。此后，诸城丁氏开始文人辈出，科甲连绵。

丁前溪有子六人（长子少亡），除次子惟申、五子惟廉为庠生，三子惟精为贡生外；其四子惟恕（字心田）亦精于散曲创作，并有小令二百余首随其父作一起刊于明崇祯间，后被谢伯阳共同编入《全明散曲》中。其小令，正如钟羽正为其所作《序》称，是"逸兴之歌，意真味婉，气正声平。一种清风，千秋可想"[1]。虽与其父风格不尽一致，实已足传。而前溪兄围溪（名纬）之孙自劝、自丰、自玉，即是闻名遐迩的"一门三进士"[2]。其从兄丁纯之子惟宁，又第嘉靖四十四年（1565）进士，后官至郧襄兵备副使。惟宁子即清初著名文学家丁耀亢。丘云嶙说前溪

---

[1] 钟羽正《丁惟恕小令》《序》，谢伯阳编《全明散曲》，齐鲁书社1994年版，第3494—3495页。
[2] 丁全来《丁前溪其人其事》，胶南市史志办公室编《丁前溪丁惟恕小令合集校注》，黄河出版社2009年版，第301页。

"其子侄皆群游邑庠，郁为伟器"①，固非过誉。

而从文学的角度来看，尤值得注意的是丁耀亢在创作上所受丁前溪之影响。尤其是丁耀亢早年的诗歌，如《问天亭放言》集中所收之诗，其散淡的风致与丁前溪的有些小令几乎是一致的。如丁耀亢《山居歌》的开头一段：

> 山居好，山居好，山路崎岖宾客少。看的是无名花草，听的是野鸟乱噪。望的是青山隐隐，乐的是绿水滔滔。叹人生世上容易老，总不如寻个安乐窝巢……②

再看丁前溪的小令《山居》：

> 清溪一曲抱村流，傍沙堤柳密花稠。稚子山妻三四口。听一会鸟语莺喉，学一会钓叟。小茅棚尽可藏头。腥鱼浊酒，掩柴门无虑无忧。③

可以看出，无论是生活情趣的表达，还是俚语歌谣的风格，丁耀亢在早年诗歌的创作上，确是曾受过这位叔祖的影响。而且，这种影响从耀亢此后创作的一系列小说、戏曲中的曲词里，仍可以表现出来。

以上是对《聊斋志异·丁前溪》中丁前溪生平事迹的大致勾勒。除《丁前溪》外，《聊斋》中涉及诸城丁氏的还有一篇《紫花和尚》，说的是丁耀亢之孙事，容当续考之。

---

① 丘云嵘《丁前溪小令》《序》，谢伯阳编《全明散曲》，齐鲁书社1994年版，第3492—3493页。
② 见拙文《丁耀亢的两首佚诗》，《山东图书馆学刊》2017年第3期。
③ 谢伯阳编《全明散曲》，齐鲁书社1994年版，第3450页。

《聊斋志异·遵化署狐》与丘志充其人

《聊斋志异·遵化署狐》的主人公是"诸城丘公",即丘志充,而其对立面则是狐。故事情节并不复杂,说的是丘公为遵化道时,署中一楼故多狐,时出殃人,历任官员莫敢忤之。丘公莅任,狐闻公"刚烈",化一妪转告说,三日后将迁走。而丘公不待其迁,于第二日便利用阅兵后的机会,让诸营巨炮骤入,环楼并发,顷刻之间,楼房夷为平地,群狐之"革肉毛血,自天雨而下",唯一狐逃去。后二年,丘公为谋迁擢,派人押送大量银两欲入都行贿,姑先窖藏于某班役之家。不料逃匿之狐化为一叟,向朝廷告发此事,"公由此罹难"。

故事的主题也很明确,即蒲氏在该篇的"异史氏曰"中所说:

狐之祟人,可诛甚矣。然服而舍之,亦以全吾仁。公可云疾之已甚者矣。抑使关西为此,岂百狐所能仇哉!

"关西"即东汉的杨震,字伯起,陕西华阴人,以学问和廉洁著称。据《后汉书》本传云,杨震少即好学,明经博览,至被诸儒称为"关西孔子杨伯起"。杨震曾为东莱太守,赴任途中,道经昌邑(今兖州金乡县西北),其往日的学生王密时为昌邑令,"夜怀金十斤以遗震",且云"暮夜无知者",劝其收下。而杨震则说:"天知,神知,我知,子知。何谓无知!"竟拒而不纳。这里,蒲老先生引用杨震的例子是说,除恶固无可非议,但既然疾恶如仇,则自己也应保持清正廉洁,这才能令对手无隙可乘。而丘志充的悲剧恰恰在于，除恶的同时自身又不够检点。假使换了"性公廉，不受私谒"①的杨震，那对手又岂奈他何！大约明清之际这类因除恶而遭敌手暗算的事例亦颇不少，故蒲老先生遂想借这则故事以告诫世人：除恶者单凭"刚烈"是不够的，还要做到正直无私，这才能不授人以柄。

故事主题的深刻性是显见的，即在今天亦不无借鉴意义。但故事的真相到底如何呢？历史上的丘志充又是一个什么样的人物？以下便对此做些考证。

据乾隆《诸城县志·选举表》，丘志充字左臣，万历四十一年（1613）进士，曾仕至山西布政使司右布政使。又据《明熹宗实录》（卷六十四、卷七十四），丘志充在任山西布政使司右布政使之前，还曾做过湖广布政使司右参政及河南按察使等官。至于丘志充行贿以谋迁擢并被逮事，《明熹宗实录》卷八十这样记载：

> （天启七年正月辛未）逮山西布政使司右布政使、怀来道丘志充至，下镇抚司究问，以东厂缉获王家栋，供称志充车载饷银，钻谋京堂也。……（丙子）镇抚司具丘志充、王家栋狱词。赃银九千一百三十两，命勒限严追，以助大工。

同书卷八十二："（三月辛未），刑部具犯官丘志充、王家栋狱词。俱著监候处决。"

此外，谈迁的《国榷》（卷八十八）对此事也有记载：

---

① 《后汉书·杨震传》。

逮山西怀来道右布政丘志充至，下镇抚狱。以饷金三千托太医院吏目王家栋营京堂，东厂迹之。论死。

但丘志充虽于天启七年（1627）被逮论死，却并没有立即执行，而是延至数年之后才与乡人王化贞同被弃市。李清《三垣笔记》说：

王抚化贞，丘副宪志充，皆诸城人，又皆癸丑（1613）进士；一坐失陷封疆，一坐行贿谋升，同日弃市。亦云怪矣。

查《明史·熊廷弼传》所附《王化贞传》，知王化贞于天启二年（1622）因广宁失陷而被论死，至崇祯五年（1632）"化贞始伏诛"。故丘志充之被弃市，亦当在崇祯五年（1632），其上距"论死"之时已五年矣。《聊斋》于此虽未能明载，仅云"公由此罹难"，但作为文学家言，我们也就不能再苛求蒲老先生了。

现在我们所要进一步探讨的问题是，丘志充行贿之事何以会败露？此据正史记载是"东厂缉获"，然《聊斋》则谓出于狐叟之告发。以常理论，正史的记载无疑是更可靠的，且狐叟云云，显系小说家言，不足为据。但奇怪的是，明清之际，不但山左民间盛传丘公遭"狐报"事，即丘志充的后人亦对此事深信不疑。贾凫西（1594—1676）《澹圃恒言》卷三记：

明季诸城丘兆麟进士，历升宣府口北道。衙宅后园有高楼，收国初文卷，久锁不开。每见楼上老少男女小人行走，访问吏役，皆以狐精对。一日操演兵马，暗传围楼，刀剑弓矢齐发，放火烧楼，烧死、射死、斫死无数，只走了三四个。后逾年，谋转宣抚，差家人带银三千两上京，寓天宁寺。见一青衣人至即去，递二日，青衣同锦衣卫校尉执票,上写胡姓某出首等事,遂唤同寺僧将人银搜去。原告在逃。锦衣疏奏,提问,死于狱。其子丘石常,东方名宿也,广文鱼台,清顺治丙申(1656)三月见之,迟之饮,谈及狐精事,曰其事众所口传与稗史所记皆真,亦载家乘。后其孙又中甲科。

丘石常,字子廪,号海石,志充次子。志充论死,石常曾与其兄玉常一同上书求代父死,未允,事见张石民《其楼文集》。是石常与木皮散客(贾凫西名应宠,字退思,号凫西,晚又号木皮散客)之所言,虽与《聊斋》情节稍异(谓志充屠狐事在宣府口北道,而非遵化道),然皆承认有"狐精"之事也。至于丘氏家乘,一时无由得睹,但既然丘石常如是说,我们也不妨相信。不过这一来,事情可真有点令人莫名其妙了:明明是虚幻之事,大家(包括丘公后裔)却都信以为真,并广为传布。形成这一现象的原因究竟是什么呢?

窃以为,不外有两方面的因素:一是齐鲁一带谈奇说异的文化氛围,二是丘氏"刚烈"的家风。

先说第一点。齐鲁之人,自古即喜谈怪异。正如司马迁所说:"其俗宽缓阔达,而足智,好议论。"① 诸城作为齐鲁交界之地,在这方面表现得似乎更为明显。明清之际,仅见于文字记载的便有丁耀亢山中遇仙人张青霞事②,李澄中自记前身事③,以及张石民、徐栩野山中遇龙事④,等等。至于李澄中的《艮斋笔记》,其卷一和卷六中更是大量著录了

---

① 《史记·货殖列传》。
② 见丁耀亢《出劫纪略·山鬼谈》。
③ 见李澄中《三生传》及《自为墓志铭》,《白云村文集》卷三。
④ 见安致远《纪城诗稿》及张石民《其楼文集》。

有关诸城的奇闻异事。从中可见，不少题材都是与《聊斋志异》共同的，而其录著的时间则更早。①还要指出的是，这类的奇闻异事，有些虽属无中生有，但大量的却都有所依傍，系由谈说者取其一点因由，随意敷衍而成。丘志充之遭"狐报"事即属后一种情况。这在谈说者的初衷，也许是为了渲染，也许是为了警世，也许仅是谈资而已；但久而久之，却已相沿成习，连对一些正常的事情也往往以怪异的眼光视之了。而这种文化氛围一经形成，又直接影响了文人的创作，蒲松龄撰写《聊斋志异》，便是一个典型的例子。

再说丘氏的家风。明清时期，诸城的不少大家望族都有着鲜明的家风。如普庆张氏的世代耕读，相州王氏的多才多艺，逄戈庄刘氏（即刘统勋、刘墉一族）的热衷仕宦，以及藏马丁氏的权奇好事而又不屑计较名节等，皆渊源有自。而丘氏的家风则是"刚烈"。丘氏之先为寿光人，自其始祖彦成迁居诸城之柴沟，传五世而至丘橓，即奉命前往江陵查抄张居正家产者。丘橓曾仕至左副都御史、刑部侍郎，晚拜南京吏部尚书。其为人，《明史》本传称其"强直好搏击"，并谓"其清节为时所称"。本传中所保存的他的《陈吏治积弊八事》，便是"指陈时政，炳炳凿凿，鲠亮有足称者"②。故丘橓可谓丘氏"刚烈"家风之开启者。丘志充之父丘云巇为丘橓之犹子，以举人授四川南部知县，亦有清名。至于丘志充之子丘石常，曾著有《楚村诗集》《文集》各六卷，诗文皆有奇气。刘翼明序其诗，谓其"赋性若剑芒江涛，任气若雷鸣电掣"。李石台《楚

---

① 见白亚仁《略论李澄中〈艮斋笔记〉及其与〈聊斋志异〉的共同题材》，《蒲松龄研究》2000 年第 1 期。
② 《明史·丘橓传》"赞"。

村诗集序》亦谓石常"有鲁仲连、辛幻安之风焉,往来江淮吴越间,所交悉天下瑰奇男子"。这都是真的。我们只要视石常与其好友丁耀亢饮铁沟园中,因论文不合而"拔壁上剑拟丁",吓得"丁急上马逸去",①便可知石常是如何的"刚烈"了。石常子元武亦有乃父之风,"面黝黑,须髯戟张,负骏才,好学,于书无所不窥"②。元武中顺治十六年(1659)进士,曾由知县而擢工部主事,著有《烟鬟草亭诗集》。邓孝威评其诗曰:"公诗意险识高,才雄气健,奋郁挺拔,以自见奇。"正因为丘氏之家风是如此的"刚烈",所以时人才演义出"遵化署狐"这样的故事来,而其家族也才能默认而不讳。

至于"遵化署狐"故事的传播途径,似当有两条线索:一是由丁耀亢、丘石常以达贾凫西,并由贾氏著录于《澹圃恒言》。诸城丁氏与丘氏为世交,并有通姻之好。丁耀亢的父亲丁惟宁之业师即为丘橓,丁耀亢的侄女后又嫁与丘志充之长子丘玉常,而丁耀亢与丘石常更是莫逆之交。这样,有关丘家的故事丁耀亢自然最熟悉不过。顺治八九年间,丁耀亢与贾凫西同居北京,交往甚密,彼此都引为"知己";康熙三年(1664)冬天,丁耀亢又亡命投滋阳贾凫西家。老友相见,自然无话不谈"③。其间,丘志充之子丘石常还于顺治十三年丙申(1656)与贾凫西相见,并"谈及狐精事"。虽然贾氏此前已有所闻,但难信其真;一经丘石常认可后,贾氏遂笔之于《澹圃恒言》,并赋诗一首,题曰《知诸城丘子廪二十年矣,丙申三月喜得见之》④:

---

① 王渔洋《古夫于亭杂录》卷五。
② 乾隆《诸城县志》卷三十六。
③ 参见袁世硕《孔尚任年谱》所附《孔尚任交游考》。
④ 见《澹圃恒言》卷四。

> 不谓天存我，还教与子亲。
> 当杯才问姓，握手重为人。
> 鲁甸瑶池宴，晋人兰社辰。
> 流觞千载恨，望尔筑江津。

二是由蒲松龄之学师孙景夏以达蒲松龄，并由蒲氏著录于《聊斋志异》。丘志充遭狐报事，在当时的诸城一带已广为人知（笔者少时居诸城乡间，仍能闻知此事），孙景夏自然与闻；而再由他告知蒲松龄，也是传播途径之一。

末了，有关丘志充之为人，还有一点需要提及。志充虽性"刚烈"，并曾担任过四川监军副使一类的武职①；但他同时也是一位文人，"喜延揽才隽之士，或诗文尤异者，辄倒屣折节"，至被"称文武才"。②他本人亦善诗，嘉庆间诸城人王赓言编《东武诗存》，其中就收有志充的《秋日游常山》二首，其一曰：

> 到体西风笋发毛，人同绝巘斗孤高。
> 木能寒傲峥如鬼，石也清寒棱似刀。
> 老大羞称秋后健，悲歌不为醉时豪。
> 黄花未了今年事，休负霜前蟹有螯。

真是诗格即人格，连游山之作也表现出一种"刚"气。除诗歌外，志充对小说也有着较大的兴趣。谢肇淛《金瓶梅·跋》云：

---

① 见《明实录》（影印本）第126册，910页。
② 康熙《湖广通志·名宦》。

> 此书向无镂板，抄写流传，参差散失。……余于袁中郎得其十三，于丘诸城得其十五，稍为厘正，而阙所未备，以俟他日。

谢氏所说的丘诸城即丘志充。而正是这位丘志充，竟藏有《金瓶梅》早期抄本的十分之五。又据沈德符《万历野获编》说：

> 中郎（袁宏道）又云：尚有名《玉娇李》者，亦出此名士手，与前书各设报应因果……中郎亦耳剽，未之见也。去年抵辇下，从丘工部六区（自注：志充）得寓目焉。……似尤胜《金瓶梅》。丘旋出守去，此书不知落何处。

这就是说，丘志充除藏有《金瓶梅》的早期抄本外，还藏有《金瓶梅》的最早续书《玉娇李》。这真是学术史上的一件大事！倘再联系到丘志充之子丘石常的好友丁耀亢又有《续金瓶梅》之作，则围绕着《金瓶梅》与其续书的一段学术公案，似与丘志充父子有着脱不尽的干系矣。而对丘志充其人其事的考证，亦非但为《聊斋》本事研究之所必须，也是为揭开《金瓶梅》作者之谜而迈出的一步。

（原载《蒲松龄研究》2000年第3、第4期。此次收入，改正了引文的一处舛误，并借此机会向白亚仁先生表示感谢）

附记：

关于丘志充之"罹难"，《诸城县志》还有另外一种说法，即因战功而"蒙珰祸"，兹录以备闻：

道光《诸城县续志》十二《列传补遗》：

> 丘志充，字美甫，万历三十八年进士，历山西怀来道，晋右布政使。奢崇明寇蜀，据重庆，朝廷命帅西征，以志充为总理监军。与贼连战佛头关、真武山，皆大捷，斩其骁将樊龙、樊虎，取重庆，复五十余城。天启六年，诰命有"献捷逾三，论功第一"之褒。南郡士作《渝州谣》纪志充功。逆珰魏忠贤忌之。兵备怀隆又辱忠贤腹心，会推志充巡抚，忠贤乃劾之，下狱以死。天下冤之。

光绪《增修诸城县续志》《列传》第一《补遗》"丘云嶵"条：

> ……及志充由山西藩司蒙珰祸，家人环泣，云嶵曰："吾顾不如范滂母哉！有子得与杨、左六君子共死大珰，夫何憾！"

2017 年 3 月 14 日记

"镜听"考源

一

《聊斋志异》有《镜听》一篇,说的是益都郑氏兄弟大比之年,二郑妇窃于除夜以镜听卜事。当时听到的话虽只"汝也凉凉去"一句,但后来竟应验了。当二郑妇闻听丈夫考中,从闷热的厨下力掷饼杖而起,不由自主地喊出"侬也凉凉去"一句验语时,连蒲松龄也禁不住为这位女子叫起好来:"投杖而起,真千古之快事也!"

"镜听"又称"镜卜",古人常于除夕之夜以此法进行占卜。其俗至清初犹盛,除山东外,江南亦流行之。清人梁绍壬《两般秋雨庵随笔》"镜听"则,即记昆山徐氏兄弟及钱塘黄机镜听事:

昆山徐大司寇乾学,昆弟三人,未第时,除夕相约镜听。乃翁侦知之,先走匿门外,俟三子之出,揖而前曰:"恭喜弟兄三鼎甲。"诸子知翁之戏已也,不顾而走。则有二醉人连臂而来,甲拍乙之肩而言曰:"痴儿子,你老子的话是不错。"盖以徘语相戏也。已而果应其言。

又,钱塘黄文僖公机未遇时,镜听闻二妇人相语云:"家有二鸡,明日敬神,宰白鸡乎?宰黄鸡乎?"其一曰:"宰黄鸡可也"。机、鸡同音,遂以为谶。

又据明人田汝成《熙朝乐事》记载,明代杭州即有此俗:除夕之夜,"更深人静,或有祷灶请方,抱镜出门,窥听市人无意之言,以卜来岁休咎",并谓"皆故都之遗俗也"。可见,"镜听"之俗早在南宋即已盛行了。这从宋人朱弁《曲洧旧闻》所记曾叔夏(懋)应举时,于元夕与友生偕出"听响卜"事也可得到印证。曾懋,赣州人,曾累官至吏部尚书。其中进士在哲宗元符间(1098—1100),据此,则"镜听"之俗又可上溯至北宋。

其实,若仔细考察,唐诗中亦有关于"镜听"之俗的描写,唐人王建的《镜听词》即是关于"镜听"的宝贵资料:

> 重重摩挲嫁时镜,夫婿远行凭镜听。
> 回身不遣别人知,人意丁宁镜神圣。
> 怀中收拾双锦带,恐畏街头见惊怪。
> 嗟嗟唧唧下堂阶,独自灶前来跪拜。
> 出门愿不闻悲哀,郎在任郎回不回。
> 月明地上人过尽,好语多同皆道"来"。
> 卷帷上床喜不定,与郎裁衣失翻正。
> 可中三日得相见,重绣镜囊磨镜面。

诗篇写一贫家妇女凭"镜听"以占卜她出远门的丈夫的吉凶及归期,不但心理刻画细致入微,而且对"镜听"之法的描写也十分具体。从诗中所写可以看出,"镜听"者先要怀镜拜灶,然后出门至街头闻听人语,而这一切又不能让人发觉,否则便不灵验。唐人李廓的《镜听词》也有类似的描写:

> 匣中取镜辞灶王，罗衣掩尽明月光。
>
> 昔时常看照容色，今夜潜江听消息。
>
> 门前地黑人未稀，无人错道朝夕归。
>
> 更深弱体冷如铁，绣带菱花怀里热。
>
> 铜片铜片如有灵，愿得照见行人千里形。
>
> ——《唐人选唐诗·才调集》

可见"镜听"在唐代已经成为一种普遍的习俗。至于出听的方向，《镜听词》未言，但也有一定的讲究。《曲洧旧闻》谓之"打瓢"，即锅盛满水，水上置一空勺，拜灶毕，然后拨动勺子使其旋转，最后勺柄停止的方向即是出听的方向。

又据元人伊士珍《嫏嬛记》引《贾子说林》说，"镜听"尚有咒语，而其占卜方法亦不限于"听"，也还有"照"。兹移录其文：

> 镜听咒曰："并光类俪，终逢协吉。"先觅一古镜，锦囊盛之，独向灶神，勿令人见。双手捧镜，诵叹七遍，出听人言，以定吉凶。又闭目信足，走七步开眼照镜，随其所照，以合人言，无不验也。昔有女子，卜一行人，闻人言曰："树边两人，照见簪珥，数之得五。"因悟曰："树边两人，非'来'字乎？五数，五日必来也。"至期果至。此法惟宜于妇女。

大抵中国民间之"镜听"法，自唐以迄于清，约略有如上述。

二

"镜听"之法，亦有演变。先是由"怀镜"而易为"怀勺"，即"打飘"之后径将勺子怀抱胸前以听（见《曲洧旧闻》）；后又至无所怀而直以耳听，谓之"响卜"或"声卜"，时间亦不限于除夜。如宋洪迈《夷坚志》"婆惜响卜"条所记：

> 括苍何叔存（湛），清源王曾孙也。淳熙丁未赴省试，馆于三桥旅邸。揭榜之夕，遣仆探候，久而不至，有忧色，因率同辈登桥听响卜。驻足未定，闻河畔妇人叫呼曰："婆惜你得！你得！"盖吴人愠怒欲行打骂之句，俗谓之受记，非吉兆也。湛独喜，亟还曰："可贺我矣。"同辈曰："叔存作意听响卜，而连四'得'字，夫复何疑。"湛曰："不特此也，吾小名正为婆惜。"众皆喜，方买酒欲饮而仆至，果中前列。

何湛小名"婆惜"，于揭榜之夕出听"响卜"，闻妇人呼叫"婆惜你得你得"，遂为吉兆。可见"响卜"之法，也仅是取其一句，不计其余。再如明俞弁《山樵暇语》所记"声卜"事：

> 正德初，尝有数人召仙问科第事。仙书曰：某夜可往某处问炒豆妇人。及期，就其处，有一人家，果闻炒豆声，众喜甚。立听良久，初无所闻。其中一人姑坐以伺。俄闻诸儿争豆，其母怒曰："都不与，惟坐的有分耳。"众皆不乐，惟坐者其年果得第。

炒豆妇人"都不与，惟坐的有分"的一句怒语，与河畔妇人"婆惜

"你得你得"的欲行打骂之词，皆出于无意，然听者却深信不疑，此即"镜卜"以至"响卜"的所谓"以有心听无心"也。当然，也有"以有心而听有心"者，那便有点近似人为了。如宋人王明清《挥麈录》所记赵不衰拜高宗事：

> 高宗建炎二年冬，自建康避狄，幸浙东。初度钱塘，至萧山，有列拜于道侧者，揭其前云："宗室赵不衰以下起居。"上大喜，顾左右曰："符兆如是，吾无虑焉。"诏不衰进秩三等。是行虽涉海往返，然天下自此大定矣。

《聊斋志异·镜听》插图

赵构南迁，一心希望宋祚不衰，而赵不衰其人便投其所好，给他创造了一次"声卜"的机会。这样，一方面可以视此为"符兆"，并借以安定人心；一方面则由此而"进秩三等"。双方各得其所，心照不宣。

"声卜"者有时也将声音与形象联系在一起进行占卜，如《聊斋志异·鸟语》篇末所记：

> 齐俗呼蝉曰"稍迁"，其绿色者曰"都了"。邑有父子，俱青、社生，将赴岁试，忽有蝉落襟上。父喜曰："稍迁，吉兆也。"一

僮视之,曰:"何物稍迁,都了而已。"父子不悦。已而果皆被黜。

"稍迁""都了"皆蝉之一种,须仔细审视方能辨别。然形象之异,则会导致呼名之殊,并最终令"声卜"结果判然有别。饶有趣味的是,这种声音与形象的结合,有时竟体现在卜者本人身上。近人李江秋《安丘述略》所记清初安丘人宋介中解元事,可算是这方面的典型例子。宋介应试途中,行抵青州附近的瀰河岸边,因只顾用手抓袋中黑豆来吃,头戴的团笠被风吹到背后,以至引起跟驴的脚夫大笑不止,介问其故,脚夫说:

> 这河里团鱼(鳖)很多,夜间出水到河边地寻找食物,最喜欢吃黑豆。我在河边种了黑豆,夜间常要来赶鳖下水。刚才看见你的团笠被风吹落背上,像个鳖盖;而你正在吃黑豆,我又在后边赶,想起来和我平常来河边赶鳖一样,所以大笑。

这位脚夫将他的顾主当成了"鳖",照齐、鲁乡俗,是最不能令人容忍的。但你猜身为当事人的宋介是怎么想的:

> 介听以后心中反窃窃自喜。因元、圆,解、介都是同音,自己又名介,莫非本科还有中解元的希望……后果中全省第一名的解元。

这是将圆圆的"鳖盖"与"解元"以及自己的名字"介"联系到了一起,遂至想入非非。

概言之,"响卜"或者"声卜",较之"镜卜"方法更趋简化,适应性也更加灵活。它的时间既不固定于"除夜",地点也不限制在"街头";而听卜的内容则更由闺阁之事而扩大到功名利禄的求取。这也是中国古代许多占卜术在走向民间之后的共同特点，即操作要简便，而卜问内容则应无所不包。

三

倘再溯本求源，则"镜听"之俗实源于先秦的隐语及汉代的谶纬。

先秦隐语甚多，甚至连荀子的《礼》《智》《云》《蚕》《针》五首小赋，也有人认为是隐语。但与后世"镜听"之俗起源相关的，则是那些两性间的隐语，或带有占卜、预测意味的隐语，而它们在语言上又大都具有双关的意义。例如《诗经·豳风·九罭》中便有这样的句子：

九陆之鱼，鳟鲂。我觏之子，衮衣绣裳。

鸿飞遵渚，公归无所，于女信处。

鸿飞遵陆，公归不复，于女信宿。

这是一首恋爱诗，言一位多情女子对新婚丈夫（抑或情郎）的难分难舍。篇中以渔网（罭）捕鱼隐喻男女的爱情和婚姻，这层谜已由闻一多先生说破（见《神话与诗·说鱼》）。而还值得注意的是"鸿"。"鸿"为水鸟，而"鸿""公"古音同，是双关语。鸿本应到水中觅食，倘飞到了小洲（渚）和陆地，便是"无所"以至"不复"。于是，这位女子接着提出了与"公""信处"（再同处）和"信宿"（再同宿）的请求。显然，"鸿飞遵渚"和"鸿飞遵陆"已成为当时恋人间的一种隐语了。倘再联系《周易》《渐·九三》之"鸿渐于陆，夫征不复，妇孕不育"及《渐·九五》"鸿渐于陵，妇三岁不孕"的爻辞，其隐含的意义似乎更能令人领悟。而更有意思的是,《聊斋志异·庚娘》中庚娘的丈夫所说的一句"闺中之隐谑",竟也是"看群鸭儿飞上天耶",可见这类隐语的生命力之强。

类似的隐语在其他先秦典籍中也可以见到。如《左传·僖公二十八年》记晋文公听舆人之诵曰:"原田每每,舍其旧而新是谋。"舆人说的是种田之事,但却给了晋文公以与楚作战的决心和勇气,实可视为一种语义双关的隐语。又如《国语·郑语》所记周宣王时"厌弧箕服,实亡周国"之童谣,更是一种带神秘色彩的隐语。而从"宣王闻之,有夫妇鬻其器者,王使执而戮之"看来,宣王似乎已明白了这隐语的含义。而隐语之最典型者,似莫过于《史记·秦始皇本纪》所记燕人卢生入海求仙不得,因奏录图书曰"亡秦者胡也"一句。裴骃《集解》引郑玄曰:"胡,胡亥,秦二世名也。秦见图书,不知此为人名,反备北胡。"其实,博士们所设置的隐语,目的就是要把明白的意思说得隐约其词,并制造一定的歧义,以增加其命中率,祖龙哪里会晓得呢?

先秦隐语进一步演变,并融合了阴阳五行化的"春秋公羊学"后,便成为汉代的谶纬。"谶"是"诡为隐语,预决吉凶"的一种宗教性预言,原附有图,故称"图谶"。"纬"是用神怪灵异之说解"经"。"谶"原来只在民间流行,如宛人李通劝刘秀起兵时所引的"刘氏复兴,李氏为辅"之类,但由于刘秀本人深信不疑,而且在即位后"宣布图谶于天下",所以东汉图谶大兴。而有些人也就通过制造谶语以达到升官发财的目的。如当时有一位管图书的尹敏,便偷偷地在图谶里加了两句:"君无口,为汉辅。"光武帝虽发现了,也并不怪罪。这样一来,大量半秘密状态的隐语遂堂而皇之地登上了"大雅之堂",并泛滥一时,以致后世屡次禁止都不能根绝。

至于谶语同"镜"相配合,以至形成了"镜听"之俗,那则是魏晋以后的事了。由于镜有洞见一切、真实无隐的特点,所以魏晋以后,道士们便用它来"辟邪"。如葛洪《抱朴子·登涉卷》说:"古之入山道士,皆以明镜径九寸以上,悬于背后,则老魅不敢近。"据说鬼魅精怪虽可变幻成人,但"唯不能于镜中易其真形"。而且,由镜的无隐、辟邪又发展到用它来预卜吉凶,如《艺文类聚》卷七十引《抱朴子》说:

> 或问知将来吉凶为有道乎?答曰:用明镜九寸自照,有所思存,七日则见神仙,知千里外事也。明镜或用一,或用二,谓之四规镜。

而"镜听"之所以用镜,除了镜本身的特点及道教的影响外,也当与镜为女子日常习用之物有关。"照花前后镜,花面交相映。"古时女子盖无一日可以离镜。甚至连新妇拜堂也是"用一桌盛镜台,镜子于其上,望堂展拜"(《东京梦华录·娶妇》)。可见,镜对于女子来说,不但可用以照面,而且简直是爱情的神圣信物与象征。兼以古代女子地位的低下及其对人生前途的难以把握,于是乎,最早将谶语与镜结合在一起以进行占卜的"镜听"之俗,便首先由闺中发源了。

简言之,"镜听"之"听",源于先秦的隐语及汉代的谶纬;而与"镜"相配,则是魏晋以后,在道教的影响下,首先由那些闺中女子们来完成的。而后来的"响卜""声卜"以及民间至今尚存的悬镜于门以"辟邪驱鬼"的做法,实是古代"镜听"之俗的"一分为二"。

(原载《民俗研究》1993年第3期)

《聊斋志异》中的甘肃故事

号称"短篇小说之王"的《聊斋志异》,在其四百多篇故事中,涉及甘肃的竟有七篇。这大概是一般人不曾想到的。而且,这些篇章中既有蒲松龄精心创作的故事,也具有一定的写实成分,因而,无论从文化内涵还是艺术成就的角度来说,都是值得我们去深入研究的。

一

《聊斋》中涉及甘肃的七个篇章大致可以分为两种类型:一是对有关甘肃的奇人异事的记载,如《杨千总》《土化兔》。《杨千总》写毕民部公(按:即毕自严)"即家起备兵洮岷时",有千总杨化麟来迎,途中见一人遗便路侧,杨即飞矢射去,正中其髻,"其人急奔,便液污地"。此篇意在宣扬杨千总射术之高超,然未免太有点恶作剧了。杨化麟史有其人,时任岷州守备。大约蒲松龄认为这故事很有些"噱头",故遂笔之于《聊斋》。此亦可见蒲氏创作时对情趣的追求了。《土化兔》则是写靖逆侯张勇镇兰州,出猎时获兔甚多,其中有些兔子的半身或两股尚为土质,故"一时秦中争传土能化兔"。这从生物学上来说是不可能的事情,蒲松龄也认为是"物理之不可解者"。然《聊斋》却这样明明白白地记载着,不知是出于误传,抑或还有什么别的意思。总之,这一类的故事篇幅都较短小,情节也很简单,其写作的目的主要在于"志异"。

二是在传闻的基础上，由蒲松龄加工创作的故事。这样的篇章有《八大王》《姚安》《贾奉雉》《申氏》《苗生》等。而值得注意的是，这种取其一点因由随意点染的故事，既有着《聊斋》作者的艺术创造，同时也表现出一定的地域文化色彩。也就是说，这类的故事在文化内涵上往往具有两重性。而它们与《聊斋》中的许多名篇比较起来，一点儿也不逊色。如《八大王》写临洮冯生曾将一额有白点的巨鳖放归洮水，谁知所放竟是鳖精"洮水八大王"。后冯生于日暮时分与化为醉者的八大王在途中相遇，八大王即踉跄下拜，并引冯生至一小村盛情款待，最后还将"鳖宝"植入冯生臂内。自此，冯生便有了"特异功能"，"目最明，凡有珠宝之处，黄泉下皆可见；即素所不知之物，亦随口而知其名"①。

《聊斋志异·八大王》插图

---

① 关于传说中的"鳖宝"事，纪晓岚《阅微草堂笔记》卷五（上海古籍出版社1980年版）中有一段记述文字与此相类，兹录以备闻：

四川藩司张公宝南，先祖母从弟也。其太夫人喜鳖臛，一日，庖人得巨鳖，甫断其首，有小人长四五寸，自颈突出，绕鳖而走。庖人大骇仆地。众救之苏，小人已不知所往。及刳鳖，乃仍在鳖腹中，已死矣。先祖母曾取视之，先母时尚幼，亦在旁目睹：……帽黄色，裙蓝色，带红色，靴黑色，皆纹理分明如绘；面目手足，亦皆如刻画。馆师岑生识之，曰："此名鳖宝，生得之，刳臂纳肉中，则咬人血以生。人臂有此宝，则地中金银珠宝之类，隔土皆可见。血尽而死，子孙又剖臂纳之，可以世世富。"庖人闻之大懊悔，每一念及，辄自批其颊。……

终于，冯生掘得财宝无数，富比王侯，还娶了肃王的三公主为妻。蒲松龄写作这则故事的本意大约是为了讽刺和警戒酒人，正如他在"异史氏曰"中所说："醒则犹人，而醉则犹鳖，此酒人之大都也。顾鳖虽日习于酒狂乎，而不敢忘恩，不敢无礼于长者，鳖不过人远哉？若夫已氏，则醒不如人，而醉不如鳖矣。"你看，人一旦沉醉之后，竟连鳖都不如了，这挖苦也真是够尖刻的。

《贾奉雉》与《苗生》两篇都是揭露科举制的弊端的。《贾奉雉》写平凉人贾奉雉"才名冠世，而试辄不售"，后经一郎姓异人指点，故以陋劣之文应试，结果，榜发竟中经魁。但贾某却因此而愧怍无比，汗透重衣，自言曰："此文一出，何以见天下士乎？"于是看破功名，闻捷即遁，随异人修道去了。后因情缘未断，一度又返人间，结果备受磨难，最后还是由那位郎姓异人搭救，复又遁去。《苗生》则是写岷州龚生赴试西安途中，与一自称苗姓而实为虎精的伟丈夫相识。后龚生考试完毕，与三四友人同登华山，藉地作筵，方宴笑间，苗生忽至，并与众人一同联句。酒至半酣，考生们互诵闱中之作，个个得意扬扬。而苗生听后却厉声斥曰："此等文只宜向床头对婆子读耳，广众中刺刺者可厌也。"众人虽有惭色，然益高吟，苗生实在忍无可忍，遂"伏地大吼，立化为虎，扑杀诸客，咆哮而去"。所余者唯龚生等二人。此与《贾奉雉》恰可称为前后篇：前者写考官的水平低下，不能公明衡文；后者写考生的闱中之作也陋劣不堪，非但不能公之于众，而且连兽类也不耐听。它们与《叶生》《司文郎》《王子安》等同为《聊斋》中揭露科举弊端的名篇。

《姚安》与《申氏》则是劝善惩恶之作，前者批判在婚姻问题上的喜新厌旧，后者赞扬人的正道直行。具体说，《姚安》写临洮美男子姚安已有妻室，但听说同里宫姓美女绿娥把他作为择偶的标准后，便借机将自己的妻子推坠井中，遂娶绿娥。然因绿娥长得太美，又常放心不下，终由"闭户相守，步辄缀焉"，而发展到"扃女室中"，不让妻子与外界接触。一日绿娥昼眠畏寒，以貂冠覆面上，姚安开锁启扉见之，疑为男子，竟力斩之。结果姚安被收官并遭破产，幸以金钱打点，得不死。但"由此精神迷惘，若有所失"，最后"忿恚而死"。《申氏》所记泾河之间的士人子申氏，其德行却正与姚安相反。申氏虽"家屡贫，竟日恒不举火"，然一直不愿做出"辱门户、羞先人"的不义之举。后来在一个偶然的机会将为崇富室之女的巨龟击毙，遂得谢金三百以脱贫。而"自此谋生产，称素封焉"。这与《姚安》故事，也可以说是主题相反相成的前后篇了。

二

《聊斋》中七篇甘肃故事的梗概已如上述。现在，我们要进一步探讨的问题是，蒲松龄并没有到过大西北，那么，这些甘肃故事是如何进入《聊斋》的呢？从传播学的角度来说，它们的传播途径又是怎样的呢？

窃以为，此当与蒲松龄坐馆西铺村有关。西铺村位于淄川县城西面约六十华里，蒲松龄就在该村的毕际有家坐馆，而且自康熙十八年（1679）至康熙四十八年（1709），一坐就是三十年。其间，除了赴省城应试及年关短暂回家外，他几乎全在毕家生活。用蒲松龄撤帐归来后的一句诗说，就是"怜我趁食三十年"（《斗室》）。而毕际有又是何许人呢？据《淄川毕氏世谱》载，毕际有，字载积，号存吾，明末荫为官生，清顺治二年（1645）拔贡入监，考授山西稷山知县，后升江南通州知州。康熙二年（1663），"以通州所千总解运漕粮积年挂欠，变产赔补不及额，罢归"。从毕际有的经历来看，他并未涉足甘肃，往西最远也只到过山西。但再查毕氏世谱却可以发现，毕际有的父亲毕自严倒是在甘肃做过官的。

毕自严在《明史》卷二百五十六有传，略谓自严字景曾，淄川人，万历二十年（1592）进士。先除松江推官，因年少有才干，又征授刑部主事，历工部员外郎中，迁淮徐道参议、河东副使。稍后曾一度引疾归里，然不久又起任洮岷兵备参政，旋以陕西按察使徙治榆林西路，再进陕西右布政使。泰昌（1620）时召为太仆卿，天启间进右都御史，崇祯元年（1628）召拜户部尚书。崇祯十一年（1638）卒于家。统观毕自严一生的仕途经历，其中有两段都是与甘肃有些关系的：一是他曾任过洮岷兵备道参政，二是以按察使徙治榆林西路。

明代的所谓"参政"，乃布政使下属官员（从三品）。布政使掌一省之政，而参政（还有参议）则分司各道。明代甘肃尚未独立设省，故其地皆隶属陕西布政使司（从监察系统来说是陕西提刑按察使司），洮岷道即其辖地之一。具体说，"洮"指洮州卫，治所在今甘肃临潭县；"岷"指岷州卫，治所在今甘肃岷县。而作为管辖洮、岷地区的洮岷道，其治所也设在岷县。洮岷地区正处洮河流域，位于今甘肃省的南部，这里既是军事要冲，又邻接少数民族地区，战略位置十分重要。故明代自洪武年间便在此设兵备道，而毕自严即于万历四十三年（1615）任职于此。岷县周围多山，又有洮河自西北绕县城流过，故这一带自古以来就多奇闻异说，尤其是与洮河有关的故事，一直在民间流传。而雅好诗文的毕自严（有《石隐园集》行世）既然居官于此，对此也不会不有所闻。当然，作为朝廷命官的毕自严不一定会将它们载入自己的诗文集中,但当他晚年致仕还乡之后,作为异事讲给自己的儿孙们听听,倒是完全可能的。再说毕自严之子毕际有,罢归之后也一直是一位富贵闲人,喜欢饮宴倡酬,而且有事没事总爱找他的西宾蒲松龄聊天,这样,毕自严所见所闻的那些洮岷地区的故事,作为谈资,便经由毕际有之口而入于蒲松龄之耳了。这就是《聊斋志异》中那些甘肃故事的传播途径。

从现存《聊斋》中的甘肃故事来看,其中有四篇,即《杨千总》《八大王》《姚安》《苗生》,其故事的主人公或发生地都与洮河流域有关。这绝不是偶然的。换言之,这些故事的入载《聊斋》,与毕自严的任职洮岷兵备道是分不开的。而且,其中的《杨千总》一篇更直接地点明了这层关系,所谓"毕民部公即家起备兵洮岷时",便是这一系列洮岷故事的来源背景。至于《贾奉雉》与《申氏》两篇发生在平凉和泾河一带的故事,虽与洮岷无涉,然却与毕自严的另一段经历,即"以按察使徙治榆林西路"密切相关。

按察使掌一省刑名按劾之事(正三品),与布政使、都指挥使俱为封疆大吏。而毕自严以陕西按察使身份所徙治的榆林西路道,其辖地西至今陕西的安边及宁夏回族自治区的盐池,南至今甘肃省庆阳地区的北部(见《明史·地理志》),与平凉相距并不远。而且,泾河及其支流就在境内流过。因之,流传于平凉地区的《贾奉雉》故事及"泾河之间"的《申氏》故事,都是有可能传进毕自严的耳中的,而它们又与洮岷故事一起经由毕自严的子孙被蒲松龄所闻知,更是情理中的事。

《聊斋》甘肃故事中只有一篇兰州故事(即《土化兔》)与毕自严无关。因为故事的背景是"靖逆侯张勇镇兰州时",而其时毕自严早已作古数十年了。张勇,《清史稿》有传,略谓勇字非熊(一作飞熊),陕西咸宁人,善骑射,多智谋,顺治间曾以战功超授甘肃总兵及云南提督等职,康熙二年(1663)还镇甘肃,任提督。康熙十四年(1675)又以镇压三藩之乱有功而封靖逆侯,仍领甘肃提督。其时甘肃提督的驻地虽在甘州(今张掖),但张勇却常到兰州来,其府邸旧址即在今兰州市张掖路中段南侧(后改为皋兰县文庙)。张勇为人,"不耻下交,从游多岩穴隐者"(李因笃《靖逆侯靖逆将军谥襄壮张公传》,载《续刻受祺堂文集》)。例如,据张穆《顾亭林年谱》记,康熙十七年(1678)冬,张勇还曾命其子张云翼往关中去迎取顾炎武来兰州,只是由于顾炎武的"坚辞"才未能成行。而《土化兔》中所说的张勇出猎兰州,应即他任甘肃提督期间的事情。至于这故事的传播,似与"从游"之"岩穴隐者"不无关系(如与张勇家族关系密切的李因笃、王宏撰诸人),因为这些所谓"隐者"大都带点遗民色彩,而清初遗民又是最喜欢到处奔走的。

三

最后,关于《聊斋》中的甘肃故事,除前已述及者外,还有两点亦颇值得注意:

一是作品中所呈现出的地方文化色彩。蒲松龄虽未到过西北,但却将西北的人文地理、风俗物产、奇闻异事都融入了七篇甘肃故事之中。无论那奇幻而多怪异的洮河,还是洞府幽深的道教圣地崆峒山;无论是野兔遍地的兰州、戒备森严的肃王府(今甘肃省人民政府所在地)及美丽的三公主,还是那豪放的"八大王"、祟人的巨龟及因不耐听制艺文而食人的老虎，都会令人感受到大西北那古老而神秘的文化氛围。至于《贾奉雉》中对深山洞府的描写，更是令人神往：

> （贾奉雉）飘然遂去，渐入深山，至一洞府……房亦精洁，但户无扉，窗无棂，内唯一几一榻。贾解履登榻，月明穿射；觉微饥，取饵啖之，甘而易饱。因即寂坐，但觉清香满室，脏腑空明，脉络皆可指数。

这里所说的"深山"，当即《八大王》中肃王府三公主所游之"崆峒"，位于甘肃省平凉市西三十华里处的崆峒山。崆峒山为天下道教第一名山，传说黄帝曾到此问道于广成子，而秦始皇、汉武帝等都曾登临过。其山有八台、九宫、十二院、四十二座建筑群，至今犹存。而山名"崆峒"，即取道家空空同同、清净自然之意。《贾奉雉》中的这一段描写，可谓是对崆峒洞府的形象写照了。

蒲松龄对于西北风物为何会有如此出色的描写呢？我想，除了这些故事在传播时其本身所带有的地方色彩及蒲松龄杰出的文学才能外，还有一点也是不应忽视的，那就是清代西北学的兴起及西北文化的开始引人注意。这是一种大的文化背景。一般认为，清代西北学之兴当在晚清，其实，随着清人的入主及边境用兵，清初已有很多人就开始对四夷、边疆之学感兴趣了，顾炎武便是其中的一个。顾氏身为南人，却长期居于西北；不愿乘船，而喜欢坐车。他的《天下郡国利病书》分叙各省的地理形势、水利、屯田、设官、边防、关隘，对西北地区尤为看重。这种对西北史地大感兴趣的学术空气，当然也会影响到其他领域（包括文学领域），并波及蒲松龄所在的山东地区。而素喜谈奇说异的蒲松龄，在得到有关西北的创作素材后,即凭借其渊博的知识和过人的才华而精心进行加工,遂成为《聊斋》中独具特色的甘肃故事了。

二是这些篇章在生态学上的意义。众所周知,西北地区生态环境恶劣。但这只是近代的事情,古代却并非如此。就拿兰州来说吧,明人还描写过皋兰山的"天晴万树排高浪"(周光镐《皋兰山》),清人也说后五泉是"千章夏木翠凌空"(吴镇《后五泉》),而今安在哉?同样的,《聊斋志异》中所描写过的"八大王",其后代子孙至今竟无一存者。今天,研究甘肃生态的人也都说洮河流域无鳖。但《聊斋志异》中的"八大王"故事,其根据却实实在在是洮水鳖!再看这一带出土的母系氏族社会时期的彩陶器皿,其中竟也有龟鳖之类的造型。这样说来,《聊斋志异·八大王》一篇,应是可以作为洮河流域曾经有鳖的佐证了!而更有意思的是,1992年夏天,在濒临洮河的临洮县一个名叫"大王嘴"的地方,还发现了一块酷似龟鳖的巨石(重约1000公斤),被当地人视为"八大王"的化身石。该处现已建成一座神龟园,而"八大王"石即卧居其中[①]。此与蒲松龄故里聊斋园中的"八大王石",真可以说是遥相呼应、灵异同现了。

(原载《聊斋学研究论集》,中国文联出版社2001年版)

---

① 参见王德温、黄静编《神秘的龟文化》一书中《神龟园记事》部分,宁夏人民出版社1996年版。

下○《聊斋》文化探微

下《物语》文化探幽

援《易》理而入《聊斋》

——《聊斋志异·恒娘》与《周易·恒》卦对读

《聊斋志异》的作者蒲松龄精于《易》理。其子蒲箬所作《柳泉公行述》称"我父邃于《易》理"①，蒲箬等所作《祭父文》亦谓其父"天性嗜书，故垂老不倦。即《易》卜术数，亦必手录一卷，删去繁芜，归于简奥，遂成不朽之书"②。蒲松龄的《易》学造诣亦在其小说创作中体现出来，《聊斋志异》中的《恒娘》篇便是一个典型的事例。该篇的创作虽有一定的现实生活为依据，但在很大程度上是对《周易·恒》卦卦理的发挥，或者说是对《恒》卦易理的形象化与实际应用。

一

先看《周易·恒》卦的卦画及卦爻辞：

☰恒：亨，无咎，利贞，利有攸往。

初六，浚恒，贞凶，无攸利。

九二，悔亡。

九三，不恒其德，或承之羞，贞吝。

九四，田无禽。

---

① 盛伟编《蒲松龄全集》，学林出版社1998年版，第3441页。
② 同上。

六五，恒其德，贞，妇人吉，夫子凶。

上六，振恒，凶。

《周易·恒》卦一向被认为是讲婚后爱情问题的专卦。《周易·序》卦云："夫妇之道不可以不久也，故受之以《恒》。恒者，久也。"[1]可见，《恒》卦所讲的是夫妇相处如何恒久，也就是《周易·系辞下》所说的"《恒》，德之固也"[2]。具体说，该卦是由上卦震与下卦巽相叠而成。从自然现象来看，震为雷、为动，巽为风、为入，喻义风雷涤荡，宇宙变化常新。自人类社会而言，则震为阳、为男，巽为阴、为女，喻义阳上阴下，男尊女卑。作《易》者认为，自然界的风雷变化与人世间的男尊女卑都是永恒不变的真理，故名其卦曰《恒》。

又，下卦之巽又可训为逊，即顺。上卦之震为动。故此卦作为讲婚后爱情问题的专卦，其卦理之一便是"巽而动"（《恒》卦《象》传）[3]，即要求夫妇相处既和顺，又需富有变化，只有这样夫妻关系才能永久。

卦理之二则是阴阳和谐，刚柔相应。《彖》传释此卦曰："恒，久也。刚上而柔下。雷风相与，巽而动，刚柔皆应，《恒》。"[4]所谓"刚柔皆应"，是指该卦六爻之中，初六与九四、九二与六五、九三与上六，爻位既相应，而其爻之阴阳又相反。阳刚阴柔，故曰"刚柔皆应"。这从自然界来说，可使"天地之道恒久而不已也"；而从夫妻关系而言，则要求阴阳和谐，刚柔相应，即丈夫作为阳应刚，妻子作为阴应柔。这

---

[1] 徐子宏《周易全译》，贵州人民出版社1991年版，第409页。
[2] 同上书，第385页。
[3] 同上书，第172页。
[4] 同上。

也是夫妻相处的永恒之道。

接下六爻，便从正反两个方面来阐明如何持之以恒（即爱情永久）的道理。大致可有三层意思：

一是探讨爱情不能持久的原因，即《初六》所说的"浚恒"[1]，以及《九三》所说的"不恒其德"[2]。"浚恒"为恒浚之倒言，即不停地深挖。《初六》爻辞说这预示着"贞凶，无攸利"[3]。为什么呢？《象》辞释曰："浚恒之凶，始求深也。"[4] 意思是说，深挖不止之所以会带来凶险，是因为一开始即深求恒道。联系到夫妻相处，有的人一开始就只知道无休止地去享受爱情资源，而不知循序渐进，不知经营，更不知常新，结果爱情便出现了危机。这岂不就是"浚恒之凶"吗？所谓"不恒其德"，即不能永久保持自己的德行。《九三》爻辞认为，这样做"或承之羞"[5]，即或许蒙受耻辱。《象》辞更进一步指出，"不恒其德，无所容也"[6]，即不能保持其德行，还会落到无所容身的地步。联系到婚姻来说，则男性之"不恒其德"或导致其喜新厌旧；而女性之"不恒其德"或表现为婚后不注意自己的容止，以及处事不顾及丈夫的感受等。不过女性"不恒其德"的危害性似乎更大些，爻辞所谓"或承之羞"，《象》辞所谓"无所容也"，多半都是在指女性。

由于"浚恒"与"不恒其德"，所以无论男性还是女性，都不能从

---

[1] 徐子宏《周易全译》，贵州人民出版社1991年版，第174页。
[2] 同上书，第175页。
[3] 同上书，第174页。
[4] 同上。
[5] 同上书，第175页。
[6] 同上。

婚姻中获得享受，故《九四》爻辞遂曰"田无禽"①，即狩猎毫无收获（古人常以食鱼和狩猎喻男女性爱）。

二是阐明"妇人吉"即女性获得永久爱情的途径，那就是《六五》爻辞所指出的"恒其德"②。"恒其德"一方面是指女性的"从一终也"（《恒·六五》《象》传）③，另一方面也指女性在婚后能永久保持自己的魅力。这里的"德"，实际是泛指女性的德、言、容、工。女性既能从一而终，又能长久保持自己的魅力，不因婚姻与年龄而衰减，自然会博得丈夫永久的爱。

三是提醒婚姻中的人们性爱应有节制，过犹不及，物极必反。这就是《上六》所说的"振恒，凶"④。"振恒"即恒振之倒言，久动不息之义。它与《初六》所说的"浚恒"一样，都会带来凶险。因为爱情是一项终生的工程，必须张弛有度，合乎中庸，这样才能长久。后人所谓"两情若是久长时，又岂在朝朝暮暮"⑤，似得此中要义。

总之，《周易·恒》卦作为讲婚后爱情的专卦，其所揭示的爱情要义有三：一是"巽（顺）而动"，即夫妇相处应和顺而又富有变化，始终保持一种新鲜感；二是刚柔相应，阴阳和谐，不可发生错位；三是张弛有度，不失中庸。而女性要获得爱情永恒的最佳做法则是"恒其德"，即永远保持自己的魅力。那种不知经营与保鲜，只顾一味享受婚姻资源者，到头来其爱情必将会产生危机。

---

① 徐子宏《周易全译》，贵州人民出版社1991年版，第175页。
② 同上书，第176页。
③ 同上。
④ 同上。
⑤ 秦观《鹊桥仙》（纤云弄巧），龙榆生编选《唐宋名家词选》，上海古籍出版社1980年版，第138页。

二

现在我们来看看蒲松龄是如何运用《周易·恒》卦的原理,来创作其小说《恒娘》的。

《恒娘》的故事并不复杂。它说的是都城中有一位名叫洪大业的人,娶妻朱氏,"姿致颇佳,两相爱悦"①。后来洪将婢女宝带纳为妾,遂嬖妾而疏妻。朱氏"不平",以致"反目",并因便向其邻居狄姓商人之妻恒娘诉说,恒娘遂教以爱情争夺之术。

首先,恒娘向朱氏指出,造成这种后果的原因是其"自疏"。朱氏"朝夕而絮聒之,是为丛驱雀",是她自己的行为引起了丈夫的反感,并将丈夫推向了妾的一边。接着,恒娘便授以分三步走的"固宠"策略:

第一步:"其归益纵之",即继续纵容丈夫嬖幸其妾。朱氏遵从恒娘之谋,不但没有与丈夫大闹一通,反而"益饰宝带,使从丈夫寝。洪一饮食,亦使宝带共之"。其间,丈夫亦偶向朱氏提出性爱要求,而

《聊斋志异·恒娘》插图

---

① 蒲松龄《聊斋志异·恒娘》(铸雪斋抄本),上海古籍出版社1979年版,第621页。以下引文除特别注明者外,皆出此篇。

"朱拒之益力"。于是,夫、妾"共称朱氏贤"。

第二步:月余后,恒娘又教朱氏"毁若妆,勿华服,勿脂泽,垢面敝屦,杂家人操作"。朱氏从之,不但穿起打补丁的旧衣,还"故为不洁清",每日除纺绩外不问他事。丈夫怜之,"使宝带分其劳,朱不受,辄叱去之"。

第三步:又月余,恒娘教朱氏尽去敝衣,从头到脚打扮得焕然一新,并"揽镜细匀铅黄","又代挽凤髻,光可鉴影"。朱氏以一个光彩照人的女子形象出现在丈夫面前。但恒娘又嘱朱氏一见丈夫,"即早闭户寝,渠来叩关,毋听也。三度呼,可一度纳"。朱氏遵教,一连两晚,都早早入房阖扉,丈夫叩门,均拒而不纳。至第三晚,始勉强纳之。而此时的丈夫,"灭烛登床,如调新妇,绸缪甚欢,并为次夜之约"。朱不许,仅"以三日为率"。半月后,恒娘谓朱氏曰:"从此可以擅专房矣!"

此后,恒娘又因朱氏"虽美,不媚也",再教以媚术,举凡"秋波送娇""瓠犀微露"之类皆习之。"至于床笫之间",也能"随机而动之"。于是"洪大悦,形神俱惑,唯恐见拒","竟不能推之使去"。"而洪视宝带益丑,不终席,遣去之"。宝带怨谤,洪则"渐施鞭楚"。至此,朱氏又复为丈夫所宠爱矣。

故事虽带有男尊女卑与妻妾争宠的意味,不无消极成分;但所涉及的女子为争得永久爱情而做的努力,却与《周易·恒》卦若合符契,颇能发人深思。朱氏爱情之所以会出现危机,表面看是因为第三者(妾)的插足,而实际则是她凭借自己的"姿致颇佳",只知道一味享受婚后的"爱悦",却忘记了对爱情的继续经营和常励常新;待到丈夫嬖妾疏己,也只知道"不平"和"反目",不知道设法去保持自己的魅力。这岂不是《恒》卦所说的"浚恒"与"不恒其德"?而恒娘为朱氏所提供的方略,虽步骤有三，其实质亦不离《恒》卦"巽（舜）而动"及"恒其德"之要义。恒娘不让朱氏与丈夫发生冲突，并继续纵容丈夫嬖幸其妾，这是其"顺"；恒娘教朱氏故意敝衣垢面，这是一"动"（一次变化）；恒娘又教朱氏装扮得焕然一新，这是再"动"（二次变化）；恒娘再教朱氏以媚术，令其顾盼生姿，这是三"动"（三次变化）。有了这一"顺"、三"动"，安能不"刚柔皆应"？夫妇之道安能不恒久也！

至于恒娘教朱氏保持魅力即"恒其德"之法，则是充分利用了"人情厌故而喜新，重难而轻易"的特点，亦即今人所说的距离产生美的法则。常言道："妻不如妾，妾不如婢，婢不如妓，妓不如偷，偷得着不如偷不着。"妾、婢、妓之所以对某些男子有吸引力，仅仅是因为一时的新鲜感且得之不易的缘故，并非因为她们都比妻好。相对于妻而言，妾、婢、妓的优势只在于距离之远。恒娘深谙于此。所以，她一方面让朱氏保持容貌的常新并培养其摄人心魄的"媚"力；另一方面却又让朱氏与丈夫保持一定的距离，在性爱上加以节制，使她在丈夫的眼中随时都如"新至"。这与《恒·上六》所阐明的"振恒，凶"的原理又是一致的。

质言之，恒娘所教朱氏之方略，其原理实本之《周易·恒》卦，而其要义又在于"动"，即变化。《周易·系辞》云："日新之谓盛德，生生之谓《易》。"[①] 又云："《易》，穷则变，变则通，通则久。"[②] 观朱氏之"爱情保卫战"，岂不是沿着由"穷"而"变"，由"变"而"通"，又由"通"而"久"的轨迹在进行的吗？而其"变"的内涵则是"日新"，亦即"盛德"，亦即永久魅力的保持。

---

① 徐子宏《周易全译》，贵州人民出版社1991年版，第354页。
② 同上书，第374页。

三

《恒娘》作为《聊斋志异》中的名篇之一,其写作手法曾备受历代评论者的赞赏;但对于篇中恒娘教朱氏的"容身固宠"之术,却多持贬斥的态度。有人甚至认为这"是使妻道下侪于娼妓之道"[1]。蒲松龄本人对此似乎也不欣赏,并将其比之为"古佞臣事君"。但由今观之,恒娘之术虽不无消极的方面,然对眼下那些年轻的夫妇们来说,却仍不失其警示的意义。时至今日,妾制早已被废除,但"第三者"又应运而生,并在危害着一个个原本幸福的家庭。面对"第三者"的侵入,当今的年轻主妇们为巩固其婚姻与家庭,除了法律的手段外,难道不可以从恒娘之"术"中借鉴些什么吗?如:

当"风起于青苹之末"时,不是怨怒,更不是反目,而是反思自己是否犯了"自疏"的毛病,并首先从改变自身做起;

懂得改变自身的要领是"常新"和"保鲜",即从容貌尤其是精神气质上保持永久的魅力,亦即《恒》卦所说的"恒其德";

懂得"刚柔相应",学会以柔克刚,"不战而屈人之兵",而不是以硬碰硬,以强对强;

"知其雄,守其雌"[2],动而有节,张弛有度,让距离产生美。

凡此,既是恒娘之"术",也是《恒》卦之理;既是对世俗人情的洞悉,又是对《周易》文化的应用。至于其中的消极成分,弃置不用可也。

最后,还有一点也需要指出,那就是《聊斋志异》小说创作题材的

---

[1] 聂绀弩《〈聊斋志异〉关于妇女的解放思想及其矛盾》,山东大学蒲松龄研究室编《蒲松龄研究集刊》第一辑,齐鲁书社1980年版,第28页。
[2] 《老子》第28章,任继愈《老子新译》,上海古籍出版社1985年版,第120页。

来源。传统的说法是,《聊斋》故事主要源于现实生活、民间传说,并借鉴了魏晋志怪及唐传奇等历代的文学作品(也有人指出曾借鉴过有关的佛教著作)。今观《恒娘》,则主要是对《周易·恒》卦易理的发挥。而发挥易理的恒娘在篇末又道出了自己的真实身份:"妾乃狐也。"原来恒娘其人实际上并不存在,而所谓恒娘之"术",乃是蒲老先生的夫子自道,是他根据《恒》卦易理而演绎出的一篇故事。这种援《易》理而入《聊斋》小说的做法,对久赴考场不中的蒲松龄来说虽不无调侃的意味,但却向当今的《聊斋》研究者们提出了一个新的命题,那就是传统的经书也可以成为《聊斋》故事的一个来源。这是蒲松龄的大胆尝试,同时也是中国小说史上的首创。

(《蒲松龄研究》2014 年第 1 期)

中西交通视野下的《聊斋》狐狸精形象
——从《聊斋志异》中狐狸精的"籍贯"说起

《聊斋志异》中的狐狸精形象之所以一直放射着它迷人的光彩,并成为人们永久的话题,与其形成过程中多种因素的融合是分不开的。除了数千年的民俗积淀,历代文人的描绘,以及蒲松龄的精心加工与再创造外,也与中西交通的文化背景有关。本文便试从《聊斋志异》中狐狸精的"籍贯"入手,从中西交通的文化视野来审视这些可爱的狐狸精形象。

一

阅读《聊斋》常会发现一种十分有趣的现象,那就是《聊斋》中的狐狸精在自报家门时往往称其为陕西人。如:

《娇娜》中的狐男自称:"仆皇甫氏,祖居陕。"

《焦螟》中狐女言:"我西域产,入都者十八辈。"

《潍水狐》中的狐翁租潍邑李氏别第,主人李氏"问其居里,以秦中对"。

《红玉》中的狐女红玉谓冯相如曰:"妾实狐,适宵行,见儿啼谷口,抱养于秦。"

《狐谐》中的狐女语万福曰:"我本陕中人。"

《胡相公》中的狐男胡四相公谓张虚一曰:"弟陕中产,将归去矣。"

《张鸿渐》中的张鸿渐"至凤翔界",遇狐女施舜华。

《真生》中的长安士人贾子龙,遇狐男真生,"咸阳僦寓者也"。

《浙东生》中的浙东生房某,"客于陕",遇狐女。

上述篇中之狐狸精为何都自称为陕西人呢?这便不得不让我们做深入探究了。

二

《聊斋》中的狐狸精之所以自称其为陕西人,实与中西交通的大文化背景是分不开的。

首先与历史上的西域胡人大批来华,而这些胡人又多居住于长安及其周围一带有关。在中国历史上,汉、唐为盛世,也是与外界联系最为密切的两个朝代。当时来华的外国人,除日本与朝鲜外,最多的便是沿丝绸之路或南方海路而来的西域人,他们在当时被称为"胡人"(当然其中也包括一部分少数民族之人)。这些胡人所从事的工作主要是经商、餐饮和技艺等,故又被称为"胡商""胡妇""胡姬""胡技"。《汉乐府·羽林郎》所描写的就是汉代胡姬当垆的情形:

>胡姬年十五,春日独当垆。
>
>长裾连理带,广袖合欢襦。
>
>头上蓝田玉,耳后大秦珠。
>
>两鬟何窈窕,一世良所无。
>
>一鬟五百万,两鬟千万余。

这位开酒店的胡姬，头上戴的"蓝田玉"自然是中国所产；其耳后的"大秦珠"则是产自罗马帝国，当时的罗马帝国正通过西域与中国贸易，故大秦珠实可为中西交通之佐证。而胡姬头上的首饰竟能值千万余，则又反映了在华胡人的富有。再如东汉张衡的《二京赋》描写皇帝驾幸平乐观时所举行的大规模杂技、魔术表演：

> 临回望之广场，程角抵之妙戏。乌获扛鼎，都卢寻橦。冲狭燕濯，胸突铦锋。跳丸剑之挥霍，走索上而相逢。……蟾蜍与龟，水人弄蛇。奇幻倏忽，易貌分形。吞刀吐火，云雾杳冥。

其中有些表演，如索上相逢、钻刀圈（冲狭）、抛接丸剑、水人弄蛇、吞刀吐火等，其表演者部分可能也是来自西域的技人。《后汉书·西南夷传》云：

> 永宁元年（120），掸国王雍由调复遣使者诣阙朝贺，献乐及幻人，能变化吐火，自支解，易牛马头。又善跳丸，数乃至千。自言我海西人。海西即大秦也，掸国西南通大秦。明年元会，安帝作乐于庭，封雍由调为大都尉。

《三国志·魏志·乌丸鲜卑东夷传》裴松之注引《魏略》亦云：

> 《西戎传》曰：大秦国一号犁靬，在安息、条之西大海之西……俗多奇幻，口中出火，自缚自解，跳十二丸巧妙。

因此，陈寅恪先生曾断言："跳丸、击剑、走索诸戏，及易貌分形、吞刀吐火等幻术，自西汉曹魏之世，即已有之，而此类系统之技艺，实盛行于西方诸国。"①可见,自张骞通西域,开辟"丝绸之路"以后,汉代进入中原的西域人是日渐增多了。

到了唐代,中西间的交通更为频繁,来华的西域人也就更多了。这些胡人,或逐利东来,是为"胡商";或传道中土,是"胡僧";或作为异域统治者之子侄长期为质于唐,终至入籍而为民者②。唐代宗之世,"四夷使者"常"连岁不遣",再加上"失职未叙"者,"常有数百人,并部曲、畜产动以千计"。"先是回纥留京师者常千人,商胡伪服而杂居者又倍之",皆"殖资产,开第舍,市肆美利皆归之"③。到了唐德宗时这种情况愈演愈烈,"胡客留长安久者,或四十余年,皆有妻子,买田宅,举质取利"。检括无田宅者,尚有四千余人。朝廷欲行遣归,结果,"胡客无一人愿归者"④。当时这些"四夷使者"多居于都城长安,而朝廷于右银台门(即东内宫城西南)"置客省以处之"⑤。至于西域贾胡,则多居于西市。如李复言《续玄怪录》记杜子春事,谓杜子春徒行长安中,有一老人策杖于前云:"明日午时,候子于西市波斯邸。"⑥同书记刘贯词事亦谓大历间刘贯词执鬻于长安,"西市店忽有胡客来"⑦。可见,当时的长安西市实有贾胡及波斯邸。至于寄居长安周围的胡人,也为数不少。如长安出土《安令节墓志铭》载,安令节"出安息国王子,入侍于汉,因而家焉。历后魏、周、隋,仕于京、洛,故今为彬州宜禄人也"⑧。

---

① 陈寅恪《元白诗笺证稿》第五章《新乐府·立部伎》,上海古籍出版社1978年版。
② 参向达《唐代长安与西域文明》,生活·读书·新知三联书店1957年版。
③ 以上见《资治通鉴》卷二百二十五《代宗纪》。
④ 以上见《资治通鉴》卷二百三十二《德宗纪》。
⑤ 以上见《资治通鉴》卷二百二十五《代宗纪》。
⑥ 《太平广记》卷十六"神仙"类。
⑦ 《太平广记》卷四百二十一"龙"类。
⑧ 转引自向达《唐代长安与西域文明》,生活·读书·新知三联书店1957年版,第18页。

再如《宋高僧传·神会传》云："释神会，俗姓石，本西域人也。祖父徙居，因家于岐，遂为凤翔人矣。"① 无论彬州还是凤翔，均在今陕西境内。

其次是胡人与狐狸精联系在了一起。这大约有以下几方面的因素：一是"胡""狐"音同，而中国人向来有以兽类比异族之传统，所谓"南蛮""北狄"者便是。二是男性胡人习性诡异，以及体征与狐狸的某些特征之相似，如脸多须而体多毛，腋下又有"胡臭"，而"胡臭"又被认为是"狐臭"，如陈寅恪所说，"因其复似野狐之气，遂改'胡'为'狐'矣"②。三是胡女之美貌及活泼开朗的个性又被与传说中善于勾引异性的狐精淫妇联系在一起，尤其在长安开设酒店的胡姬，更因对男性具有吸引力而被误解。即以唐代诗人而论，就有不少人惯以胡姬酒肆为温柔乡，李白就是其中最典型的一位。其《前有樽酒行》（其二）云："胡姬貌如花，当垆笑春风。笑春风，舞罗衣，君今不醉将安归？"③ 其《白鼻䯄》云："细雨春风花落时，挥鞭直就胡姬饮。"④ 其《送裴十八图南归嵩山》云："胡姬招素手，延客醉金樽。"⑤ 其《少年行》（其二）云："落花踏尽游何处，笑入胡姬酒肆中。"⑥ 四是无论胡男、胡女，皆善贾而广聚财富，以致"穷波斯"竟被时人视为"不相称"之事⑦。这与狐狸的善盗及好积存食物又有某些相似的地方。总之，正是由于上述几个方面的因素，所以唐代民间便开始将"妖胡"（见元稹《胡旋女》）

---

① 《宋高僧传》卷九。
② 陈寅恪《狐臭与胡臭》，《寒柳堂集》，上海古籍出版社1980年版。
③ 王琦注《李太白全集》卷三，中华书局1977年版。
④ 王琦注《李太白全集》卷六，中华书局1977年版。
⑤ 王琦注《李太白全集》卷十八，中华书局1977年版。
⑥ 王琦注《李太白全集》卷六，中华书局1977年版。
⑦ 见唐李义山《义山杂纂》，曲彦斌校注《杂纂七种》，上海古籍出版社1988年版。

与狐狸联系在一起了。

最后,文人的创作对民间习俗的提升与延续,又起了推波助澜的作用。中国民间本有侍奉狐神的习俗,正如唐张鷟《朝野佥载》所说:"唐初以来,百姓多事狐神,房中祭祀以乞恩,食饮与人同之。事者非一主。当时有谚曰:'无狐魅,不成村。'"①然而唐以前,狐与人是两回事,狐是狐(尽管已被称"神"),人是人。而自唐以后,狐与人却融为一体了,再准确点说,便是狐与胡合二为一了。正如陈寅恪先生所说:"狐能为怪之说,由来久矣。而幻为美女以惑人之物语,恐是中唐以来始盛传者。"②这一方面是由于唐代胡人的大批涌入中国,而胡与狐又被人们联系在了一起,从而形成了一种民间的习俗之见;而文人的创作则使这种习俗之见进一步升华,并形成了若干人、狐合一的文学形象。唐传奇中这类的狐女、狐男形象已经很多,如沈既济《任氏》中的任氏便是一位典型的狐女③。《太平广记》中所录狐事八十余则,十分之九都是出于唐人之作。如卷四百四十九所录《广异记》之《李元恭》条写狐现形为少年,自称姓胡;同书《汧阳令》条写狐化为贵人,向汧阳令之女求婚;同书《李麂》条写李麂从胡人店中"以十五千索胡妇"并与之生子,而胡妇实则是"牝狐";卷四百五十四所录《宣宝志》之《计真》篇写计真"西游长安至陕"与李外郎之女结为夫妻,生七子二女,而妻子在临死前终于说出自己是狐所化,等等。其中《汧阳令》中的狐化为贵人向汧阳令之女求婚,不由得会令人联想到《资治通鉴》(卷二百二十五)中所说"商

---

① 《太平广记》卷四百四十七"狐神"条引。
② 陈寅恪《元白诗笺证稿》第五章《新乐府·古冢狐》,上海古籍出版社1978年版。
③ 《太平广记》卷四百五十二。

狐伪服而杂居""或衣华服，诱娶妻妾"的历史事实，《李廌》中更是明确交代出"胡妇"即"牝狐"。显然，在这些文学作品中，狐的动物性与胡人的有关特征已被融为一体，形成了人化的狐狸，也就是通常所说的"狐狸精"。此后狐精形象假文学作品代代相传，并与民间传说相互补充，不但其形象"多具人情"，就连其家世也因久居长安及其周围地区，即所谓"我西域产，入都者十八辈"，遂成为"陕西人"了。

三

《聊斋志异》中的狐狸精形象，除了蒲老先生"用传奇法而以志怪"的描写手法，从而使故事情节更为曲折离奇，人物形象（即狐男、狐女）更加丰满以外，中西交通的大文化背景也对其形象的塑造产生了重要的影响。换言之，《聊斋志异》中的"狐男""狐女"形象，大都被打上了中西交通的文化烙印。

首先，汉唐"胡姬"的形象已被融入了《聊斋志异》的"狐女"形象之中。具体说有三个方面：

一是胡姬活泼、开朗、外向、大方的气质被融入了《聊斋》狐女的性格之中。中国传统的家教熏陶出来的女性向来是温柔敦厚，而《聊斋》中的大多数女性则与此相反，她们率真、坦诚，能说能笑，落落大方，见人从不羞怯。如《娇娜》中的娇娜、《小翠》中的小翠、《婴宁》中的婴宁便是典型代表。这是为什么呢？有人说因为她们是狐，不是人，故可不受人间礼教的束缚。但她们已经由狐化为人了，并以人的形象生活于世上，这又当做何解释呢？可见这一类形象的塑造是缺乏中原传统文化的依据的。但我们却可以从汉、唐胡姬的身上看到她们的来源。汉、唐时期，胡姬"当垆"是很常见的现象，而这种抛头露面的事情，对于中国传统女性来说则几乎是不可能的。在中国古代，除卓文君为得到父亲的赞助曾一度在家门口"当垆"外，其他似乎还不曾有过。而胡姬呢？她们不但善于经营酒馆，而且其性格也十分开放，既"当垆笑春风"，又擅歌舞表演，即元稹《西凉伎》所谓"胡姬醉舞筋骨柔"，还不时地向客人"招素手"，因之文人们也就纷纷"笑入"其酒肆中了。再看《聊斋志异》中那些无拘无束，常做嫣然一笑或秋波流慧的狐女们，不是可以从这里见到她们的影子吗？

二是狐女主动、热烈追求爱情的精神，也在《聊斋》狐女身上得到了体现。唐代胡人男性娶汉族女性为妻妾的现象已较普遍，以至朝廷不得不对此做出有关规定。《唐会要》（卷一百）云："贞观二年六月十六日敕：诸蕃使人所娶得汉妇女为妾者，并不得将还蕃。"而胡人女性嫁汉人为妻妾者，虽未能留下明确的记载，想来数量也不会太少。至于狐女对爱情的大胆追求，我们实可以从当垆的胡姬身上窥其一斑。这些胡姬本来就年轻貌美、热情奔放，再加上又是春日当垆，春心荡漾，所以一旦与汉族文人相遇，诚可谓是"相逢何必曾相识"了。唐代文人的有些描写，似乎也向我们暗示了这一点。如张祜《白鼻䯌》诗云[1]：

为底胡姬酒，常来白鼻䯌。

摘莲抛水上，郎意在浮花。

---

[1] 《全唐诗》卷十八，中华书局1960年版。

文人们既以"郎"自称，而其意又不在酒而在"浮花"，则对方的胡姬自应是与他们相爱的对象了。再如杨巨源《胡姬词》①：

> 妍艳照江头，春风好客留。
> 当垆知妾惯，送酒为郎羞。
> 香度传蕉扇，妆成上竹楼。
> 数钱怜皓腕，非是不能愁。

这说得更明确了，既有"郎"，又有"妾"，胡姬与文人之间的相爱相怜之情已表现得十分真挚动人。也正因为胡姬是如此的多情，频"招素手"，春风留客，所以"胡姬若拟邀他宿"，文人们便"掛却金鞭系紫骝"了。②

至于由狐狸所幻化出来的"胡女"，其在情爱方面的表现就更是不拘常规。例如，《任氏》中的任氏，本是"生长秦城"的狐狸家族，并自称"某，秦人也"。而从其"门旁有胡人鬻饼之舍"及常活动于"西市衣肆"一带可知，这位任氏其背景极可能是一位"胡女"。再看她遇到郑六之后，即邀其"酣饮极欢，夜久而寝，其妍姿美质，歌笑态度，举措皆艳"；而跟郑六的朋友也"每相狎昵，无所不至，唯不及乱而已"。这在中国传统女性来说，简直是不可想象的。然而我们看《聊斋志异》中那些半夜破门而入，主动献身于穷书生的狐女们（如《莲香》中的莲香、《胡四姐》中的胡三姐、《张鸿渐》中的施舜华、《狐女》中的狐女、《红玉》中的红玉等），她们大胆、热烈追求爱情的精神，与当年的那些胡

---

① 《全唐诗》卷三百三十三，中华书局1960年版。
② 施肩吾《戏郑申府》，《全唐诗》卷四百九十四，中华书局1960年版。

姬们不正是一脉相承的吗？

三是《聊斋》中的狐女心地之善良，亦与胡姬相似。胡姬在她们所开设的酒肆中，待人一律平等，"来的都是客"。她们既不巴结或畏惧权贵（如《羽林郎》中的那位胡姬），也不歧视平民，而尤其愿与那些下层文人和落第书生进行交往。如前述之王绩、李白、张祜、杨巨源等辈，都时常流连于胡姬酒肆之中。《聊斋志异》中那些不重门第、不慕富贵、全心全意爱着穷书生的狐女们，也表现出了这种善良美好的心地。而且，一旦遇到强暴，她们都会像当年的胡姬一样义正词严地进行反抗；一旦穷书生有难，她们也会全力以赴地进行帮助和营救。如《荷花三娘子》中的狐女之于宗湘若，《阿绣》中的狐女阿绣之于刘子固，《红玉》中的狐女红玉之于冯相如，皆是。有时她们的帮助对象亦不限于情人，像《王成》中的狐仙之于王成，便是狐祖母在帮助孙子；《封三娘》中的狐女封三娘之于范十一娘，则是狐女在帮助自己的姐妹。

总之，从《聊斋》狐女形象中，我们实不难发现当年胡姬的影子。这些胡姬由于原本生长于异域，不曾受过中原传统文化的熏陶，所以无论在个性气质、人际交往，还是在对待爱情的态度上，都与中国传统女性截然不同。而由胡姬与传说中的狐狸融合而成的"狐狸精"形象，自然也就留有若干胡姬的印记。这种形象再经民俗的积淀、文学作品的播扬，最终便在《聊斋志异》的狐女身上放射出耀眼的光彩。

其次，《聊斋》中的狐男形象，也带有较明显的中西交通文化背景的印记。其具体表现为：

一、居住地的东迁。《聊斋》狐狸故事中，很多狐男（尤其是老年男性）虽也称其籍贯为陕西，然其实际居住地域又到了山东、山西、河北、河南、江苏、浙江等地了。如《娇娜》中的"太翁"一家居浙江天台,《青凤》中的狐叟一家居山西太原,《潍水狐》中的狐翁居山东潍邑,《胡相公》中的狐男胡四相公居山东莱芜,《郭生》中的狐男居淄川之东山,《周三》中的狐男胡二爷与周三居山东泰安,等等。这是为什么呢?因为随着政治中心的东移和胡人对中国日益深入的了解,很多胡人已不满足于在长安及其周围地区居住,他们要到中东部去谋生和发展,所以自唐末以来,大批的胡人便开始向东迁移。先是前往洛阳、开封,最后又散播到中、东部各省。胡人的迁徙,自然携家带口,所以"酒家胡"的身影也继长安、洛阳之后,又出现在今湖北的黄州、襄阳甚至东部沿海一带[①]。而随着胡人的东迁,狐狸精的故事也随之在中、东部民间广为流传了。这就是《聊斋》中的狐狸精虽不忘其祖籍陕西,而实际上早已居住于中、东部的文化背景。顺便也要指出的是,胡人的迁徙方向只是往东,而不曾向西。所以今存《聊斋》故事中涉及甘肃的虽有七篇之多[②],然多是写龟、鳖、兔、虎,而绝无言狐狸者。这也间接印证了《资治通鉴》所记"胡客无一人愿归"的历史事实。

二、中国传统文化的熏陶。胡人东迁之后,作为一家之主的狐男,为了其家族能与中原地区的人民和谐相处,便不得不向当地人学习。这样久而久之,中国传统文化便对他们产生了一定的影响。这主要表现在儒化的倾向上。早在晚唐、五代之际,居于蜀中的波斯人李珣、李玹兄弟俱已接受中国文化。五代何光远《鉴诫录》"乐乱常"条记:

---

① 参芮传明《唐代"酒家胡"述考》,《上海社会科学院学术季刊》1993年第2期。
② 详参拙文《〈聊斋志异〉中的甘肃故事》,张永政、盛伟主编《聊斋学研究论集》,中国文联出版社2001年版。

> 宾贡李珣，字德润，本蜀中土生波斯也。少小苦心，屡称宾贡。所吟诗句，往往动人。尹校书鹗，锦城烟月之士，与李生长为善友，遽因戏遇嘲之，李生文章扫地而尽。诗曰："异域从来不乱常，李波斯强学文章。假饶折得东堂桂，狐臭薰来也不香。"

波斯人李珣服膺中国文化虽不被时人理解，然其文名却并未因尹鹗的戏嘲而扫地。我们试看五代人赵崇祚编《花间集》选录其词37首，于入选的18位词家中竟占到第五位，便可知李珣在学习汉文化方面是如何的成功了。北宋黄休复《茅亭客话》"李四郎"条又云：

> 李四郎名玹，字廷仪，其先波斯国人。……兄珣有诗名，预宾贡焉。玹举止温雅，颇有节行，以鬻香药为业，善弈棋，好摄养，以金丹延驻为务。

与兄李珣相比，李玹不但"举止文雅"，而且连"弈棋""摄养"这些中国文化的载体和要义都掌握了。

胡人的这种儒化追求自然也会反映到许多狐精故事中。《聊斋志异》中的不少狐男便已开始向士人身份演进。如《娇娜》中的狐男皇甫公子主动受教于圣裔孔雪笠；《雨钱》中的狐翁能与秀才"相与评驳古今"，"时抽经义则名理湛深"；《灵官》中狐翁与朝天观道士为玄友；《酒友》中车生之酒友狐男为"儒冠之俊人"；《胡相公》中的狐男胡四相公与莱芜名士张虚一谈笑交好；《狐嫁女》中狐翁之女出嫁用世俗礼；《周三》中的狐叟"与居人通吊问，如世人礼"，并被呼为"胡二爷"；而《胡氏》中的狐男胡氏更以秀才被人延为塾师；《郭生》中的郭生则以狐为师，"两试俱列前名，入闱中副车"。凡此，皆可见狐男形象之儒化倾向。

三、狐男与狐女的冲突。由于不少胡人家庭中的男性（尤其是家长）都在竭力使自己"汉化"，所以他们在教育子女方面也开始采用中国传统的家教。但胡人中的年轻女性则对此非常反感，她们仍习惯于无拘无束的胡姬生活。这便造成了胡人家庭中老年男性与年轻女性间的矛盾冲突。反映在《聊斋》的狐精故事中，有许多篇便是这种矛盾冲突的写照。如《青凤》篇中的狐女青凤与书生耿去病相爱，遭到了那位头戴"儒冠"、"闺训严谨"的狐男叔父的训斥，便是一个典型的例子。也有些篇中写狐女与人恋爱或成婚，而狐男又从中作梗。如《长亭》中的狐女长亭、红亭嫁人后，狐翁则"狐情反复，谲诈已甚"。这样便形成了《聊斋》中另一种极为有趣的现象，那就是《聊斋》中的女狐狸大都是好的，而男狐狸则多是坏的。当然，这种现象也不限于"狐狸世界"，人类也往往如此。因为随着社会竞争的日益激烈和男子介入竞争的机会相对较多，人类的很多优秀品质在男子身上已保存得越来越少了；相反的，由于女子参与社会竞争的机遇比较少，所以女性身上所保留的人性美好的东西要比男子多。贾宝玉说"女儿是水做的，男子是泥做的"，就是这个道理。而蒲松龄把许多美好的东西寄托在女子身上，也应是出于这方面的考虑。

总之，若从中西交通的视野来审视《聊斋》中的狐狸形象便可发现，这些千姿百态、活灵活现的"狐狸精"形象，既有着民间传闻及历代文学作品以为创作的基础，有着蒲松龄的生花妙笔以为点染和加工；同时，在这些形象中也隐含着中西交通的文化背景。明乎此，则不但《聊斋》中狐狸精"籍贯陕西"及"女狐狸好、男狐狸坏"的问题会迎刃而解，而且对于《聊斋》成书的大文化背景也可以做更广阔、更深入的思考。

（《蒲松龄研究》2008 年第 3 期）

情趣・美趣・理趣

——《聊斋志异》爱情篇章的多重文化蕴涵

《聊斋志异》面世以来,之所以受到人们广泛的、持久的喜爱,其多重的文化内涵无疑是一个重要因素。尤其是书中的爱情篇章,更以其情趣、美趣、理趣而吸引了不同年龄段的读者。所谓"少年人读《聊斋》,奇其故事;中年人读《聊斋》,喜其文笔;老年人读《聊斋》,悟其哲理",便是对《聊斋》可读性的通俗解说。而情趣、美趣、理趣既构成了《聊斋》爱情篇章由表及里的多重文化内涵,同时也创造出《聊斋》一书无与伦比的趣味性。

一、情趣——《聊斋》爱情篇章的表层显现

《聊斋》爱情篇章首先吸引人的是它的情趣。而这种"情",又大致有三个方面:

一是女子的才情。《聊斋》爱情故事中的不少女主人公都具有各种各样的才情,如《颜氏》中颜氏的应试与吏治之才,《晚霞》中晚霞的舞蹈之才,《宦娘》中宦娘的音乐之才,《林四娘》中林四娘的赋诗之才,《仙人岛》中芳云、绿云姊妹的文才,等等。更有一些女子还具有某种奇异之才,如医术高明的外科大夫娇娜(《娇娜》),治家之能臣小梅(《小梅》),经营有道的女厂主小二(《小二》),以及致力于发展商品经

济的女实业家黄英(《黄英》)等。这些既有才又有智的女性,虽与"女子无才便是德"的封建礼教相违背,但她们的才情却一直为广大的《聊斋》读者所欣赏。当"女学士"颜氏喊出"使我易髻而冠,青紫直芥视之",当女实业家黄英通过种菊而致富,并声称要"为我家彭泽解嘲",当芳云、绿云姊妹恣意奚落自称是"中原才子"且"屡冠文场"的王勉时,又有谁能不为之击节而赞赏呢!

二是男女间的纯真爱情。首先,这种"纯真"与封建色彩的"门第观"、资本主义的"金钱观",以及所谓的"郎才女貌"观不同,他们是以重感情即所谓的"知己之爱"为基础的。《聊斋》中的许多绝色女子(包括狐女、鬼女及物化之女)常会爱上穷书生,但并不问他们的家庭背景如何,也不看他们的现实境遇如何,只是"愿得同心而事之"(《细侯》)。如《房文淑》中的房文淑爱上了穷得"身无片椽",只好"寓败寺中,佣为造齿籍者缮写"(替人抄户口簿子)的穷书生邓成德;《红玉》中的红玉爱上了父子二人过着鳏居生活的冯相如;《细侯》中的细侯爱上了家资不丰,"仅薄田半顷,破屋数椽"的满生;《鸦头》中的鸦头爱上了"薄游于楚"的穷书生王文并与之出走,等等。而最典型的乃是"色艺无双"的杭州名妓瑞云与"寒酸"的余杭贺生之间的爱情故事。两人虽引为"知己",但当瑞云盛时,贺生难得"肌肤之亲","唯有痴情可献"而已;而在瑞云毁容后,贺生之爱却依然不减,并终于与之结为夫妻。贺生的一段话道出了他的爱情宣言:"人生所重者知己,卿盛时犹能知我,我岂以衰故忘卿哉!"[①]这就是大部分《聊斋》爱情故事中所体现出的"知己"爱情观。

[①] 蒲松龄《聊斋志异》(铸雪斋抄本),上海古籍出版社1979年版,第602页。

其次，《聊斋》中青年男女的纯真爱情，还表现为女性对爱情的主动与大胆追求。在大多数《聊斋》爱情故事中，主动的一方往往是女性。如《白秋练》中的少女白秋练，因被书生慕蟾宫吟诵的诗篇所吸引，遂爱上了慕生，而且爱得热烈而真挚，以至到了"为郎憔悴"的地步。《连城》中的少女连城出所刺《倦绣图》，征少年题咏以择婿，并爱上了"知己"乔生。《凤仙》中的八仙、水仙、凤仙三姊妹也都是自由选择夫婿。这种"女追男"的爱情模式，有着明显的男女平等的民主因素，它既是资本主义萌芽在文学领域的体现，同时较之"男追女"的传统恋爱方式，也使作品更具有情趣性。

再次，《聊斋》爱情故事中的纯真爱情，还表现为女方不但不向男方进行索取，而且还在千方百计地帮助男性，甚至做出牺牲。如《张鸿渐》中的女子施舜华多次帮助张鸿渐脱离危险的处境，《房文淑》中的女子房文淑主动帮助书生邓成德找了一份教书的工作，《红玉》中的红玉在冯相如父死、妻亡、儿失的悲惨时刻帮其重整家业，《小翠》中的少女小翠帮王家解除了仇人的威胁并治好了丈夫王元丰的"绝痴"之症，《莲香》中的莲香为了她所深爱的桑生甚至生而求其死，等等。凡此，倘无纯真的爱情，都是难以做到的。这与后世婚俗中女方的一味索取，实在不可同日而语。

三是男女间的友情。男女之间除爱情外，究竟有无真正意义上的友情或友谊，近人仍在讨论之中。不过蒲松龄已用讲故事的方式为人们做出了回答：

故事之一——《宦娘》：少女宦娘喜音乐，善弹琴，她在一个偶然的机会聆听了温如春的琴音后，就暗中学习仿效，成了温如春的私淑弟子。

而温如春有一次到葛家弹琴，又与同样喜音乐、善弹琴的葛女葛良工相爱，但两人却无缘结合。于是，宦娘便在暗中使用了种种方法，使温、葛二人结为夫妻，并将自己的筝术也毫无保留地传给了葛良工。之后，宦娘"出门遂没"。

故事之二——《阿绣》：一个海州人刘子固爱上了一个盖县姑娘阿绣，可是无缘成婚。适逢战乱，这时一个善良乖巧的姑娘扮作了假阿绣，从而撮合了真阿绣与刘子固的婚事。本来假阿绣完全可以冒名顶替，但她没有这样做，只是无私地帮助了别人。

故事之三——《乔女》：乔女生得奇丑，在经历了丧夫的婚姻之后寡居。时有孟生丧偶，遗一子，见乔女"大悦之"，而乔女亦"已心许之矣"。但乔女怕辱没了对方，始终不肯答应。不久孟生死，有人争其遗产，乔女则"挺身自诣官"，"穷治诸无赖"，从而将孟生的遗产悉数追回，又代孟生抚孤成人。而自己对孟生的遗产则分文不取。这也是一种男女间的友情，不过是在男子去世之后。

故事之四——《娇娜》：少女娇娜两次为书生孔雪笠治病，不但不嫌"紫血流溢，沾满床席"，而且还"撮其颐，以舌度红丸入，又接吻而呵之"，关系可谓密切。但他们并没有结婚，只是在一起"棋酒谈宴"而已。

对于上述现象应当如何解释呢？蒲松龄给出的回答是男女之间除爱情外，也还存在一种真正的友情，或曰友谊。因为无论宦娘、假阿绣、娇娜还是乔女，她们都没有打算嫁给自己所帮助的男子，而且也不是出于单纯的人道主义，这乃是异性间的一种纯真的友谊。而一旦具备了这种真正的友谊（不是丘吉尔所说的那种"友谊"），则进可以为夫妻，退可以为良友；既能"奉献"（有人说爱情意味着为对方奉献），又能"牺牲"（也有人说爱情意味着为对方做出牺牲），实在是人间的一种最美好的感情了。难怪蒲松龄说"得此良友，时一谈宴，则色授魂与，尤胜于颠倒衣裳矣"。

情趣是人们读《聊斋》爱情故事时首先感受到的，它既是《聊斋》爱情篇章文化内涵的表层显现，同时，也是这些篇章能够吸引人的重要因素之一。

二、美趣——《聊斋》爱情篇章的中层寄托

《聊斋》爱情故事大都写得很美。无论人物形象（主要是女性形象）还是人物与景物交融的意境，抑或作品所体现出的美学特征，倘仔细体会，都能给读者带来一种美的享受。这是在情趣的基础上所产生的美趣，它使《聊斋》又具有了一种美学上的意义。

《聊斋》爱情故事之美，首先表现为人物形象尤其是女性形象之美。先看这些女性的外表之美：

> 年约十三四，娇波流慧，细柳生姿。生望见艳色，嚬呻顿忘，精神为之一爽。（《娇娜》）
>
> 绿衣长裙，婉妙无比……腰细殆不盈掬。（《绿衣女》）
>
> 见一素衣女郎，偕小婢出其前。女一回首，妖丽无比。莲步蹇缓，廉趋过之。（《巧娘》）
>
> 有女好猎，生适遇诸野。见其风姿娟秀，着锦貂裘，跨小骊驹，

翩然若画。(《鲁公女》)

少时,媪偕女郎出。审顾之,弱态生娇,秋波流慧,人间无其丽也。(《青凤》)

除外表之美外,尤令人赏心悦目的是,蒲松龄还把这些女子的意态之美也描绘出来了。如:

(侠女)为人不言亦不笑,艳如桃李,而冷如冰雪,奇人也。(《侠女》)

俄女郎以馔具入,立叟侧,秋波斜盼……女频来行酒,嫣然含笑,殊不羞涩。(《花姑子》)

(婴宁)但善笑,禁之亦不可止。然笑处嫣然,狂而不损其媚,人皆乐之。(《婴宁》)

《聊斋志异·婴宁》插图

由侠女的"不言亦不笑",到花姑子的"嫣然含笑",再到婴宁的"狂笑",人物的性情皆跃然纸上。虽说"意态由来画不成",但在蒲松龄的笔下,人物的性情还是活灵活现地表现出来了。再如,小谢与秋容的天真活泼(《小谢》)、翩翩的潇洒飘逸(《翩翩》)、白秋练的浪漫纯情(《白秋练》),以及娇娜的聪慧可爱(《娇娜》)、连琐的苦情幽绪(《连琐》)等,也都能给人以美感。

《聊斋》女性的内心之美更是蒲松龄所着力表现的。这些女性除了在婚姻观上的不重门第、不慕富贵以及处世的不畏邪恶、不惧权贵外,她们最美的品德便是乐于助人。她们既帮助丈夫,也帮助朋友;既帮助异性,也帮助同性。除前述的宦娘、娇娜、红玉、小翠、房文淑等热心帮助男性的女子外,我们还可以举出同性间互相帮助的一些例子,如青梅、封三娘等。

《青梅》中的少女青梅与大家闺秀王阿喜是好朋友。青梅看上了出身微贱、穷困潦倒的张生,认为这是一个理想的丈夫。但她首先想到的不是自己要嫁给张生,而是要促成张生与王阿喜的姻缘。由于王阿喜的父母只重门第,没有同意这门婚事。不得已,青梅只好自己先嫁给张生。后来张生做了高官,青梅也成了贵夫人。而王阿喜则家遭祸难,父母双亡,自己成了孤女。但此时的青梅仍不忘女友,她将王阿喜请来做了正妻,自己则甘居其下。这种以婚姻相让的方式虽不值得提倡,然其为帮助女友而做出自我牺牲的精神还是很令人感动的。

《封三娘》中的少女封三娘亦与大家闺秀范十一娘交好,"订为姊妹",并替范十一娘物色了一个佳偶,即同里的孟安仁。但范家嫌贫爱富,将十一娘许给了某豪绅家。迎亲前夕范女自缢身死,封三娘将范十一娘救活,又促成了孟生与范十一娘的婚姻。而当范十一娘邀封三娘一同做孟生的妻子时,封三娘则飘然离去。这较之青梅与王阿喜共侍一夫的做法,显得更加无私。而这种在婚姻问题上无私帮助闺蜜的做法,其所显示的,正是女性心灵中最美好的一面。

蒲松龄把许多美好的东西都赋予了《聊斋》中的女性,这绝不是偶然的。实际上,这些女性身上所体现出来的美,既代表了蒲松龄的美学理想,同时也是客观现实的反应。贾宝玉说:"女儿是水做的,男子是泥做的。"女儿清纯，男子污浊。这已成为不少人的共识。《聊斋》爱情故事中许多"女狐狸"比"男狐狸"好，也是这个意思。

如果说蒲松龄在这些《聊斋》女性身上寄托了他对人类的美好理想的话，那么透过这些女性所生活的环境，又可以窥见蒲松龄社会理想之一斑。蒲松龄向往什么样的社会环境呢？请看《婴宁》中的一段描写：

> 但望南山行去。约三十余里，乱山合沓，空翠爽肌，寂无人行，止有鸟道。遥望谷底，丛花乱树中，隐隐有小里落。下山入村，见舍宇无多，皆茅屋，而意甚修雅。北向一家，门前皆丝柳，墙内桃杏尤繁，间以修竹，野鸟格磔其中。……见门内白石砌路，夹道红花，片片坠阶上。曲折而西，又启一关，豆棚花架满庭中。……至舍后，果有园半亩，细草铺毡，杨花糁径。有草舍三楹，花木四合其所。

这里与其说是婴宁的生活环境，毋宁说是蒲松龄所向往的世外桃源。这里既没有城市的喧嚣，也没有外界的世态和人情，这是一块古朴、幽静、淳美的净土。

类似的净美意境也还见于《贾奉雉》。如篇中写贾奉雉看破功名，闻捷即遁，逃入深山的一段：

> 飘然遂去，渐入深山，至一洞府……房亦精洁，但户无扉，窗无棂，内唯一几一榻。贾解屦登榻，月明穿射。觉微饥，取饵啖之，甘而易饱。因即寂坐，但觉清香满室，脏腑空明，脉络皆可指数。

这一处的"深山"与婴宁所生活的"南山"，都是原始的、不曾被污染过的世外之境。而透过文字的描写，我们完全可以感受到蒲松龄对这样的美境是十分喜欢的。

除了这类古朴、空净的意境外,《聊斋》爱情故事中也出现过一些绚丽的景致,如《晚霞》中所描述的:

> 次按"燕子部",皆垂髫人。内一女郎,年十四五已来,振袖倾鬟,作"散花舞";翩翩翔起,衿袖袜履间,皆出五彩花朵,随风飏下,飘泊满庭。

这种令人眼花缭乱的舞蹈表演,与阿端、晚霞以荷叶为屏障,"又匀铺莲瓣而藉之""以会于莲亩"的浪漫镜头,构成了《聊斋》爱情故事中最美妙的意境。显然这是蒲松龄南游并亲睹了吴越之地的歌舞表演之后才写出来的,它与《聊斋》中众多女性身上所呈现出来的美,同为蒲氏的心灵寄托。

三、理趣——《聊斋》爱情篇章的深层内涵

蒲松龄不是哲学家(虽然他懂《易》),但通过他的《聊斋》尤其是其中的爱情故事,也表达了他的人生思考,寄托了他的哲学理念。这是更深层次的内涵,也是足可发人深省的部分。具体说,《聊斋》爱情篇章的理趣主要表现在以下几个方面:

1.生与死。孔子云:"死生亦大矣。"[1] 法国的哲学家加缪也说:"哲学的根本问题是自杀问题。决定是否值得活着是首要问题。世界究竟是

---

[1] 郭庆藩《庄子集释》,中华书局1961年版,第189页。

否三维或思想究竟有九个还是十二个范畴等，都是次要的。"①面对这样一个重大的命题，古今中外的哲学家乃至文学家、艺术家们，无不在以各种不同的方式在进行回答，蒲松龄也不例外。我们看《聊斋》爱情故事中所写的各种鬼女，她们在阴间的生活没有一个是幸福的。如《聂小倩》中的聂小倩十八岁染病身亡，死后孤苦无依，受一个老妖逼迫，不得不以色相害人；《连琐》中的连琐十七岁死后埋骨异乡，鬼役逼其做妾；《伍秋月》中的伍秋月死后仍遭迫害，备受鬼役凌辱；《小谢》中的女鬼秋容被黑鬼判官抢去，逼做小妾；《薛慰娘》中的少女薛慰娘死后埋于远离家乡的乱坟中，孤而无依，为群鬼所凌。这些女鬼饱受了阴间的折磨，她们向往人间的生活，渴望人间的情爱，她们的最大愿望便是能回归世间。生命是可贵的。《聊斋》中女鬼对生的执着追求，既折射出了作者蒲松龄对人生的热爱；同时，对广大的读者来说，也能深刻地感受到其中所蕴含的重生乐生理念。

2. 人与非人。《聊斋》爱情故事中的许多女主人公都是由花妖、狐媚、神鬼等幻化而成。如《黄英》中的黄英为菊花精，《葛巾》中的葛巾、玉版为牡丹精，《香玉》中的香玉是白牡丹、绛雪为耐冬，《莲香》中的莲香、《青凤》中的青凤是狐精，《花姑子》中的花姑子是獐精，《阿纤》中的阿纤是鼠精，《白秋练》中的白秋练是白鱀精，等等。甚至连天上的神仙也要来到人间，过一过平凡的日子。如《神女》中的神女情愿嫁与闽人米生，《惠芳》中的惠芳主动委身卖面的马二混等。这些异类，无论其原来的处境如何，都愿意领略人世的生活，都愿意来感受人间的

---

① Albert Camus：*The myth of sisyphus*, Vintage Book, NewYork. 转引自李泽厚《古典文学札记一则》，《文学评论》1986 年第 4 期。

温馨与爱情。她们对于在人间的一段经历，都感到无比的快慰与幸福。人与非人，当然还是人好。正如蒲松龄所感慨的："天下所难得者，非人身哉！"① 这种对人的价值的高度肯定，也正是中国传统文化中以人为本思想的体现。荀子云："草木有生而无知，禽兽有知而无义。人有气、有生、有知且有义，故最为天下贵也。"②《聊斋》爱情篇章之所以让众多的异类纷纷来到人间，即是出于这样的文化心态与哲理思考。

3. 真与幻。《聊斋》爱情篇章中所写，有真象，也有幻象。而有些看起来不着边际的幻想，又往往能反映出蒲松龄本人的许多真实理念与思想。如《细侯》中的娼女细侯对她与满生未来生活的一段设计：

> 妾归君后，当常相守，勿复设帐为也。四十亩聊足自给，十亩可以种黍，织五匹绢，纳太平之税有余矣。闭户相对，君读妾织，暇则诗酒可遣，千户侯何足贵！

这分明是蒲松龄自己所理想的一种家庭生活的模式。尤其是"无复设帐"一节，更容易令人联想到蒲氏"怜我趁食三十年"③的一段经历。这是幻中有真。而不少爱情篇章中所描写的穷书生一旦发迹，便享尽了荣华富贵，则是真中有幻了，因为这往往是靠不住的。蒲松龄自己就说这种"得志之况味，不过须臾；词林诸公，不过经两三须臾耳"④。他甚至还说："显荣富贵，当于蜃楼海市中求之耳！"⑤这与孔子所说的

---

① 蒲松龄《聊斋志异》（铸雪斋抄本），上海古籍出版社1979年版，第98页。
② 章诗同《荀子简注·王制》，上海人民出版社1974年版。
③ 蒲松龄著，盛伟编校《蒲松龄全集》（第2册），学林出版社1998年版，第1910页。
④ 蒲松龄《聊斋志异》（铸雪斋抄本），上海古籍出版社1979年版，第530页。
⑤ 同上书，第199页。

"不义而富且贵,于我如浮云"①,是一脉相承的。《聊斋》中这种"真也未必真,幻也未必幻"的描写,给读者留下了思考的空间,同时也带来了无尽的乐趣。

此外,《聊斋》爱情篇章中还有不少哲理性的名言警句,也对形成全书的理趣起了画龙点睛的作用。其中,有的在正文中,如"自食其力不为贪,贩花为业不为俗,人固不可苟求富,然亦不必务求贫"②"人情厌故而喜新,重难而轻易"③"贪字之点画形象,甚近乎贫"④等。而更多的则在"异史氏曰"中,如"伤哉雄飞,不如雌伏"⑤"造物之殊不由人也,益仇之而益福之"⑥"人不患贫,患无行耳"⑦"邑有贤宰,里无悍妇"⑧"天上多一仙人,不如世上多一圣贤"⑨等。凡此,皆可以给人以理性的启迪。

爱情篇章是《聊斋志异》中最吸引人的部分。而情趣、美趣、理趣的有机结合则是这些篇章能够吸引人的重要因素。情能令人感动,美可让人享受,理则发人深思。在中国文学史上,能够同时具有这种多重文化内涵的作品并不多。

---

① 杨伯峻《论语译注·述而》,中华书局1980年版,第71页。
② 蒲松龄《聊斋志异》(铸雪斋抄本),上海古籍出版社1979年版,第630页。
③ 同上书,623页。
④ 同上书,第553页。
⑤ 同上书,第589页。
⑥ 同上书,第608页。
⑦ 同上书,第620页。
⑧ 同上书,第504页。
⑨ 同上书,第536页。

化俗情为雅趣

——《聊斋志异》中的闺房秘语

《聊斋》爱情篇章中有不少闺房秘语。这些女性间或男女间的私语，是蒲松龄根据民间习俗而精心创作出来的，既典雅风趣，又生动传神。其对人物形象的刻画、故事情节的发展，乃至作品情趣的生发，实具有不可忽视的意义。这是《聊斋志异》中十分富有特色的一部分文字，也是蒲松龄的得意之笔。

一

《聊斋志异》中的不少闺房秘语都能起到突显人物性情的作用。这些秘语，有的是女性之间的，如《狐梦》记狐女二娘与三娘儿时的一段戏语：

> 二娘曰："记儿时与妹相扑为戏，妹畏人数胁骨，遥呵手指，即笑不可耐。便怒我，谓我当嫁僬侥国小王子。我谓婢子他日嫁多髭郎，刺破小吻，今果然矣。"①

此虽托诸狐女，实将两个少女天真烂漫、嬉笑活泼的性情活灵活现地表现出来。再如《翩翩》记仙女花城娘子与翩翩的一段对话：

---

① 本文所引《聊斋》原文，皆据《聊斋志异》（铸雪斋抄本），上海古籍出版社1979年版。下同。

一日有少妇笑入曰:"翩翩小鬼头快活死!薛姑子好梦几时做得?"女迎笑曰:"花城娘子,贵趾久弗涉,今日西南风紧,吹送来也!小哥子抱得未?"曰:"又一小婢子。"女笑曰:"花娘子瓦窑哉!"

两位少妇的闺中调笑之语,将花城娘子的好奇、羡艳之情及翩翩的幽默风趣性格都充分显露出来。尤其是翩翩的"花娘子瓦窑哉"一句,借用了民间俗语,将花城娘子比作专生女儿的"瓦窑"("弄瓦"是生女的雅称),尤令人忍俊不禁。

有些男女间的秘语,也将主人公的性情做了形象的刻画。如《书痴》记书生郎玉柱与颜氏女的一段对话:

郎一夜谓女曰:"凡人男女同居则生子;今与卿居久,何不然也?"女笑曰:"君日读书,妾固谓无益。今即夫妇一章,尚未了悟,枕席二字有工夫。"郎惊问:"何工夫?"女笑不言。少间,潜迎就之。郎乐极,曰:"我不意夫妇之乐,有不可言传者。"于是逢人辄道,无有不掩口者。

几番话语一出,郎玉柱之"痴"跃然纸上。类似的还有《婴宁》中王生与婴宁的一段对话:

生曰:"我所谓爱,非瓜葛之爱,乃夫妻之爱。"女曰:"有以异乎?"曰:"夜共枕席耳。"女俯首思良久,曰:"我不惯与生人睡。"……少时,会母所。……女曰:"大哥欲我共寝。"言未已,生大窘,急目瞪之……女曰:"适此语不应说耶?"生曰:"此背人语。"女曰:"背他人,岂得背老母。且寝处亦常事,何讳之?"

婴宁的天真、单纯、坦率而又可爱的性格，皆从这些"背人语"中显示出来。而婴宁的"真"与郎玉柱的"痴"之所以被刻画得如此惟妙惟肖，都同蒲松龄对闺中秘语的巧妙运用是分不开的。

至于夫妻间的亲密话语，更对人物形象的描写起了画龙点睛的作用。如《邵九娘》篇所附"闽人有纳妾者"一则，写闽人纳妾，其妻表面上很大度，并说"我非似他家妒忌者"。但是当丈夫真的与妾同居时，妻子则难以忍受，并伏门外潜听：

但闻妾声隐约，不甚了了，惟"郎罢"二字略可辨识。郎罢，闽人呼父也。妻听逾刻，痰厥而踣，首触扉作声。夫惊起启户，尸倒入。呼妾火之，则其妻也。急扶灌之。目略开，即呻曰："谁家郎罢被汝呼！"

作品批判"妒情"的主题固不可取，然夫妻间昵称的引入，则让一个烈性妻子的形象呼之欲出了。有些故事中的主人公虽非夫妻，只是萍水相逢，但此时男女间的私语似乎变得更为"开放"和直率。如《荷花三娘子》中士人宗湘若与狐女荷花三娘子的一段私语：

（宗）乃略近拂拭曰："桑中之游乐乎？"女笑不语。宗近身启衣，肤腻如脂。于是接莎上下几遍。女笑曰："腐秀才！要如何，便如何耳，狂探何为？"诘其姓氏，曰："春风一度，即别东西，何劳审究？岂将留名字作贞坊耶？"

这位女子的两番快人快语，也将其坦率、爽直的性情表露无遗。

涉及两性间的话语是人类最隐秘的话语之一，同时也是人物真性情的自然流露。蒲松龄深谙于此，所以他在运用对话以表现人物性情时，便有意识地借用了这些闺中秘语，从而收到了出奇的艺术效果。

二

在《聊斋》爱情篇章中，蒲松龄有时也会借助一些闺房秘语来配合故事情节的发展，尤其到了故事发展的紧要关头，这些私语往往能起到十分关键的作用。

先看《庚娘》篇。故事讲的是中州旧家子金大用，遭流寇之乱，携父母及妻子庚娘逃难。行至河上，因水寇王十八欲贪占庚娘，遂将金大用及父母挤坠水中；父母溺水而死，金大用后被人救起，又投奔副将军袁公，因军功被授以游击之职。庚娘则随水寇王十八回到金陵，遇难不惊，先设计将王十八杀死，旋自杀。但葬后又复活，遇恶少发塚破棺而得救，遂投奔巨家耿夫人。一日耿夫人偕庚娘乘船自金山归，与暂过镇江的金大用擦舟而过。这一对夫妻如何才能破镜重圆呢？蒲松龄借用了闺中秘语以作为他们联络的信号。我们看篇中的描写：

> （金大用）暂过镇江，欲登金山。漾舟中流，一艇过，中有一妪及少妇，怪少妇颇类庚娘。舟疾过，妇自窗中窥金，神情益肖。惊疑不敢追问，急呼曰："看群鸭儿飞上天耶！"少妇闻之，亦呼曰："馋狐儿欲吃猫子腥耶！"盖当年闺中之隐谑也。金大惊，反棹近之，真庚娘。

这真是蒲松龄的神来之笔！当此稍纵即逝之际，运用其他的联系方式都已经来不及了，而一句"闺中隐谑"则将两人联系到了一起。而且，这种方式既有效，又及时；既保密，又不显突兀。在故事情节的转折关头，它胜过了千言万语，也省却了许多繁文缛节的叙述。可以看出，蒲松龄对闺中秘语的运用，已到了十分高妙的地步。

再看《贾奉雉》。该篇写平凉人贾奉雉"才名冠世，而试辄不售"。一日，得一郎姓异人指点，故以陋劣之文应试，榜发，竟中经魁。然自谓此文一出，无颜见天下人，乃闻捷即遁，修道而去。而就在他修道期间，妻子循迹而至，遂发生了下面的一幕：

> 又坐少时，一美人入，兰麝扑人，悄然登榻，附耳小言曰："我来矣。"一言之间，口脂散馥。贾瞑然不少动。又低声曰："睡乎？"声音颇类其妻，心微动。又念曰："此皆师相试之幻术也。"瞑如故。美人曰："鼠子动矣！"初，夫妻与婢同室，狎亵惟恐婢闻，私约一谜曰："鼠子动，则相欢好。"忽闻是语，不觉大动，开目凝视，真其妻也。

眼前的女子到底是自己的妻子，还是道师以幻术相试？贾奉雉开始并不能断定。直到妻子说出了一句他们的闺房秘语，贾奉雉这才相信真的是妻子来了。在这里，夫妻间的隐语成了断定真与幻的依据，也成了故事情节得以继续发展下去的决定因素。再如《张鸿渐》中，因狐女施舜华也曾以幻术试探过张鸿渐，故当张鸿渐的妻子方氏真正出现时，"张犹疑舜华之幻弄也"。只有当方氏说出了一番夫妻间的肺腑之言后，"张察其情真"，始"执臂欷歔"。

情节是人物成长的历史，而能促其情节发展的因素也很多。但像蒲松龄这样能借助闺中秘语以使故事的发展得以转圜者，在中国小说史上却并不多见。

三

闺中秘语的巧妙运用，对《聊斋》爱情篇章中情趣的生发，更产生了十分显著的艺术效果。《聊斋》情趣中，尤以男女间之情趣最为人所称道。而闺中秘语以其"秘"，故常能唤起读者的好奇心；又因这些"秘语"多是化古代文献而为之，更令人感到了它的典雅与幽默之趣。请看《凤仙》中刘赤水与凤仙相会时的一段文字：

忽双扉自启，两人以被承女郎，手捉四角而入，曰："送新人至矣！"笑置榻上而去。……刘押抱之。女嫌肤冰，微笑曰："今夕何夕，见此凉人！"刘曰："子兮子兮，如此凉人何！"遂相欢爱。

这是蒲松龄巧妙地化用了《诗经·唐风·绸缪》的诗句而创作出的一段闺中秘语。其原文是："今夕何夕，见此良人？子兮子兮，如此良人何？"该诗原本就是贺人新婚之诗，充满了戏谑的趣味。句中的"良人"指丈夫。其中前两句是女子的口气，谓今夜是多么的难忘呀，能够见到如此美好的丈夫；后两句则是丈夫的口气，问新娘，你把丈夫怎么样啊？可以看出，蒲松龄完全保留了原作的人称和口吻，仅将"良人"改作"凉人"，从而更增添了男女间的亲密感和调情的语气。而整个作品也由于有了这几句秘语，便妙趣横生。

《仙人岛》中的闺房秘语则是化用了《孟子》与《诗经》的句子。在王勉与芳云于闺中调笑之际，作品写道：

王曰："卿所谓'胸中正，则眸子瞭焉'。"芳云笑曰："卿所谓'胸中不正，则瞭子眸焉'。"盖"没有"之"没"，俗读似

"眸",故以此戏之也。

所谓"胸中正,则眸子瞭焉",语出《孟子·离娄上》,意思是说人的心正,眼睛就会明亮。而原书的下句是:"胸中不正,则眸子眊焉。"① 这里,为了造成戏谑的效果,蒲松龄故意将"眸子眊焉"改成"瞭子眸焉",并让其出自芳云之口。盖俗谓男子之性器为"了子",而"眸"音"没",故所谓"瞭子眸焉",即"了子没了"之义。芳云的戏语虽说尺度有点过大,但作为"闺中秘语",也还是可以理解的。

接下一段秘语是化用了《诗经·秦风·黄鸟》中的句子。当芳云答应为王勉医病后,作品有这样一段描写:

(芳云)曰:"无已,为若治之。然医师必审患处。"乃探衣而咒曰:"黄鸟黄鸟,无止于楚!"王不觉大笑,笑已而瘳。

诗的原句是"交交黄鸟,止于楚"②,意为鸣叫着的黄雀落到了楚树(即荆树)上。而"鸟",俗或指男子之性器;"楚"亦有双关义,既可指楚树,也可以理解为痛楚。所以蒲松龄故意在"止于楚"前加了个"无"字,并让芳云作为医病之咒语说出,意思是说鸟儿再不要疼了。这种巧妙地利用文献中有关字句的双关义以造成的闺中秘语,既收到了戏谑的效果,同时也将难以启齿的性事描写化作了幽默风趣的笑谈,从而在俗中又增添了几分雅的色彩。

有时闺中秘语亦假农家语为之,又别有一种情趣。如《林氏》中戚安期与其妻林氏间的一段秘语:

---

① 杨伯峻《孟子译注》,中华书局1960年版,第177页。
② 程俊英《诗经译注》,上海古籍出版社1985年版,第228页。

林一日笑语戚曰:"凡农家者流,苗与秀不可知,播种常例不可违。晚间耕耰之期至矣。"戚笑会之。既夕,林灭烛呼婢,使卧己衾中。戚入,就榻戏曰:"佃人来矣。深愧钱镈不利,负此良田。"

农家常以播种耕作喻男女居室,后其意亦广为社会所熟知。蒲氏以此入《聊斋》,读者自难免要会心而笑了。

四

《聊斋》中闺房秘语的形成,除了其源于生活及化用典籍的因素外,也与这些秘语的源远流长有关。

秘语,又称"隐语",先秦时期即已出现。仅涉及两性关系的隐语,在《诗经》及《周易》中就不少。如《诗经·豳风·九罭》之以"鸿"即"公"喻丈夫(抑或情人),并由"公归无所""公归不复"进而提出"于女信处"与"于女信宿"(即再住两夜)的要求,便是典型的恋人间的隐语[①]。类似的隐语也还见于《周易》:

鸿渐于陆,夫征不复,妇孕不育。

——《渐·九三》

鸿渐于陆,妇三岁不孕。

——《渐·九五》

---

① 此诗义旨颇有异说,我取恋爱诗说。参见袁梅《诗经译注》,齐鲁书社1980年版,第401页。

鸿落到了陆地上,便预示着丈夫出征可能不再回来,妻子怀孕也可能流产。鸿落到了山陵上,便预示着妻子多年不能怀孕。这也是以鸿所处的不同位置来喻男女间关系的亲密与否。而饶有兴味的是,直到《聊斋志异·庚娘》中庚娘的丈夫,仍以"看群鸭儿飞上天耶"来作为他们的"闺中隐谑",可见这类隐语的生命力之强了。再如:

包有鱼,无咎。

——《周易·姤·九二》

贯鱼以宫人宠,无不利。

——《周易·剥·六五》

岂其食鱼,必河之鲂?岂其娶妻,必齐之姜?

——《诗经·陈风·衡门》

敝笱在梁,其鱼鲂鳏。齐子归之,其从如云。

——《诗经·齐风·敝笱》

这是一组以鱼为喻的隐语。《周易》言厨房有鱼就一切平安,宫女也会因射中鱼而被宠幸。而《诗经》则以"食鱼"喻男娶女,以敝笱捕鱼喻女嫁男。正如闻一多先生所指出的,"古谓性的行为曰食","《诗》言鱼,多为性的象征,故男女每以鱼喻其对方","《国风》中凡言鱼,皆两性间各称其对方之廋语"①。《周易》也是同样。而所谓"廋语",即隐秘之语。这与《聊斋志异·庚娘》中庚娘的"馋猸儿欲吃猫子腥",

---

① 以上引文见闻一多《古典新义》(上),中华书局1956年版,第125—127页。

其喻义是完全一致的。"猧儿"即小狗,"猫子腥"即鱼类。可见,以"食鱼"喻人的性欲要求,其由来已久矣。

它如《左传·僖公二十八年》所记"原田每每,舍其旧而新是谋"的舆人之诵①,《国语·郑语》所载"檿弧箕箙,实亡周国"的童谣②,以及《史记·秦始皇本纪》所录"亡秦者胡也"之类的语句③,也皆是隐语,只是这类隐语大都带有些占卜、预测的性质。而这类带有占卜、预测特点的隐语到了汉代,又进一步发展成为盛极一时的谶纬。魏晋以后,某些谶语同"镜"相配合,便成了所谓的"镜听";再后,"镜听"经变易,又形成了"声卜""听卜"之类的习俗。《聊斋志异》《镜听》及《鸟语》篇末的附则所描绘的,便是"镜听"与"声卜"之俗④。

至于那些隐喻两性关系的隐语,由于受宋代理学的压抑,南宋以后,已不能在社会上公开流行,其中的一部分便转入闺中。如以鸟喻男子性器、以鼠入穴或蛇钻窟窿喻男女性事、以食鱼喻性的需求之类的隐语,便成了许多小说或戏曲中的闺房秘语了。而蒲松龄的高明之处就在于,他不但将这类秘语表达得更为含蓄和幽默,同时还有意识地化用了传统经典中的句子,变俗情为雅趣(当然也有未能尽雅之处),从而让这些闺中秘语在小说创作中起到了意想不到的作用。

(《蒲松龄研究》2017 年第 1 期)

---

① 杨伯峻《春秋左传注》,中华书局 1981 年版,第 458 页。
② 上海师范学院古籍整理组校点《国语》,上海古籍出版社 1978 年版,第 519 页。
③ 司马迁《史记》,中华书局 1959 年版,第 252 页。
④ 参见拙文《"镜听"考源》,《民俗研究》1993 年第 3 期。

新闻与文学交融的杰作

——《聊斋志异》中的新闻篇章

"新闻"一词最早见于唐代。唐人尉迟枢曾写过一本书,书名即为《南楚新闻》。此书《新唐书·艺文志》及《宋史·艺文志》均曾著录,然迄今未见到原书。不过我们从宋人陆游的《老学庵笔记》及李昉所编《太平广记》的零星征引中似可见一斑。如《老学庵笔记》卷十记:

> 《南楚新闻》亦云:"一碟毡根数十皱,盘中犹自有红鳞。"不知"皱"为何物,疑是饼饵之属。①

再如《太平广记》卷四百九十九"郭使君"条,也是引自《南楚新闻》,略谓唐末江陵人郭七郎以数百万钱买到了横州刺史一官,然赴任途中舟沉遇险,虽幸免于死,但"孤且贫",只得靠为人撑船以为生。②这与《聊斋》中的有些故事情节已颇为类似了。可见,《南楚新闻》当是汇集南方地区一些独特风俗及奇闻异事的书。

宋人对"新闻"概念的使用,较之唐人又略有不同。如宋赵升的《朝野类要》云:

> 其有所谓内探、省探、衙探者,皆衷私小报,率有泄露之禁,

---

① 陆游《老学庵笔记》,中华书局1979年版,第135页。
② 王汝涛《太平广记选》,齐鲁书社1982年版,第536页。

故隐而号之曰"新闻"。①

这样的"新闻"实际上已包含有后世所谓的"消息"了，虽然在当时并不敢公开传播。

明代以后，"新闻"在各种书中出现的次数越来越多。就连蒲松龄，也在南游途中写的《感愤》诗中使用了"新闻"一词：

漫向风尘试壮游，天涯浪迹一孤舟。
新闻总入《夷坚志》，斗酒难消磊块愁。②
……

蒲氏所谓"新闻"，虽主要指奇闻异事，但也并不排除朝野新近传播的一些"消息"。

那么，《聊斋志异》中究竟有无现代意义上的"新闻"篇章呢？今天，学术界一般都将新闻分为两大类，即"硬新闻"与"软新闻"。"硬新闻"指"消息类"，它直接关系到人们的切身利益，有强烈的时间性；"软新闻"则指奇闻趣事之类的新闻，它和人们当前的生存及利益并无直接关系，因而在报道的时间上也无严格的要求。应该说，这两类新闻在《聊斋志异》中都是存在的，当然又以后者的篇章为最多。

一

《聊斋》中"消息"类的新闻即所谓"硬新闻"，当以《地震》篇

---

① 转引自复旦大学新闻理论教研室《新闻学概论》，福建人民出版社1986年版，第20页。
② 蒲松龄著，路大荒整理《蒲松龄集》，上海古籍出版社1986年版，第476页。

最为典型。请看：

> 康熙七年六月十七日戌时，地大震。余适客稷下，方与表兄李笃之对烛饮。忽闻有声如雷，自东南来，向西北去。众骇异，不解其故。俄而几案摆簸，酒杯倾覆；屋梁椽柱，错折有声。相顾失色。久之，方知地震，各疾趋出。见楼阁房舍，仆而复起；墙倾屋塌之声，与儿啼女号，喧如鼎沸。人眩晕不能立，坐地上，随地转侧。河水倾发丈余，鸡鸣犬吠满城中。逾一时许，始稍定。视街上，则男女裸体相聚，竟相告语，并忘其未衣也。后闻某处井倾侧，不可汲；某家楼台南北易向；栖霞山裂，沂水陷穴，广数亩。此真非常之变也。①

对照今日学术界关于新闻的要求，可以说《地震》篇中规中矩，若合符节。

首先，新闻要素的五个"W"，即"When（时间）""Where（地点）""Who（人物）""What（事件）""Why（原因）"，《地震》篇中皆一应俱全。也有人在五个"W"之外又增加"How"即结果，称为新闻"六要素"，而《地震》篇中也同样具备。试分别言之：

时间——"康熙七年六月十七日戌时"。

地点——"稷下"（临淄）。

人物——蒲氏"与表兄李笃之"。

事件——方"对烛饮"，"几案摆簸，酒杯倾覆，屋梁柱折""墙倾屋塌""河水倾发丈余""鸡鸣犬吠满城中"。

---

① 蒲松龄《聊斋志异》（铸雪斋抄本），上海古籍出版社1979年版，第72页。

原因——地震。

结果——"闻某处井倾侧,不可汲;某家楼台南北易向;栖霞山裂,沂水陷穴,广数亩。"

其次,"消息"写作的通常要求即"倒金字塔式"结构,也在《地震》篇中充分体现出来了。所谓"倒金字塔式"结构,学界一般认为最早产生于美国南北战争时期,当时为了及时扼要地报道来自战场的最新消息,一些战地记者便采用了包括导语、主体内容及背景材料三部分组成的新闻结构模式,以有别于传统的"金字塔式"结构。如果说传统的"金字塔式"结构在叙事方式上还是由人及事、由远及近、由因及果,完全按照事件发生、发展的先后顺序来写的话,那么"倒金字塔式"结构则与此相反。"倒金字塔式"结构是依事情的重要程度依次递减的顺序,头重脚轻地安排材料,将最重要的新闻事实或最新鲜、最吸引人的内容,或所报道事件的高潮、要点放在开头;而将次要的、补充性的材料放在中间和后面;最后点题。这样做的好处是醒目、快捷,令读者一眼即可发现新闻最有价值的部分。它较之传统写法的按部就班甚至将新闻要点淹没于材料之中的局限,无疑更符合"硬新闻"的要求。具体到《地震》篇中,其"倒金字塔式"的结构格式是:

导语——"康熙七年六月十七日戌时,地大震。"此即新闻导语所要求的"立片言而居要,乃一篇之警策"①。由于作者所要发布的消息是"地震",所以导语部分便将这一核心内容开门见山地点了出来。至于详细情况,则于后文中详述。

主体——自"余适客稷下"至"男女裸体相聚,竞相告语,并忘其

---

① 陆机《文赋》,萧统《文选》,中华书局1977年版,第241页。

未衣也"为主体部分。这一部分根据作者之亲历,由闻而见,由近及远,将地震的具体景象生动地展现在读者面前。作者还通过"忽闻""俄而""久之""一时许"等一系列表示时间的词语,又将这一事件的前后过程有机地连接起来,从而真实有序地描绘出震前、震中的种种奇异表现。

背景材料——自"后闻某处井倾侧"至"沂水陷穴,广数亩"为背景材料。主要言此次地震并非稷下一处,已波及栖霞、沂水等广大地区。由于这些背景材料并非作者当时之闻见,所以便用了"后闻"字眼,以与此前的亲历相区别,并交代出此次地震的大背景。

最后一句"此真非常之奇变也",既是收结全文,又是进一步点明主题,并强调此次事件之"非常"与"奇变"。

可以看出,即使用今天的新闻标准来衡量,《地震》也应是一篇十分难得的"消息"范文。我们不得不惊叹于蒲老先生何以在340年前就有这样的新闻佳作。须知,它比之美国南北战争时期才形成的一些新闻写作规范(如"倒金字塔式"结构),还要早80多年呢!

《聊斋》中类似的"硬新闻"篇章还有《水灾》《夏雪》《瓜异》《化男》等。如《水灾》:

> 康熙二十一年,山东旱,自春徂夏,赤地千里。六月十三日小雨,始种粟。十八日大雨后,乃种豆。一日,石门庄有老叟,暮见二羊斗山上……无何,雨暴注,平地水深数尺,居庐尽没。一农人弃其两儿,与妻扶老母奔避高阜。下视村中,汇为泽国,并不复念记两儿。水落归家,一村尽成墟墓……此六月二十二日事也。[①]

[①] 蒲松龄《聊斋志异》(铸雪斋抄本),上海古籍出版社1979年版,第234—235页。

篇中虽杂有一些神异之事及孝道观念，然"消息"写作的基本要素，如时间（康熙二十一年六月十八至六月二十二日）、地点（山东石门庄）、人物（老叟及一农人）、事件（"平地水深数尺，居庐尽没"）、原因（水灾），一样都不少。再如《瓜异》：

  康熙二十六年六月，邑西村民圃中，黄瓜上复生蔓，结西瓜一枚，大如碗。①

短短的28字，却已包含时间（康熙二十六年六月）、地点（淄川邑西）、人物（邑西村民）、事件（黄瓜上生蔓又结西瓜）、原因（瓜异，也可以理解为基因变异）等五要素。至于《夏雪》，虽意在嘲讽当时的官员，然开头的"丁亥年七月初六日苏州大雪"一句②，则仍然是新闻导语的写作手法。

  当然，从时间上来说，《聊斋》中有些"硬新闻"的写作和传播，并不如后世新闻之快捷。但这是时代使然。我们既不能要求清初的淄博地区已拥有后世的媒体，更不能要求蒲老先生刻意去为这些并不存在的"媒体"撰稿。何况蒲松龄已尽了他的传播之责，他的《聊斋志异》还未完全写成就已被到处传抄，便是明证。这比起14、15世纪在威尼斯出现的手抄新闻即所谓"威尼斯新闻"，无论在信息的容量，还是在传播的范围来说，也都要更胜一筹（"威尼斯新闻"主要是业者将船期及商业信息抄在纸上以卖给商人）。

---

① 蒲松龄《聊斋志异》（铸雪斋抄本），上海古籍出版社1979年版，第188页。
② 同上书，第496页。

二

至于《聊斋志异》中的"软新闻",则数量就更多了。这类的新闻从内容上来说,多是奇闻异事;而从新闻体裁上来说,则以特写和报告文学为多。

先看内容。目前新闻界对新闻内容的分类大致包括政治新闻、经济新闻、军事新闻、文教卫生体育新闻、科技新闻以及社会新闻等六大类,而除了政治新闻及军事新闻外,《聊斋》"软新闻"中都有所涉及,而尤以社会新闻最为常见。像《金和尚》之写僧侣地主及寺院经济,实为重要的经济史资料;《山市》之写奂山山市,实为罕见的地域景观;《跳神》之写"跳神",实为难得的民俗案例;《黑鬼》之写黑人进入山东,更是宝贵的中外交通史料。再如,写魔幻表演的有《种梨》《戏术》,写木偶表演的有《木雕人》,写口技的有《口技》,写气功表演的有《铁布衫法》,写动物音乐表演的有《蛙曲》,写动物戏曲表演的有《鼠戏》,写动物界奇异之事的有《螳螂捕蛇》及《鸿》,等等。而且,有些报道不但在当时极具新闻价值,而且在后世,也是十分珍贵的文化史资料。如《蛙曲》:

> 王子巽言:"在都时,曾见一人作剧于市。携木盒作格,凡十有二孔,每孔伏蛙。以细杖敲其首,辄哇然作鸣。或与金钱,则乱击蛙顶,如抚云锣之乐,宫商词曲,了了可辨。"①

王子巽即蒲松龄在淄川城北丰泉乡王家设帐时的友人王敏入,字子

---

① 蒲松龄《聊斋志异》(铸雪斋抄本),上海古籍出版社1979年版,第209页。

巽，号梓岩，邑庠生，《淄川县志》卷六"续孝友"载其事迹。由于蒲松龄坐馆丰泉王家是在康熙十三年（1674）前后，故王子巽"在都时"大约是康熙初年。也就是说，在距今300多年前，北京城内已有了"蛙曲"这样奇妙的动物音乐表演了。而这种以敲击蛙顶令其出声来演奏乐曲的奇观，在后世却难得见到了。因此，《蛙曲》便成了音乐史上的一段十分珍贵的资料。再如《木雕人》写木偶表演，也同样令人叫绝：

《聊斋志异·蛙曲》插图

> 商人白有功言："在泺口河上，见一人荷竹簏，牵巨犬二。于簏中出木雕美人，高尺余，手自转动，艳妆如生。又以小锦垫被犬身，便令跨坐。安置已，叱犬疾奔。美人自起，学解马作诸剧，镫而腹藏，腰而尾赘，跪拜起立，灵变不讹。又作昭君出塞：别取一木雕儿，插雉尾，披羊裘，跨犬从之。昭君频频回顾，羊裘儿扬鞭追逐，真如生者。"①

值得注意的是，上述木偶表演并无通常所用的提线，其唯一的动力只是"叱犬疾奔"；而如何使犬奔的速度与木偶的动作和谐一致，这本

---

① 蒲松龄《聊斋志异》（铸雪斋抄本），上海古籍出版社1979年版，第258—259页。

身的难度就已经很大。再加上木偶动作的复杂多样、灵活生动,甚至两只木偶一同表演且呈前后追逐状,则木偶的设计与制作更是匠心独运了。而此种内藏机关的木人,实不免会令人联想起当年诸葛亮的黄氏夫人所制作的可以推磨的木人①。只是不知这种类似机器人的木偶制作技术今尚有传否?

再看体裁。《聊斋》"软新闻"的若干篇章实为特写或报告文学。这种体裁的写作特点是,既有真人真事作为基础,同时又着意形象,注重故事,讲究文笔,尤其善于对事物做集中突出的描写,相当于电影中的近镜头。如《金和尚》写清初诸城五莲山寺的金和尚,既实有其人(俗姓金,法名海彻,字泰雨),而事迹也大同小异,只不过蒲松龄运用了文学的手法,将这位僧侣地主的种种劣迹罗列出来,集中凸显了一个"狗苟钻缘,蝇营淫赌"的"和嶂"形象②。再如《跳神》之写满族"跳神"之俗,既有现实民俗的根据,其描写又十分生动而传神:

> 良家少妇,时自为之。堂中肉于案,酒于盆,甚设几上。烧巨烛,明于昼。妇束短幅裙,屈一足,作"商羊舞"。两人捉臂,左右扶掖之。妇刺刺琐絮,似歌,又似祝;字多寡参差,无律带腔。室数鼓乱挝如雷,蓬蓬聒人耳。妇吻辟翕,杂鼓声,不甚辨了。既而首垂,目斜睨;立全须人,失扶则仆。旋忽伸颈巨跃,离地尺有咫。室中诸女子,凛凛愕顾曰:"祖宗来吃食矣。"便一噱,吹灯

---

① 关于诸葛亮夫人所制木人事,详见拙著《诸葛亮世家》,吉林人民出版社1997年版,第47、48页。
② 关于金和尚其人,详见拙文《〈聊斋志异·金和尚〉本事考》,《兰州大学学报》1984年第3期。

灭，内外冥黑。人蹀立暗中，无敢交一语；语亦不得闻，鼓声乱也。食顷，闻妇厉声呼翁姑及夫嫂小字，始共爇烛，伛偻问休咎。①

"跳神"之俗后世犹有，然多半存留于满族习俗之中。至于如何"跳"法，很多人（尤其是汉人）并不知晓。蒲氏此篇，可谓是对"跳神"内幕最详尽的揭示与描摹了。又如《山市》之写淄川奂山"山市"的景观：

无何，见宫殿数十所，碧瓦飞甍，始悟为山市。未几，高垣睥睨，连亘六七里，居然城郭矣。中有楼若者、堂若者、坊若者，历历在目，以亿万计。忽大风起，尘气莽莽然，城市依稀而已。既而风定天清，一切乌有；唯危楼一座，直接霄汉。五架窗扉皆洞开；一行有五点明处，楼外天也。层层指数：楼愈高，则明愈少；数至八层，裁如星点；又其上，则黯然缥缈，不可计层次矣。而楼上人往来屑屑，或凭或立，不一状。②

据杨海儒先生考证，《聊斋志异·山市》系写实作品，因为嘉靖《淄川县志》及当地文人对此多有记载；而向蒲松龄讲述奂山"山市"的孙禹年，即清初淄川贡元孙琰龄（字禹年）③。其所写山市景象细致入微，历历在目而又变化无常，亦不知今日奂山尚有此种景观否？

总之，《聊斋》中的"软新闻"其数量既多，而描写又十分生动，且其篇幅一般都不长。但若从蕴含的信息量来说，则《聊斋》一篇数百余字或千余字的特写，较之眼下那些动辄上万言的报告文学，又远过之也。

---

① 蒲松龄《聊斋志异》（铸雪斋抄本），上海古籍出版社1979年版，第322页。
② 同上书，第360页。
③ 杨海儒《蒲松龄生平著述考辨》，中国书籍出版社1994年版，第224页。

三

新闻写作中还有一种新闻评论，即一般所谓"社论""短评""编者按""编后"等。其中的"短评"是为配合所发表的新闻而作的评论，主要是对新闻发生的原因、影响及事件的性质进行论析。"编后"和"编者按"则常以寥寥数语一针见血地点明事件的要害，或借题发挥，以对新闻做补充性的说明。而《聊斋志异》新闻篇章中的"异史氏曰"，大体就相当于后世新闻评论中的"短评"和"编后"。

《聊斋》新闻篇章中，于正文之外，虽也有对新闻背景材料的补充，如《地震》于正文之后又写"邑人妇"与狼争夺小儿事，《口技》于正文后又写少年按颊度曲事，《戏术》后又写利津李见田一夜间代人出窑中六十余瓮事，然皆未以"异史氏曰"名义出现，这一点与眼下的新闻评论有所不同。而大量新闻篇章的"异史氏曰"，按其内容来说，则主要有两类：

一是点明所述新闻的要害。如《金和尚》之"异史氏曰"：

> 此一派也，两宗未有，六祖无传，可谓独辟法门者矣。抑闻之：五蕴皆空，六尘不染，是谓"和尚"；口中说法，座上参禅，是谓"和样"；鞋香楚地，笠重吴天，是谓"和撞"；鼓钲锽聒，笙管敖曹，是谓"和唱"；狗苟钻缘，蝇营淫赌，是谓"和幛"。金也者，"尚"耶？"样"耶？"唱"耶？"撞"耶？抑地狱之"幛"耶？①

作者虽不厌其烦地罗列了僧人之种种，然其用意明显是指金和尚为

---

① 蒲松龄《聊斋志异》（铸雪斋抄本），上海古籍出版社1979年版，第434页。

后者，这样便将篇中所述金和尚之种种劣迹的要害与性质点明了。再如《妾杖击贼》之"异史氏曰"：

> 身怀绝技，居数年而人莫知之，一旦捍患御灾，化鹰为鸠。呜呼！射雉既获，内人展笑；握槊方胜，贵主同车。技之不可以已也如是夫！①

该篇正文述益都贵家之妾平时被正妻鞭挞，而一旦贼人入室，则全仗妾挥木杖以御，结果妾本人之境遇竟因此而获改善，正妻"遇之反如嫡"。故蒲松龄点评道："技之不可以已也如是夫！"意思是说，一个人不可以身怀绝技而不用啊！所谓"化鹰为鸠"，意即化正妻之凶悍为善良；所谓"射雉既获，内人展笑"，是指春秋时貌丑的贾大夫通过射雉以博取美妻之言笑②；所谓"握槊方胜，贵主同车"，是指唐太宗故意让丹阳公主（高祖女）之夫万彻赌双陆获胜，从而令公主感到自豪，愿与其夫同车而归③。两个典故的运用，更加深了"技不可已"的主旨。再如《镜听》写益都郑氏兄弟大郑、二郑之妻，因丈夫之不同表现，自身也受到了公婆的不同待遇。对此，蒲松龄在"异史氏曰"中仅用寥寥数语，便点明了"贫穷则父母不子"的世态炎凉④。

二是借题发挥，由此及彼，由近而远，由小见大，从而达到作者通过所述新闻以针砭社会之目的。如《种梨》写一道士向乡人货梨者乞梨

---

① 蒲松龄《聊斋志异》（铸雪斋抄本），上海古籍出版社1979年版，第238页。
② 杨伯峻《春秋左传注》，中华书局1981年版，第1496页。
③ 《新唐书》卷八十三《诸帝公主传》，《二十五史》第6册，上海古籍出版社、上海书店1986年版，第366页。
④ 蒲松龄《聊斋志异》（铸雪斋抄本），上海古籍出版社1979年版，第402页。

不予，他人出钱购一枚付道士，道士遂以其核就地种之，竟长大成树，结果累累。道士摘梨遍赐观者，而其梨实乃乡人车中之物也，乡人竟未察觉。此虽是一种幻术表演，但蒲松龄却由卖梨者之啬而借题发挥，引申至"乡中称素封者"之悭吝。其"异史氏曰"云：

> 乡人愦愦，憨状可掬，其见笑于市人，有以哉！每见乡中称素封者，良朋乞米，则怫然，且计曰："是数日之资也。"或劝济一危难，饭一茕独，则又忿然，又计曰："此十人、五人之食也。"甚而父子兄弟，较尽锱铢。及至淫博迷心，则倾囊不吝；刀锯临颈，则赎命不遑。诸如此类，正不胜道。蠢尔乡人，又何足怪！①

蒲松龄对乡中土财主之吝啬与愚蠢的描述和揭露，可谓入骨三分。即使到了今天，那些"济一危难，饭一茕独，则又忿然"，而在赌场却一掷千金的富豪们，观此也应会感到羞愧的。

如果说《种梨》之"异史氏曰"所针砭的是民间习俗的话，那么《夏雪》之"异史氏曰"所针砭的便是官方习俗了。《夏雪》记事甚简单，仅谓丁亥年七月初六苏州大雪，百姓惶恐，共祷之于大王之庙。而大王附人而言，让祷者称其为"大老爷"，雪遂止。由此，蒲松龄在"异史氏曰"中评论道：

> 世风之变也，下者益谄，上者益骄。即康熙四十余年中，称谓之不古，甚可笑也……唐时，上欲加张说大学士，说辞曰："学士从无大名，臣不敢称。"今之"大"，谁"大"之？初由于小人之谄，

---

① 蒲松龄《聊斋志异》（铸雪斋抄本），上海古籍出版社1979年版，第14页。

> 因而得贵倨者之悦,居之不疑,而纷纷者遂遍天下矣……①

由祈祷者对大王之称"大老爷",又推而广之,论及官场之种种谀称,并痛斥"下者益谄,上者益骄"的"世风之变",其于"夏雪"之事,可谓借题发挥。而尤值得注意的是,蒲松龄竟将批判的矛头直接指向当时的最高官员,即所谓"大学士",这种辛辣而深刻的新闻评论,真不得不令人拍案叫绝!

此外,《聊斋》新闻评论有时还以夹叙夹议的形式表现,颇类似于后世的"新闻述评"。如《义犬》篇在述义犬搭救主人之事后评论道:"呜呼!一犬也,而报恩如是。世无心肝者,其亦愧此犬也夫!"②《鸿》篇在述雌雁被获,而雄雁随至人家吐出黄金半铤以为"赎妇"之资后评论道:"噫!禽鸟何知,而钟情若此!悲莫悲于生别离,物亦然耶?"③还有《犬奸》篇在述贾妇与犬交之事后也评论道:"呜呼!天地之大,真无所不有矣。然人面而兽交者,独一妇也乎哉!"④这都是借禽兽之举以引导世人向善,并鞭挞世间的恶人丑行,与前述"异史氏曰"的立意是一致的。至于《西僧》中的评议,则可谓别有情趣。该篇述西僧因闻中土四大名山遍地黄金,能至其处便可成佛,长生不死,故遂不远万里来到中国,至则始知其讹。蒲松龄对此评议道:

> 听其所言状,亦犹世人之慕西土也。倘有西游人,与东渡者中

---

① 蒲松龄《聊斋志异》(铸雪斋抄本),上海古籍出版社1979年版,第497页。
② 同上书,第536页。
③ 同上书,第462页。
④ 同上书,第20页。

途相值,各述所有,当必相视失笑,两免跋涉矣。①

世间事仅凭传闻,往往是不足据的。蒲氏所议,虽近于调侃,但却触及了一个新闻的根本问题,即新闻的真实性乃其第一要义。

四

最后,对《聊斋志异》中新闻篇章的总体特点谈几点看法:

一是新闻与文学的交融。《聊斋》中新闻篇章的选材既有典型的新闻性,即新、奇、趣(情趣、美趣、理趣);而在描写上又采用了典型的文学手法,即故事化的结构,人物形象的塑造,以及语言的绘声绘色,也就是通常所说的"用传奇法而以志怪"。这样便使《聊斋》中的一系列新闻篇章在具有新闻特征(即新奇)的同时,又具有了文学的生动性与可读性,并由此而形成了一些特殊的文体,即特写与报告文学。如《妾杖击贼》的写法就颇近于特写。该篇于"妾"之家庭、身世的叙述一概舍弃,独集中笔墨于"妾杖击贼"的细节描写:

> 妾起,默无声息,暗摸屋中,得挑水木杖,拔关遽出。群贼乱如蓬麻。妾舞杖动,风鸣钩响,立击四五人仆地;贼尽靡,骇愕乱奔。墙急不得上,倾跌咿哑,亡魂失命。妾挂杖于地,顾笑曰:"此等物事,不直下手打得,亦学作贼!我不杀汝,杀嫌辱我。"悉纵之逸去。②

---

① 蒲松龄《聊斋志异》(铸雪斋抄本),上海古籍出版社1979年版,第150页。
② 同上书,第238页。

这种近镜头式的描写,即使放在武打小说中,亦不失为精彩的片段,何况是新闻篇章呢!

二是客观纪实性与主观倾向性的统一。《聊斋》中新闻篇章的选材,都是实有其人、实有其事的。如前述之《地震》《水灾》《山市》《金和尚》诸篇,在当时都是一些典型的新闻素材,因而具有较强的客观纪实性。但作者在客观叙事的同时,又通过"异史氏曰"及夹叙夹议的形式,表现出明显的主观思想倾向,即后世之所谓"新闻导向"。而更高妙的是,有时这种主观思想倾向并不假"异史氏曰"或夹叙夹议的形式,仅仅在叙事中流露出来,即顾炎武所说的"于序事中寓论断"①,也就是通常所说的"春秋笔法"。如《金和尚》篇述金和尚卧室内贴满美人画及有狡童数十辈唱艳曲,虽未明言金和尚为何样人,而读者已经得出结论了。再如《夏雪》篇之刺官场的"喜谄",也是通过一段叙述文字表现出来的:

> 丁亥年七月初六日苏州大雪。百姓皇骇,共祷诸大王之庙。大王忽附人而言曰:"如今称老爷者,皆增一大字;其以我神为小,消不得一大字也?"众悚然,齐呼"大老爷",雪立止。由此观之,神亦喜谄,宜乎治下部者之得车多矣。②

作者虽一本正经地写神,然读者不难心领神会,立刻会联想到官场的"喜谄"之风也。

三是良好的社会效益与历史文化价值的兼得。《聊斋》中的新闻篇章,无论所美所刺,在当时都产生过良好的社会效应。如《聊斋》中有

---

① 黄汝成集释,秦克诚校点《日知录集释》,岳麓书社1994年版,第892页。
② 蒲松龄《聊斋志异》(铸雪斋抄本),上海古籍出版社1979年版,第497页。

两篇《义犬》，一写潞安某甲之犬为保护主人的财产而屡次尽力，终至献出生命①；二写周村贾某所豢养之犬既救了主人的性命，又帮主人指认盗主，报仇获赃②。这不禁令人联想到 2008 年 5 月四川地震中，彭州一 60 岁的老太太因得两条黄犬相救而维持生命的故事③。可以见得，无论古今，这类义犬故事的披露，其在人们心灵上所引起的震撼应是不小的。而且正如蒲松龄所指出的，"世无心肝者，其亦愧此犬也夫！"④

除了现实的社会效益之外，《聊斋》中的新闻篇章一般又都具有一定的历史文化价值。像《跳神》《蛙曲》《镜听》《口技》《戏术》等篇，不但当时被视为新闻，即在今日看来，也仍不失为重要的文化史料。有人称新闻作品为"易碎品"，意思是说新闻作品过后就会被人遗忘；而《聊斋志异》中的这些新闻篇章，则非但不会"易碎"，相反的，它们会与整部《聊斋》一起传之永久。

总之，《聊斋志异》中的新闻篇章既是整个《聊斋》的有机组成部分，同时又具有着自身的特点。在文体上，它不但包含了现代新闻意义上的"硬新闻（消息类）"与"软新闻（奇闻异事）"，同时，篇中的"异史氏曰"及夹叙夹议的形式又相当于后世的新闻评论。在具体写作上，"倒金字塔式"结构等现代新闻写作手法，也早在有些篇章中开始运用。至于融新闻的新奇性与文学的生动性于一体，将主观的进步思想倾向（即所谓"新闻导向"）贯穿于客观的纪实之词中，以及良好的社会效益与历史文化价值的兼得，更是《聊斋》新闻篇章所独具的鲜明特征。可以

---

① 蒲松龄《聊斋志异》（铸雪斋抄本），上海古籍出版社 1979 年版，第 284 页。
② 同上书，第 535 页。
③ 新华网 2008 年 5 月 21 日报道。
④ 蒲松龄《聊斋志异》（铸雪斋抄本），上海古籍出版社 1979 年版，第 536 页。

说,《聊斋》一书不但是中国文言短篇小说的高峰,而其中的新闻篇章,也为后世的新闻写作树立了光辉的典范。

(《蒲松龄研究》2009 年第 1 期)

两座文学高峰间的相通

——从《离骚》到《聊斋志异》

余读聊斋诗，常见柳泉借鉴三闾之处。如"须发难留真面目，芰荷无改旧衣裳"①，句本《离骚》"制芰荷以为衣兮，集芙蓉以为裳""伤美人之迟暮兮，怅秋江之已晚"②；句本《离骚》"惟草木之零落兮，恐美人之迟暮""愿在荷而为盖兮，受金茎之一点"③；句本《湘夫人》"筑室兮水中，葺之兮荷盖""涉江何处采芙蓉""楚陂犹然策良马"④；句本《湘君》"搴芙蓉兮木末"及《湘夫人》"朝驰余马兮江皋"，不胜枚举。至于直言追随屈宋传统者，其诗句也不少。如"怀人中夜悲《天问》，又复高歌续楚辞"⑤"《九辩》临江怀屈父，一尊击筑吊荆卿"⑥"狂吟楚些惟酾酒，龟策何须问卜居"⑦"鬼狐事业属他辈，屈宋文章自我

---

① 《聊斋诗集》卷一《寄家·其二》，蒲松龄著，路大荒整理《蒲松龄集》，中华书局1962年版，第461页。
② 《聊斋文集》卷一《荷珠赋·乱曰》，蒲松龄著，路大荒整理《蒲松龄集》，中华书局1962年版，第30页。
③ 同上。
④ 《聊斋诗集》卷一《寄孙树百·其三》，蒲松龄著，路大荒整理《蒲松龄集》，中华书局1962年版，第484页。
⑤ 《聊斋诗集》卷一《寄孙树百·其二》，蒲松龄著，路大荒整理《蒲松龄集》，中华书局1962年版，第484页。
⑥ 《聊斋诗集》卷一《寄孙树百·其一》，蒲松龄著，路大荒整理《蒲松龄集》，中华书局1962年版，第507页。
⑦ 《聊斋诗集》卷一《寄孙树百·其二》，蒲松龄著，路大荒整理《蒲松龄集》，中华书局1962年版，第507页。

曹"①"敢向谪仙称弟子，倘容名士读《离骚》"②。因思《聊斋》之诗，其受屈原影响可谓大矣。

然细思之，其实何止是诗，就是蒲氏的《聊斋志异》，所受屈原辞赋的影响也是显见的。当然，这种影响已不单是词句的化用或描写的相类，而是更高层次上的相通了。例如，无论就写作的动因，还是作品的表现手法，抑或文化内涵而言，《聊斋》与《离骚》间都有着很多相通之处，而其间又可见留仙对屈原之继承。以下便试为探析。

一、从"发愤以抒情"到"孤愤之书"

《聊斋志异》与《离骚》的写作，皆是源于一个"愤"字。

司马迁在《史记·屈原列传》中论述《离骚》的写作原因是：

> 屈平疾王听之不聪也，谗谄之蔽明也，邪曲之害公也，方正之不容也，故忧愁幽思而作《离骚》。离骚者，犹离忧也。

而屈原自己在《九章·惜诵》中则说他的诗歌创作是"发愤以抒情"。由"忧愁幽思"而"发愤抒情"，将自己内心的一腔怨愤形诸诗歌，这便是《离骚》的写作缘起，也就是人们通常所说的"愤怒出诗人"。

再看蒲松龄的《聊斋自志》。他在一开头便想到了屈原，并由"披萝带荔，三闾氏感而为骚"而引出《聊斋》的写作缘起。

---

① 《聊斋诗集》卷二《同安邱李文贻泛大明湖》，蒲松龄著，路大荒整理《蒲松龄集》，中华书局1962年版，第514页。
② 《聊斋诗集》卷三《九月晦日东归》，蒲松龄著，路大荒整理《蒲松龄集》，中华书局1962年版，第563页。

独是子夜荧荧,灯昏欲蕊;萧斋瑟瑟,案冷疑冰。集腋为裘,妄续幽冥之录;浮白载笔,仅成孤愤之书。寄托如此,亦足悲矣。

这里蒲氏明言他的《聊斋》是"孤愤之书"。而"孤愤"原为《韩非子》中的一个篇名,其中所写内容,正如梁启超所说:"本篇言纯正法家与当途重人不相容之故及其实况,最能表示著者反抗时代的精神。"① 再检篇内,韩非所论,正是"智法之士与当途之人不可两存之仇也"②。所谓"智法之士",即明于治国之士;所谓"当途之人",即当国的权臣。这二者是"不可两存"的仇敌。当然,一般的士是难以与权臣较量的,所以士便只有"孤愤"而已。

蒲松龄为何也会"孤愤"呢?我们知道,蒲松龄早年即存有经国济民的雄心壮志,在孙蕙问他可仿古代何人时他所说的"他日勋名上麟阁,风规雅似郭汾阳"便是明证③。但事实又如何呢?到他写《聊斋自志》时,竟连一个举人也未曾中得,而经国济民又从何谈起?而其原因又首先是一般考官的"目盲",才导致"陋劣幸进而英雄失志"④。这叫他怎能不"孤愤"呢!无奈之下,他便"托街谈巷议以自写其胸中磊块诙奇"⑤,以写作《聊斋志异》来谴责那些把持科举权柄的考官,并宣泄自己内心的"孤愤"。正如清人张鹏展所指出的,"其幽思峻骨,耿耿不自释者"⑥。

---

① 梁启雄《韩子浅解》,中华书局1960年版,第80页。
② 同上书,第81页。
③ 《聊斋诗集》卷一《树百问余可仿古时何人,作此答之》,蒲松龄著,路大荒整理《蒲松龄集》,中华书局1962年版,第464页。
④ 《聊斋志异·于去恶》。
⑤ 蒲松龄《聊斋志异》(铸雪斋抄本)《附录·南邨题跋》。
⑥ 张鹏展《聊斋诗集·序》,蒲松龄著,路大荒整理《蒲松龄集》,中华书局1962年版,第686页。

这便是"仅成孤愤之书"的缘起。

可以看出,《聊斋志异》与《离骚》,其写作动因是一致的,都是因"幽思"而"发愤",最后才成"孤愤"之作的。

二、从"上下求女"到为女子"立传"

《离骚》与《聊斋志异》,都充满着对女性的赞许与褒扬,也都在女性身上寄托了作者美好的理想与向往。先看《离骚》中的"求女":

> 朝吾将济于白水兮,登阆风而绁马。忽反顾以流涕兮,哀高丘之无女。……及荣华之未落兮,相下女之可诒。吾令丰隆乘云兮,求宓妃之所在。……望瑶台之偃蹇兮,见有娀之佚女。……及少康之未家兮,留有虞之二姚。

诗人先是登上阆风山访求神女,但高丘无女(即上界无合适之女子),不得已,只好转求"下女",即下界的女子,如宓妃、简狄(即有娀之佚女)和二姚等。但不是对方"信美无礼",就是被别人捷足先登,他连一个美女也没有求到。屈原是以美女喻贤才,又以"求女"喻求贤的。美女难求,便表示屈原已找不到与自己志同道合之人了。

《离骚》的"求女"虽然无果,但这种"求女"的传统却为蒲松龄所继承。蒲松龄不但对女性存有好感与敬意,而且在《聊斋》中还为不少女子立传。这些女子除一般女性外,又多是狐女与鬼女。如《娇娜》中之娇娜,《青凤》中之青凤,《婴宁》中之婴宁,《莲香》中之莲香,《恒娘》中之恒娘,《红玉》中之红玉,《长亭》中之长亭、红亭,《凤仙》中之八仙、水仙、凤仙，皆是狐女。而《聂小倩》中之聂小倩，《公孙九娘》中之公孙九娘，《晚霞》中之晚霞，《连琐》中之连琐，《伍秋月》中之伍秋月，《小谢》中之小谢、秋容，又皆是鬼女。蒲松龄在《聊斋志异·狐梦》中曾假托狐女向其好友毕怡庵致意道："聊斋与君文字交，请烦作小传，未必千载下无爱忆如君者。"谓狐女主动求蒲松龄作传，这自然有其调侃的意味。实际上，蒲松龄为这些女子立传，完全是主动的，并且寄予了他深长的用意。

蒲松龄一生，除了南游做幕的一年外，主要就是在当地乡绅毕际有家长达三十年的坐馆生涯。这期间他所见过的女子包括孙蕙的姬妾歌女及毕家的女眷婢女等自然不少，其中有些女子，或心地善良，或姿容出众，或能歌善舞，都曾引起过蒲氏的注意甚或是爱怜。而他在《聊斋》中所为立传的女子身上，便有着这些女性的影子。换言之，在这些"传"中，体现了蒲松龄的生活情趣及审美趣味。此其用意之一。

在中国漫长的封建时代中，女性几乎与社会隔离，这便使人类原本具有的一些美好品质在很多女性身上能够得以保留，而这些美好品质和优秀道德又正是蒲松龄所欣赏和赞美的。也就是说，在这些被立传的女性身上，又寄托了蒲松龄的美好理想和对人性真善美的向往。此其用意之二。

蒲松龄将一般女性幻化成狐女、鬼女，这便有利于突破世俗的樊篱，有利于他文学才能的发挥、想象和人物形象的塑造，从而收到完美的艺术效果。此其用意之三。

合言之，《离骚》与《聊斋》，或"上下求女"，或为女子"立传"，都贯穿了对女性的一往情深，并同引女性为知己，同以女性作为人世间美好事物的象征。

三、从兰蕙鸾凤到花妖物魅

《离骚》与《聊斋志异》中,除通过女性以寄托作者的思想与情志外,也还借用了大量的自然物(主要是动植物)作为象征。

汉代的王逸在谈到《离骚》的象征手法时说:

> 《离骚》之文,依《诗》取兴,引类譬喻。故善鸟香草以配忠贞,恶禽臭物以比谗佞,灵修美人以媲于君,宓妃佚女以譬贤臣,虬龙鸾凤以托君子,飘风云霓以为小人。
>
> ——王逸《楚辞章句·离骚序》

事实也确是这样。初步统计,《离骚》中所使用的象征物就有兰、蕙等植物二十三种,鸷鸟、鸾凤等动物十一种。此外还有皇舆、琼枝、瑶象、飘风、云霓、升皇(太阳)等自然物多种[1]。这些象征物,或用以象征诗人的服饰之美、修养之力、情操之高,或象征人才的培养、使用与蜕变,或象征美与丑的对比。例如,"朝饮木兰之坠露兮,夕餐秋菊之落英"便象征了屈原人品的高洁,"余既滋兰之九畹兮,又树蕙之百亩"象征了屈原对人才的培养,"鸷鸟之不群兮,自前世而固然"象征了诗人不肯与群小同流合污,"岂余身之殚殃兮,恐皇舆之败绩"象征了诗人对国家前途的担忧等。正如王逸所指出的,这些象征手法的运用,皆令人"慕

---

[1] 参见拙著《楚辞文化探微》,新华出版社1993年版,第106—108页。

其清高，嘉其文采，哀其不遇，而愍其志焉"①。

《离骚》的象征手法到了《聊斋》中，便成了一篇篇象征物的小传。如屈原反复吟咏过的荷花到了蒲松龄的笔下便成了《荷花三娘子》，屈原曾餐食过的菊花成了《黄英》。还有，牡丹被演绎出《聊斋》中的《葛巾》《香玉》，香獐被演绎出《花姑子》，蜂子被演绎出《莲花公主》，绿腰蜂被演绎出《绿衣女》，老鼠被演绎出《阿纤》，白鱀豚被演绎出《白秋练》，鹦鹉被演绎出《阿英》，老虎被演绎出《二班》《苗生》等。甚至连自然界的风，蒲松龄也为护花而作檄词，并演绎出《绛妃》一篇。

而尤值得注意的是，《聊斋》中这些充当美好人性载体的花妖物魅身上，既存物的特点，又有人的性情；既是写实的，又具有象征意义。如《葛巾》《香玉》中的牡丹，虽已化为女郎，但仍具花的气质，"热香四流""无气不馥"。《花姑子》中的香獐，虽化为少女，但"气息肌肤，无处不香"。《阿英》中的鹦鹉阿英，虽已化为二八女郎，然犹"娇婉善言"。《阿纤》中的老鼠阿纤，虽已化为"窈窕秀弱，风致嫣然"的女郎，但仍"恶嶂"难改，不忘积粟，"年余验视，则仓中满矣"。而最典型的则是《绿衣女》，请看《聊斋》中的描写：

> 女子已推扉入……视之，绿衣长裙，婉妙无比。……罗襦既解，腰细殆不盈掬。……谈吐间妙解音律……声细如蝇，裁可辨认。静而听之，宛转滑烈，动耳摇心。……频展双翼，已乃穿窗而去。

作为由绿腰蜂幻化而成的女子，她既有女性的特征，如"绿衣长裙，婉妙无比"，且解音律，能度曲；而这些特征背后又无不体现着物的本性，

---

① 王逸《楚辞章句·离骚序》。

如蜂的绿身细腰，嘤嘤而鸣，以及声音的细小而能"动耳摇心"。最后的"频展双翼""穿窗而去"，则又让它由幻化而回到了现实。

应该说，《聊斋》中的幻化既承《离骚》中的象征而来，同时又有所发展。它通过故事化的手法，已将象征物与被象征者紧密地融为一体，并赋予了物以人的特征，从而创造出了超越时空、超越物我的特异形象与美感。

四、《离骚》的立体化结构与《聊斋》的多重文化蕴涵

从作品的蕴涵来看，《离骚》的立体化结构与《聊斋》的多重文化蕴涵之间，也有着相通之处。

《离骚》之所以能流传千古并令人百读不厌，其立体化的结构是重要因素之一。《离骚》中，用以象征的诸要素并不是机械地、孤立地存在着，它已形成了一种和谐统一的象征体系。又由于形象大于思维，所以这一象征体系便扩展了诗歌的内涵，增大了作品的容量，从而使《离骚》形成了一种立体化的结构。具体说，便是《离骚》表层的抒情主人公形象，中层的作者美学理想，以及深层的哲理蕴含[①]。

先看表层的抒情主人公形象。读罢《离骚》，人们的眼前首先会浮现出这样一位古人的形象来：他荷叶为衣，芙蓉为裳；身披江蓠，胸佩秋兰；朝搴木兰，夕揽宿莽；朝饮木兰之坠露，夕餐秋菊之落英；行于兰皋，止于椒丘。他像鸷鸟一样卓尔不群，又似虬龙、鸾凤一般高洁不俗。他曾"滋兰树蕙"，培植了大批的贵族子弟；但可惜的是，这些

[①] 参见拙著《楚辞文化探微》，新华出版社1993年版，第110—115页。

人才大都变质了——"兰芷变而不芳兮,荃蕙化而为茅"。不得已他又上下"求女",即多方招揽人才,但也没有成功。可以看出,这位主人公的外貌是秀伟的,人格是峻洁的,理想是崇高的,感情是强烈的。这样,一位中国文学史上的光辉形象便鲜明地跃然于《离骚》之中了。

再看中层的美学理想。《离骚》中用以象征的不少香花香草,其本身就是很美的。例如,兰(即佩兰,非今之兰花),不但其紫茎、素枝、绿叶及复伞形花絮很美,而且还是一味"上品"的中药。屈原用以象征人的外表的美及道德的善,从而将自然物及人的内在美、外在美融为一体,实际上这就是一种十分高明的美学见解。而且,由于诸象征要素的交织与融合,整个诗篇又呈现出一种美妙而壮观、瑰丽而奇幻的意境,这在美学上则又是优美与壮美的和谐统一。

至于其深层的哲理,则主要表现为天人合一的宇宙观(人与自然万物的融会为一),对立统一的朴素辩证意识(主要是美好与丑恶、正义与邪恶、光明与黑暗的对立统一),以及对生与死的解析诸端。这种诗人式的哲理虽与传统的哲学家的哲学思想表现不同,但同为时代精神的反映,也同样对后世产生了深远的影响。

《离骚》的这种立体化结构也为蒲松龄的《聊斋》写作所借鉴,从而形成了《聊斋》中的多重文化内涵。不同年龄段及不同文化层次的人之所以都爱读《聊斋》,实与《聊斋》尤其是其中的爱情篇章所具有的多重文化蕴涵是分不开的。只不过《聊斋》爱情篇章的表层已化为情趣,中层已化为美趣,深层已化为理趣而已。此意拙文《情趣·美趣·理趣》中已有着详尽的论析,在此就不赘言了。而洋溢在整个《聊斋》书中的浓厚的生活趣味,与弥漫于《离骚》中的强烈抒情气氛,又可谓是不同时代两位著名文学家的异曲同工。

总之,《离骚》与《聊斋》,虽一为先秦诗歌的高峰,另一为中国文言短篇小说的高峰,而其时间跨度又达两千余年,但两者之间确实是相通的。这是中国文学史上两座文学高峰间的相通,也是中国文学传统的相通,更是屈原与蒲松龄这两位文学巨匠心灵上的相通。

附　录

王渔洋与诸城人士交往考略

在王渔洋的交游中，诸城人士无疑是一个重要的方面。而考察王渔洋与诸城人士的交往及其关系，又无疑会进一步加深对王渔洋为人和创作的认识。这一点，学术界似乎还未注意到，故爰为之考略如下：

一

王渔洋与诸城人士的交往，当然与王渔洋原籍为诸城有关。康熙《新城县志》卷一"琅邪王公遗址"条载：

> 公讳贵，王氏始祖也。元末白马军乱，自诸城迁于邑之曹村，遂家焉。三世至封翁颍川公，食指渐多，子孙渐显。故宅尚存，后人世守之。

王渔洋本人对此也有明确记载，《池北偶谈》卷十"初夫人刘太夫人"条说：

先始祖妣初夫人，诸城人，年始笄，一日，忽为大风吹至新城之曹村。时始祖琅邪公方为某大姓佣作，未婚，遂作合焉。三世至颍川公，而读书仕官。四世至太仆公，始大其门。二百年来，科甲蝉连不绝，皆祖妣所出也。万历中，吴门伍袁萃著《林居漫录》记其事。后嘉兴贺灿然作《漫录驳正》，于此条下云："王氏之兴，必有阴德，此类语怪。"云云。不知此事乃实录也。

这样说来，渔洋始祖及始祖妣皆诸城人也。至于初夫人是否为大风吹至新城，明人贺灿然已谓"此类语怪"，然渔洋却坚持说"此事乃实录"，后人也就只好"姑妄听之"了。

其实，渔洋祖上之自诸城迁新城，时间并不算久，到渔洋本人，也不过八世。即一世之王贵（即琅邪公），二世之王伍，三世之王麟（即颍川公），四世之重光（即太仆公），五世之之垣（即司徒公），六世之象晋（即方伯公），七世之与敕（封国子监祭酒），八世之渔洋兄弟。而计其始迁时间，实不及元末，约当有明永乐以后耳。

渔洋祖上迁新城后，其后代一直不曾忘怀故里。他们尊称始祖为琅邪公（西汉琅邪郡治东武，即今诸城），甚至渔洋早年与其兄士禄合刊的诗集也称《琅邪二王合刻》。渔洋祖父象晋还揭一联于厅事云："绍祖宗一脉真传，克勤克俭；教子孙两行正路，惟读惟耕。"[①] 所谓"克勤克俭"的"一脉真传"，自然也在提醒后代随时不忘琅邪公为人佣作、艰苦备尝的一段经历。而诸城人士对渔洋族人似乎也怀有一种特殊的感情。清初诸城隋平（昆铁）刊《琅邪诗略》，虽卷帙无多，然渔洋昆季父子之诗与

---

① 见《池北偶谈》卷五。

焉①。康熙四十年(1701)渔洋回里迁祖、父墓,诸城人士也"环来相问"②。正是基于这样的一种桑梓之情,所以渔洋与诸城人士的交往便十分密切了。

其次,渔洋与诸城人士的交往,也与诸城的文风之盛尤其是诗歌创作的浓重氛围是分不开的。渔洋尝谓:"余旧琅邪诗人也。"③而诸城也确实是一个诗人辈出的地方。早在东坡守胶西时,即有"除却胶西不解歌"之叹④。东坡弟子由更为诸城梓橦帝君祠书额曰"十万人家尽读书"⑤。迨至有清,仅卢见曾《国朝山左诗钞》及张鹏展《续诗钞》所登诸城诗即达数百首,计百余家。嘉庆间王赓言编《东武诗存》十卷,专收诸城诗人之作,更列诗家数百人。而与渔洋约同时的诸城著名诗家则有丁野鹤(耀亢)、王钟仙(乘箓)、丘楚村(石常)、柯村(元武)、李渔村(澄中)、张蓬海(衍)、石民(侗)、刘子羽(翼明)、隋昆铁(平)、徐栩野(田)等。王赓言至谓清初诸城丁、刘、丘、李、张诸家,"与同时新城之王、莱阳之宋、益都之赵、德州之田,分道扬镳,和声以鸣"⑥。

作为清初主持风雅近五十年的王渔洋,对于诸城诗歌创作的盛况不会没注意到。事实上,诸城许多诗人的诗作都曾受到渔洋的重视,在渔洋的笔记中也记载了大量诸城诗人的逸事及名篇佳句。出于对诗歌创作的共同爱好,这也促使了渔洋与诸城人士的密切交往。

再次,诸城还是清初遗民的重要荟萃地之一,而其地之遗民的政治态度又与南方的扬州遗民集团不尽一致。这一点似乎也引起了渔洋的一定兴趣。

---

① 王赓言《东武诗存》序。
② 张石民代渔洋所作《叙琅邪诗人诗选》,《其楼文集》卷三。
③ 同上。
④ 苏轼《送孔密州淇水上》。
⑤ 王赓言《东武诗存》序。
⑥ 同上。

清初诸城遗民约由两部分人组成。一是以"诸城十老"为代表的当地人士，二是由各地奔集而来的所谓"侨寓"①。"侨寓"者多寓县内张氏放鹤园（在今枳沟镇普庆村），即蓬海、石民族居之地，其中颇不乏有头脑、有影响的人物。如武定李之藻（澹庵），益都杨涵（水心）、王玙似（鲁珍），乐安李灿章（绘先）、李焕章（象先），以及河北雄县马鲁（东航），扬州洪名（去芜），昆山金奇玉（琢岩）等。至于数往来于县者，则有益都薛凤祚（仪甫），安丘张贞（杞园），掖县赵涛（山公）、赵瀚（海客），寿光安致远（静子），以及释元中（灵辔）、成楚（荆庵）、成槤（奚林）等人。诸城遗民的大批会聚，不禁令人联想起冒襄（辟疆）在明亡后于如皋的水绘园大批招致宾客的情形。不过诸城遗民的态度似较扬州遗民要灵活些，至少表面如此。他们对清统治者的政策也不是一概的指斥，如对平藩、尊孔、赈灾等，都曾表示过不同程度的拥护。

渔洋在任扬州推官期间，曾跟扬州遗民集团的成员有过许多方面的接触。他曾与冒辟疆、杜于皇（浚）、邓孝威（汉仪）等人相唱和，并多次参加过水绘园的修禊和聚会，在一些诗作（如《秦淮杂诗》《淮安新城有感二首》《故明景帝陵怀古》等）中也不同程度地对明朝的亡国发过感慨。但渔洋毕竟不是遗民，也不像孔尚任那样曾明显地受到遗民思想的熏陶。他对扬州遗民"不事二朝"的态度只有敬之而已。相对而言，诸城遗民的灵活态度倒使渔洋有了更多的共同语言。

以上三点，可以说是渔洋与诸城人士交往的基础。

---

① 详参拙文《蒲松龄与诸城遗民集团》，《蒲松龄研究》1989 年第 2 期。

二

诸城人士中，渔洋最早交往的当是丁野鹤与丘海石。

顺治十八年辛丑（1661）春，渔洋任扬州推官不久，时值野鹤赴惠安中途折回，路过扬州，于是渔洋便邀请这位长自己三十五岁的前辈诗人到府上饮宴。期间，渔洋曾为野鹤题《陶公归来图》及《归鹤图》。后诗其二曰：

> 海上有胎禽，昂藏耸高格。
> 偶尔戏芝田，依然避弹射。
> 故居近水竹，山中多白石。
> 华表明月时，依稀见归客。

诗以野鹤常引以自喻的丁令威的故事，表达了对这位前辈的崇敬之情。野鹤也赋《扬州司理王贻上招饮题诗归鹤卷次韵》四首作答，其一曰：

> 贫女无善舞，达士多孤踪。
> 稻粱亦仁粟，饥卧甘云峰。
> 羽翼非不满，毕弋罗重重。
> 愿为苓与芝，以报泰山松。

此外，渔洋还赠写了题为《仙山石室歌送丁子》的送别长歌，其结尾四句是："紫阳仙人归草堂，麻姑园客同翱翔。琅邪台畔吾家在，北望仙山思故乡。"不但表现了对野鹤回归"煮石草堂"的祝福，也流露了渔洋对琅邪故里的思念之情。直到这年的冬天，渔洋于舟中所作的《岁暮怀人》诗中，又记起了丁野鹤，还有野鹤的挚友丘海石：

> 九仙仙人丁野鹤，挂冠仍作武夷游。
> 齐名当日丘灵鞠，埋骨青山向几秋。

野鹤曾居九仙山（今五莲县境内），即东坡所谓"奇秀不减雁荡"者也①，故渔洋以"九仙仙人"称之。丘灵鞠指丘海石，名石常，即曾藏有《金瓶梅》早期抄本的丘志充（号六区）之子②。海石少野鹤六岁，卒于顺治十八年（1661），年五十六。海石死，野鹤哭以长诗③，颇能见其平日情谊。而海石生前与渔洋亦有交往，并有诗赠答。如《楚村诗集》中有《送贻上》一首，即是送将赴扬州任的渔洋的，计其时间，当作于顺治十七年（1660）庚子。诗曰：

> 三月烟花骞凤羽，二十四桥天卓午。
> 白皙书生壁上观，紫髯牙将负前弩。
> 夥颐琅邪之绣虎，来作雪月风花主。
> 性情淳蔼淡余灾，文章雷动西州部。
> 扬子江边潮不来，琼花观里开石鼓。

诗中，海石对这位小自己二十九岁的年轻后生倍加赞扬，然口气却又是十分随和的，甚至略带调侃之意。而从"性情淳蔼淡余灾"一句看来，渔洋似乎还在某一方面帮助过海石。

海石、野鹤相继谢世后，渔洋在其笔记中又不止一次地提到过这两

---

① 苏轼《次韵周邠〈雁荡图〉二首》第一首有句云："九仙今已压京东。"自注："九仙在东武，奇秀不减雁荡也。"
② 见谢肇淛《金瓶梅跋》及沈德符《万历野获编》。
③ 《家信到，见丘海石五月寄书，询之，则逝矣……》，见《椒邱诗》。

位老人，并记载了他们的逸事。如成书于康熙二十八年（1689）的《池北偶谈》卷十二"丁野鹤诗"条云：

> 徐东痴言，少时于章丘逆旅，见一客，裤褶急装，据案大嚼，旁若无人。见徐年少，呼就语曰："吾东武丁野鹤也。顷有诗数百篇，苦无人知，予为我定之。"因掷一巨编示徐，尚记其一律云："陶令儿郎诸葛妻，妻能炊黍子蒸藜。一家命薄皆耽隐，十载形劳合静栖。野径看云双屐蜡，石田耕雨半犁泥。谁须更洗临流耳，戛戛幽禽尽日啼。"野鹤晚游京师，与王文安（铎）诸公唱和，其诗亢厉，无此风致矣。

东痴（徐夜，渔洋表兄）所记之野鹤一律，自然淡泊，情韵悠长，故颇为"神韵说"的倡导者王渔洋所欣赏。此诗邓之诚《清诗纪事初编》（卷六）谓不见野鹤诸集，并疑其或在已逸的《问天》一刻之中。近读丁野鹤《问天亭放言》（抄本），见其中正有此诗。诗总题曰《余自乙丑秋营东溪书舍，结茅种树，决计卜居于橡槚山之阳；至戊辰九月，复造煮石草堂焉，是月自城移家，因为诗以落之》，共五首，此其二。戊辰即明崇祯六年（1628），是年九月野鹤自诸城城里移家城南的橡槚沟（今诸城黄华镇之相家沟），此即该诗写作的具体时间和环境。

渔洋晚年写成的《古夫于亭杂录》中也载有野鹤、海石的逸事及诗句。如卷三"山东风雅"条记：

> 吾乡风雅，明季最盛。如益都王遵坦太平、长山刘孔和节之……诸城丁耀亢野鹤、丘石常海石，掖县赵士喆伯浚、士亮丹泽，莱阳

姜埰如农、弟垓如须、宋玫文玉、弟琬玉叔、董樵樵谷，淄川高珩葱佩，益都孙廷铨道相、赵进美韫退，章丘张光启元明，新城徐夜东痴辈，皆自成家，余久欲辑其诗为一集传之，未果也。……丁、丘皆以教职迁知县。丁自有集，余仅记丘《马上见》一绝云："薄罗衫子凌春风，谁家马上口脂红。马蹄踏入落花去，一溪柳条黄淡中。"

又卷五"丁耀亢丘石常"条还记：

诸城丁耀亢野鹤与丘石常海石友善，而皆负气不相下。一日饮铁沟园中（东坡集有《铁沟行》，即其地），论文不合，丘拔壁上剑拟丁，将甘心焉，丁急上马逸去。丁著《天史》，诗多奇句，如《老将》云："低头怜战马，落日大江东。"《老马》云："西风双掠耳，落日一回头。"此例皆警策。丘晚为夏津训导，《过梁山泊》诗云："施罗一传堪千古，卓老标题更可悲。今日梁山但尔尔，天荒地老渐无奇。"丁迁惠安令，丘迁高要令，皆不赴。

渔洋所称道的野鹤《老将》《老马》二诗，亦不见野鹤现行各集，而于《问天亭放言》中载之。《国朝山左诗钞》曾录其诗，然皆置于"补遗"中，则卢雅雨亦未睹《问天》一刻也。又，渔洋提及的丘海石《过梁山泊》一诗，《楚村诗集》亦不载，不知可能于其《青云堂诗》中见之？惜未睹也。

渔洋身为达官，交游亦广，然并不以势位高低论交。他对野鹤、海石的敬重，以至念念不忘，并"欲辑其诗为一集传之"，便说明了这一点。

三

诸城人士中,渔洋与刘翼明、李澄中的交往也很值得一提。

《池北偶谈》卷十四"地名"条云:

> 尝见诸城二士人诗卷,一称"苏台",一称"秦台"。或问之,则苏台者谓超然台,秦台谓琅邪台耳,尤可绝倒。

这两位诸城士人便是李澄中与刘翼明。

翼明字子羽,号镜庵。因世居琅邪台下,又号越台或秦台。岁贡生,曾官利津训导,有《镜庵诗选》。据李澄中《镜庵诗选序》说,子羽"少负经世才,喜交游,读书任侠",然"久不遇,蹉跎以老,贫益甚。乃讳言侠,专其力于诗,积五十年存四千余首"。而《镜庵集》所刊才十之二三耳。乾隆《诸城县志》本传也说"翼明为人,坦易多所玩弄,类不恭者。然举止无所苟。康熙初,周亮工为青州兵备道,以书召之,竟不往"。

渔洋尝称赞过翼明的诗句,《渔洋诗话》云:

> 诸城刘翼明字子羽,居琅邪台下,老而工诗。余常爱其句云:"桃花柳絮春开瓮,细雨斜风客到门。"

《池北偶谈》卷十五亦记:"东武刘子羽秀才翼明有句云:'桃花柳絮春开瓮,细雨斜风客到门。'"被渔洋反复称赞过的这首诗,题曰《自渠邱同马三如宿王申甫峒峪别业》,全诗为:

> 南山深处问南村，饥渴残阳地主尊。
>
> 衣有神珠仍乞子，路迷芳草见王孙。
>
> 桃花柳絮春开瓮，细雨斜风客到门。
>
> 偏具隐心无隐迹，只将种果种仙根。

渔洋好摘他人句以为"神韵说"张目，此其一例。然颈联两句固佳也。

刘子羽亦尝与渔洋互相赠答。由于《镜庵诗选》未睹，刘寄王诗难觅，只于《渔洋山人精华录》中见渔洋《答刘子羽见怀》一首：

> 闻君卜筑处，旧傍琅邪台。
>
> 海气秋逾远，涛头日几回。
>
> 秦封犹广丽，石刻自莓苔。
>
> 想象高吟罢，鲸鱼跋浪开。

尾联两句可谓是对子羽风格的形象写照，是渔洋亦深知子羽之为人者。

渔洋与李澄中的交往则可谓是非常密切了，尤其在渔洋居京、李澄中官翰林期间。

澄中字渭清，号渔村。因世居超然台下，又号苏台。早年与县人刘翼明、赵清、徐田、隋平、张衍、张侗辈日放浪山海间，醉歌淋漓，有终焉之志。年五十，始举康熙十八年（1679）博学鸿儒，授检讨。后官至侍读，因忽左调以部郎用，遂拂袖归。

澄中学问渊博，诗学杜甫，文亦雅洁有法，鸿博五十人中，足称上选。死后，同年庞垲为其刻《白云村文集》四卷、《卧象山房诗正集》七卷，并在《序》中称："王新城阮亭、田德州纶霞坛坫久成，于时望重龙门。

渔村入都，与鼎足而立，士林称'山左三大家'。"

澄中自康熙十七年（1678）至三十年（1691）居京师，时渔洋亦任职翰詹和国子监，故唱和频繁，过从甚密。如康熙二十三年（1684）渔洋祭告南海，澄中便有《送少詹事王阮亭先生祭告南海》诗送之①。澄中于康熙二十九年（1690）典试云南归后，翌年重阳，渔洋亦设宴招饮。澄中《重阳后一日王阮亭少司马招饮，与徐华阴谕德同赋》二首即记其事。兹录其一：

分得公余一夕闲，高门清寂似柴关。
丹枫叶向霜前老，华发人从徼外还。
遣兴宜浇千日酒，怀乡聊话九仙山。
风流满座真堪恋，愁听金壶杳霭间。

他们"怀乡聊话"的九仙山即澄中早年流连之地，与金和尚所居的五莲山仅一涧之隔②。而渔洋《分甘余话》所记五莲山僧金和尚之种种事迹，很可能就是在这一次的宴席上从澄中那儿得知的。

渔洋与澄中之间的话题似乎很多，诸如诗文创作、乡间异闻、故乡文物乃至一些怪诞之事，都是他们谈话的内容。澄中滇行期间见板桥驿驿壁有题句，即于《滇行日记》中载之；而渔洋则考证出为杨升庵（慎）的作品。③《池北偶谈》卷二十五所记"超然、琅邪二台"事，也标明是"诸城李渭清（澄中）言"。澄中还曾以"龙须二茎"赠渔洋，渔洋收到后即"戏

---

① 《卧象山房诗正集》卷一。
② 余尝考定，金和尚俗姓金，法号海彻，字泰雨，生于1614年，卒于1675年。详见拙文《〈聊斋志异·金和尚〉本事考》，《兰州大学学报》1984年第3期。
③ 见《居易录》。

报长句"①。可见他们之间的关系已是非同一般了。

但在诗歌创作的主张和风格方面,两人却是不一致的。澄中自称"其诗高岸,以汉魏唐人为宗,不习近时习"②,庞垲亦谓澄中诗"以少陵为宗"。这与渔洋的崇尚王、孟、韦、柳,标举"神韵",显然趋向不同。而尤值得注意的是,澄中还明确表示他论诗与赵秋谷同。澄中的《题赵秋谷编修〈并门集〉后》③,既是对秋谷创作的肯定,又不啻是对自己诗歌风格的一种展示。由于此诗一般不易见到,我们不妨将它全文引出:

赵子才俊秀且雄,论诗往往与我同。
今晨对咏并州作,孤云千尺摩苍穹。
忆昨出都黍正熟,急雨寒林共谡谡。
走马快渡滹沱河,泼墨穷搜雀鼠谷。
酒卮在手怀抱开,浮云落日相徘徊。
双屐平踏太行顶,一线黄河天际来。
结辔揽之啸歌发,卷中神气何超忽。
笔锋寒瘦扫冰霜,思路杳冥极毫发。
读之三叹移我情,年少如此人尽惊。
把君妙句相持赠,七十二河秋水声。

全诗酣畅淋漓,一气呵成,大有盛唐之风。但奇怪的是,澄中这样

---

① 《李渭清检讨以龙须二茎见赠……戏报长句》,《渔洋山人精华录》卷四。此事甚奇,然他书亦有记载。如安致远即有《张石民、徐栩野青牛浡遇龙事甚奇,子晋降笔为之记,余友渭清述其事,爰赋五言一章,用志灵迹云》,见《纪城诗稿》。
② 李澄中《自为墓志铭》,《白云村文集》卷三。
③ 《卧象山房诗正集》卷二。

推许秋谷,他与渔洋间却从未发生过什么争执。相反的,渔洋《感旧集》还载其《齐讴行》三首、《细草谷》一首及《咏鱼龙图》一篇。这也可算是当时诗坛上的一件佳事了。

四

渔洋与诸城人士交往的过程中,还有一件非常值得注意的事情,那就是张石民(侗)曾代渔洋为《琅邪诗人诗选》作序。

渔洋是诗文大家,按说毋庸他人代笔。但张石民《其楼文集》(卷三)中,却赫然存有一篇《叙琅邪诗人诗选》,并明确注明是"代阮亭作",文末亦署"渔洋老人王士祯"。这是怎么回事呢?还是让我们先来看一看这篇短短的叙文吧:

> 辛巳岁,蒙圣天子隆恩给假省墓。余旧琅邪诗人也,诸人环来相问。隋子昆铁出书一卷饷余,则《琅邪诗人诗选》也。
>
> 携至石帆亭反复读之。中有惨淡经营自成机轴者,其或花萼相映巧夺天孙则又芙蕖江上余霞所散成也,昆铁一一囊贮之,以古、以律、以绝,罔不以其汇分,使人之诵之,疑从武夷谷口桃花红雨中望见一鸡一犬都非人世,所谓此间不复有汉,虽有晋魏安问之。
>
> 因思天地之大,无地无人,无人无诗,无诗无选。淘汰不清,珠玉随沙砾同流;箕扬失次,红尘与白云相乱;宛然扬且之皙,致令胭脂色重,仓卒淡扫不出也。悲夫!安得有心辈出,尽如余昆铁者,主盟骚坛,相与追逐以问世者;复尽如琅邪诗人之诗选,是则余之

所厚望也。渔洋老人王士禛。

石民与渔洋同岁,是一位有孝行、多奇节的孤高之士①,《诸城县志》也说他诗、书、画冠绝一邑,大概不会借助渔洋以自重。况且,《其楼文集》已被《四库》存目(名《放鹤村文集》),渔洋门生故旧皆及见之,无容假托。而且,《琅邪诗人诗选》见存诸城县博物馆,实有其书,更非虚言。所以,代叙之事非经渔洋同意是不可能的。辛巳即康熙四十年(1701),渔洋确有回里迁墓之事。按照礼仪,渔洋虽不一定外出,而"诸人环来相问"并顺便求序也是可信的。

那么,渔洋为何要请石民来代自己作叙呢?我想,这与康熙后期的文纲始张及渔洋的微妙心态是分不开的。《琅邪诗人诗选》中的诗,虽多数如《叙》言所说,是一些与现实政治关系不大的作品,但也有一些诗中抒发了对故明亡国的感慨(如以故明衡藩为题材的作品)。这在渔洋任扬州推官的康熙初年似乎还不必多虑,但到了文字狱已实行的康熙后期,则是不能不多一层考虑了。况且,诸城又是遗民集中之地,随时都会发生一些意想不到的事情。于是,为乡谊计,叙诗义不容辞;而为自身计,却又不愿因叙书而卷进有可能发生的无谓是非之中。因之,他选择了请别人代叙的两全其美的做法。

虽然,渔洋对代笔人的选择也不是很随便的。换言之,渔洋之选中石民是有道理的。石民不但才华横溢,著作丰富,不会有辱渔洋;而且石民对渔洋兄弟也十分友好,对他们的诗作更是推崇备至。这有《其楼文集》(卷三)中所保存的另一篇《跋王西樵、礼吉、东亭、阮亭诗集》

---

① 见方迈所作《贞献先生传》。

可为之证：

> 前读君家叔氏诗，既谓难弟；既读仲氏诗，又谓难兄；后读伯氏、季氏诗，谁敢复谓君家难兄难弟者！但古来生才，有数代不出数人，人不出数诗，继往开来，如是而已。至毕萃于一时一门，花萼相映又同气也，四先生而外，盖亦指不再屈矣。引望晴霄，辍耕太息。

石民在诗歌主张及其创作风格上也与渔洋相近，这从代《叙》便可见一斑。《四库全书总目提要》称其"别标象外之趣"，方迈为石民所作《传》也称其诗"散淡之态，超然物外"。这与渔洋所追求的"不著一字，尽得风流"的境界是一致的，宜乎渔洋之有所托也。

至于编选《琅邪诗人诗选》的隋昆铁，名平，字无奇，号昆铁，又号半舫。《诸城县志》称平父为人所害，平七岁随母入京师为父复仇。仇既戍福建，平恨其未死，蓄一宝刀，及仇死，舁尸归，斫其棺及骨，大骂，痛几绝。其为人也若此。邑志还载隋平"诗师李澄中，晚年究心王、陆之学"，"尝辑邑中诗七卷，曰《琅邪诗略》"。《琅邪诗略》亦即《琅邪诗人诗选》也。而隋平既以诗求叙，则应当是当面见过渔洋的。

隋平小渔洋十二岁，而与渔洋同年卒。越二年，石民亦逝。

五

某些侨寓诸城的人士，亦与渔洋有过交往，其中有些与渔洋的关系还是相当密切的。

一位是王玘似。王玘似，字鲁珍，益都诸生。《池北偶谈》卷二十三"郑刺史祠"条记载了鲁珍于康熙元年（1662）省父（保宁太守玉生，字稚崑）途中的一段经历，文末渔洋自注云："王生，予门人。"鲁珍为清初书画家，善八分书，画学黄子久。但就是这位渔洋"门人"的王鲁珍，却又是诸城放鹤园的一位常年住客。乾隆《诸城县志》卷四十四《侨寓》曾记"王玙似，字鲁珍，亦益都人……晚年携小妻幼女寓放鹤园"，及至老死，始由张衍归其榇于益都葬之。

还有一位是张贞。贞字起元，以其世居杞国故地，又号杞园。安丘人。张贞是放鹤村张氏的"戚执"，时往来于杞园与放鹤园间，实际是诸城士人集团中的一员①。张贞曾于康熙十一年（1672）拔贡入太学，并被推荐参加康熙十八年的"博学鸿词"考试，结果却未能入选，只做到一个从九品的翰林院孔目。康熙二十四年（1685），他弃官归里。张贞居京的十三年间，与渔洋来往频繁，友情甚笃。今《渔洋山人精华录》中尚存《过丁香院访张杞园不遇题壁》及《曹升六、谢千仞携酒过饮，宋牧仲、张杞园亦至，同赋长句二首》诸诗，可见他们的情谊。杞园为山左古文大家，渔洋尝为其《半部稿》《潜州集》作序，并为其《远游图》题咏②。又据李质庵《杞园先生墓表》说："新城王司寇与先生为莫逆，垂老犹求先生定其文，亦手定先生文，论者至欲于虞山、尧峰间展一席地。"杞园小渔洋三岁，其卒期亦较渔洋晚一年，然渔洋诸集未闻有杞园所手定者。

其他如诸城士人集团中的杨水心（涵）、薛仪甫（凤祚）以及释灵嵒

---

① 张贞及下文李象先事，皆详见拙文《〈聊斋志异〉中的张贡士与李象先其人》，《国际聊斋论文集》，北京师范学院出版社1992年版。
② 渔洋有《题张杞园浮家泛宅卷三首》，见《渔洋山人续集》卷十五。

（元中）、奚林（成栩）等，也都与渔洋有些交往，并偶见于渔洋诗文中，这里就不一一细考了。

诸城放鹤园的常住居民中，只有一位李象先与渔洋的关系不甚和谐。象先名焕章，号织斋，长渔洋二十岁，是一位典型的逸民。象先与其兄绘先（灿章）晚年长住放鹤园，张衍并为其筑"二李轩"以居之。"象先学问渊博，海岱清士"（蒲松龄语），亦为山左古文大家，并于康熙十二年（1673）与顾炎武、张尔岐、薛凤祚等人一起修《山东通志》。所著有《织斋集》八卷，李澄中、张尔岐等人为之序，评价甚高。然渔洋诗文中于象先却不置一词。此事前辈邓之诚先生向曾疑之，及读《与陈孝廉友龙书》，乃知因渔洋招之不往，遂致疏绝。

《与陈孝廉友龙书》见载《织斋文集》卷四。据象先在《书》中所述，渔洋与象先两家本是世交，象先之父与渔洋叔祖考功季木（象春）乡会同谱，渔洋之父与象先之兄己卯同贡，渔洋之侄启大又与象先之子新命同举于己酉。象先与渔洋昔遇之青郡、新城和省会，都"蒙推许誉奖"。后渔洋曾托李澄中多次致书象先索所著，然象先仅"漫应之，越三年未一寄也"。复因"安丘富人子"乘机"中伤"，故时"已有谤言闻于大司成（时渔洋任国子祭酒）矣"。迨到王鲁珍向他转达了渔洋的不满之意后，象先遂索性作书与渔洋，以绝其往来。此其构隙始末。

实际上，象先之"不求见重于公卿贵人之在辇下者"，尚别有原因。在《与陈孝廉友龙书》中，象先明言"世路崎岖，人事险阻，弟无太白、少陵之著篇，而患其受祸于林甫、见辱于严武，其情同也"。所以，"即令安丘富人子不中伤，大司成日以某之人、某之文称扬于公卿贵人"，他也会"业先自疏自绝于大司成"的。当然，还有更深一层的原因，如鄙渔洋乡里后进兼新朝权贵,他在信中则不便说了。

　　以上便是渔洋与诸城人士交往的大致情况。当然这只是渔洋交游的一个方面。但即此一面也可以看出,"清初青齐、海岱间,人文之盛足与大江以南相匹敌"(邓之诚语)[①]。而渔洋故里这种浓厚的文化氛围,又无疑是渔洋这样一位文学大家孕育并产生的必要土壤。

（原载《国际王渔洋讨论会论文集》,山东大学出版社1995年版）

[①]《清诗纪事初编》,上海古籍出版社1984年版,第706页。

"随时莫忘汉衣冠"
——《观瀑图》考

诸城博物馆藏有《观瀑图》一幅,数年前余曾寓目。画为绢底,高234厘米,宽98.5厘米。虽墨色已淡,题识处亦有个别地方污损,然尚不影响观瞻。此图为清初作品,无论在艺术、思想及史料方面,均具有极高的价值,惜至今无人为之介绍。余于绘事可称外行,然于其背景及事实尚略知一二。今不揣谫陋,试为考释,以就教于大方之家。

一

画面为夜景。月下,瀑水出于山溪。画中二老人皆着明代衣冠,趺坐于石,一正面仰观瀑水,一侧面望月,后者以手按前者右膝。两人形象皆古朴高逸,而又若有所思。画面上方题"观瀑图",接下有题诗二首:

> 仰观瀑水月前身,确是陶昆聚精神。
> 侧面是谁当左右,国人皆曰石之民。
>
> 二人同辟卧象山,世事纷纷不忍看。
> 今日总为清民子,随时莫忘汉衣冠。

旁又有题词一则：

仰观瀑者，我耶？按我右膝侧向月者，汝耶？半醉拈须者，久之染翰题额者，复为谁氏？张陶昆。

题词右下方署"侃并书"三字。三字之右，复钤有"七十五岁所画"朱印一方。题词之下，又有题诗一首：

潍西有二老，陶昆石之民。
趺坐月明中，对影成五人。
鲁诸沉孤垒，葛陂剩比邻。
借问桃花洞，开谢数秋春。

诗末署"是岁三月，正值予初度，醉题其楼古诸石臼间"，不具名。此外，画面上尚有跋语一则，曰：

此渠丘浯滨先生笔也，久存松籁亭。一日龙山桐樵遇之，谓与放鹤村□□□石之民、陶昆二老人宛肖，年皆七十有五矣。余闻之，命长子桎重为□之，远托胶东子石驰贡。道经诸冯，舅氏昆铁为之赞。同乡文贞先生之子沛思熏沐拜题。

其下即昆铁之赞诗：

君家兄弟谪仙人，欲倩僧繇为写真。
何来醉客自云树，千百年前种画因。
解衣盘礴露半身，貌出河阳两老人。

月明瀑水出山溪，傍睨背相得其神。

谓是陶昆石者民，桐樵云云，丹崖云云，我亦云云。

末署"昆铁平再拜，年前六十三"，并钤印两方，一曰"隋"，一曰"昆铁"。

以上就是画面人物、图景及所有文字的全部情况。

二

据画面题诗并沛思跋语所述桐樵印象，以及昆铁赞诗，可知画中人物为陶昆与石之民。这应该是不会错的。陶昆即张侃，石之民亦即张侗，皆放鹤村（今诸城普庆村）人。桐樵即丘元音，字巘公，号桐樵，丘元武族弟，柴村人。乾隆《诸城县志》卷三十六记其为"武进士，好为诗书，临米海岳《狮子赞》甚肖"。他是张石民的晚辈好友，《东武诗存》卷四载有他的《丙戌四月望日为四叔父寿，时蓬海、石民、白峰、昆铁、碣西诸先生皆至》诗一首，可见其情谊。"四叔父"即丘禾年，世居诸城城北五十里之朱村（龙山西侧），为石民挚友。丙戌即康熙四十五年（1706），时禾年八十八岁，石民七十三岁。看来，直至石民晚年，他们家族与石民间的往来仍是很密切的。故桐樵印象当不致有差。昆铁即隋平，字无奇，一字悔斋，号昆铁。他虽小石民十二岁（见《其楼文集·石梁九老图小记》），然向被列为"诸城十老"之一，并常随石民诗酒唱和，对石民更是再熟悉不过了。康熙四十九年庚寅（1710），他过石民其楼，读石民《醉中有所思》诗，掩卷泣曰："恨不即死，与诸前辈同行也。"

翌年果卒，年六十六。从其题《观瀑图》赞诗之末所署"年前六十三"一语可知，赞诗是他去世前三年的文笔，时当康熙四十八年（1709），石民七十六岁，尚健在。故隋平"谓是陶昆、石者民，桐樵云云，丹崖（即沛思）云云，我云云"，更是不会错的了。

那么，陶昆与石民又是何许人呢？石民为"诸城十老"之中坚，清初著名学者、文人，诗、书、画冠绝一邑，且又气节奇高，誓不事清，生前及身后名声均甚昭著，事见乾隆《诸城县志》卷三十六及方迈所作《贞献先生传》（载《其楼文集》卷首），此不赘。陶昆名侃，字陶昆，号东原，为石民从兄（长石民一岁），邑庠生，亦清初县中著名诗人。然其事迹县志不载，故鲜为人知。幸《普庆张氏族谱》尚存其传及墓志铭，可补此憾。传为其从子张雯（蓬海次子）所撰，墓志铭则出自清初著名古文家李象先（焕章）之手。今摘取《陶昆张文学先生墓铭》中一段文字，或可令世人知其生平梗概：

> 先生讳侃，号东原，教授公诸孙也。出继伯父惟庆，以纯孝称，晨省无间。补诸生有年，中年不乐进取，乃筑室卧象，曰"分青堂"，以诗歌酬山灵，轩冕至，避弗见也。生平慕陶靖节之为人，乃置其号"陶昆"。遂自东郛……拜阙里墓庙，摹搨元常梁鹄碑篆，登泰岳，下视云亭，有遗世想。制诗歌愈精妙，雷田、子羽皆极赏之。于康熙十五年十二月十三日卒，得年四十四岁……

可见，陶昆也是一位不肯入世的逸民高士，其政治态度与石民同。他中年后常与石民一起居卧象山之中，聊睨轩冕，遗世独立。盖题诗所谓"二人同辟卧象山，世事纷纷不忍看"，实言志之词也。至其诗，既然李澄中、刘子羽等大家皆极赏之,其功力可以想见。然因他辞世太早,且又无诗集传世,故已极难寻觅了。

三

下面我们来谈谈《观瀑图》的作者、题诗及其流传经过。

据沛思跋语称,"此渠丘浯滨先生笔也"。渠丘即安丘,浯滨先生即郭牟,明末清初画家。他虽是安丘人,然长期生活于诸城,且大半时间主于普庆张氏放鹤园。《诸城县志》卷四十二有其小传,略谓:

> 郭牟,字浯滨,安丘人。性傲岸,耽于诗酒。画山水工大泼墨法,醉辄纵笔淋漓,自以为神助。万历间来县中,知县闻其能,迫之使画,不答。知县怒,欲笞之,亦不答。识为高士,乃卑礼谢之。主普庆张氏别业久之,卒乃归葬。

从现存《观瀑图》的笔法来看,确是"大泼墨法"。郭牟因久居放鹤园,其画幅留存于普庆张氏族中者颇多。1983年春余在诸城博物馆尚睹有画像石数块,落款皆为"浯滨"。询之,知由普庆征集而来,以为模建"放鹤园"之用,不知今尚存否? 清初放鹤园会集志士才人颇夥,以画家言,除浯滨外,尚有杨涵(水心)与王玙似(鲁珍)。杨涵工墨竹,玙似则人物、风景兼长。浯滨在放鹤园诸客中,为年高德劭之辈,故其死后,县人犹感念之。隋平《吊郭浯滨先生墓》(《东武诗存》卷三)即表达了这种心情:

> 傲岸难言狂士心,鹤亭一去感人琴。
> 空堂剑在还堪倚,破壁龙飞不可寻。
> 故里凭谁知醉客,他年有梦访云林。
> 情深欲作招魂赋,古木萧条白日阴。

颈联之下尚有隋平原注:"先生号云林醉客。"借此以知先生之号,并可与隋平题《观瀑图》赞诗中"何来醉客自云树"一句对读,亦证此画作者为郭牟无疑。

但奇怪的是,《观瀑图》画中却并未见有郭牟署名,连"浯滨""云林醉客"亦不具。唯一能与郭牟相联系的,便是那方"七十五岁所画"的印章。印章虽在"侃并书"三字之右,然张侃仅活了四十四岁,可知决非张侃之印。倘谓石民所署,则石民七十五岁时,陶昆已去世三十余年了,又安得一同"观瀑"?所以,这方"七十五岁所画"的印章无疑应是郭牟所钤了。换言之,《观瀑图》当为郭牟七十五岁时所作。而画题之下的两首诗及署"侃并书"的几句题词,则是出自陶昆之手。至其背景,似为卧象山中之我村(今五莲县毛家河)一带。倘再联系画中人物的年龄(看上去都在四十开外),则其入画时间,或者就在陶昆晚年。陶昆卒于康熙十五年(1676)十二月,因此此画之作,最迟不得晚于公元1676年之秋。也就是说,它距今已三百余年了。

《观瀑图》既是郭牟为陶昆、石民而绘,理应存于张氏家族之中,何以会落入沛思"松籁亭"呢?沛思即王沛思,字汝敬,号俨若,又号丹崖主人,相州人。康熙十八年(1679)进士,改庶吉士,授编修,晋左春坊左中允,与修《明史》。后以亲老告归,不复出,日课子弟,讲经义,为诗歌。卒年七十六。松籁亭即其家之园亭。值得注意的是,沛思一家与石民之关系非同一般。沛思父王钺,字仲威,号任庵,为清初著名地理学家。曾任广东西宁知县,后遇"三藩之乱",移疾归里,家居三十余年。康熙四十三年(1704)王钺归葬潍上,石民曾代当地十八老人作挽歌(见《其楼诗集》卷下)。之后,又亲为其撰写《文贞先生王公乡谥议》(见《其楼文集》卷四),上其谥号曰"文贞",此即沛思自称"同乡文贞先生之子"之所由来。沛思弟沛恂,字汝如,号书岩,康熙二十六年(1687)举人,曾官兵部职方司主事。沛恂喜为诗,对石民甚仰慕。康熙四十三年(1704)四月,曾迎养石民于槲林峪(九仙、五莲两山之间)之别业,此石民《山居杂咏》十六首(见《其楼诗集》卷上)之所由作也。沛恂还曾割田以为石民往来之资,《东武诗存》(卷三)载其《张子石民入山过访,缘其往来乏资,乃割田以赠,赋此为券》诗一首,即述其事:

竟日山头望,山深云更深。
敲门惊宿鸟,料得是同心。
披云裂石田,田契何须画。
推我买山钱,酬君一席话。

情谊既然到了如此地步,则王氏父子索观抑或石民主动出示《观瀑图》的可能性都是有的。又据石民之《后乐园记》(《其楼文集》卷二),石民本人也曾亲临过王氏松籁亭(在相州),并有《留题王丹崖松籁亭》一诗(《其楼文集》)传世。而随着王钺的过世,《观瀑图》被长期搁置于松籁亭,以至无人知晓,也是情理中事。所以,直至桐樵"遇之"

并认出画中人物后,沛思始"熏沐拜题"并"远托胶东子石驰贡"。子石即丘子石,柴沟人,亦为石民挚友,石民曾为之作《丘子石小传》(见《其楼文集》卷一),时正从石民游。从现在的画面看,《观瀑图》最后确是送达石民手中了。画上的那首五言诗("潍西有二老")便是石民在收到画后所题。石民所居"其楼",而"石臼"则是葛陂出土并为石民所心爱之物(石民曾为之作《鲁诸石臼歌》),故"醉题其楼古诸石臼间"的只能是石民。桐樵见到《观瀑图》时大约还是在年前,而经沛思长子王柽(字圣木,康熙己卯举人,曾官内阁中书)"重为□之",并"远托胶东子石驰贡"以达放鹤园后,又恰当石民七十六岁初度,故其思念往事,缅怀亡兄,遂有"借问桃花洞,开谢数秋春"之感。

简言之,《观瀑图》于康熙十五年(1676)前由郭牟画成并经张侗题诗、题词后,曾因某种原因久存于王沛思家,康熙四十七年(1708)始被丘元音发现;翌年春,即由沛思托丘子石送还石民。而在从相州(沛思家)到普庆(石民家)的途中,又经过诸冯(属万家庄乡),时新年刚过,隋平为之赞,故有"年前六十三"之署。石民最后收到,复题诗以志其感。

四

《观瀑图》是诸城遗民气质和品格的形象表现,同时,也是清初某些知识分子心态的绝妙写照。从这个意义上可以说,《观瀑图》既是宝贵的艺术作品(郭牟作品传世不多),又是研究清初遗民现象及当时思想状况的第一手资料。

清初,汉族知识分子的思想状况是比较复杂的。就其对"大清"定鼎的态度而言，约略可以分为三类：一是甘仕新朝的一批所谓"贰臣"，如钱谦益、周亮工等；二是奔走联络、图谋恢复明朝的一批志士，如顾炎武、阎尔梅等；三是坚守气节、誓不事清的一批逸民，如傅山、李象先等。其中，第三类中有不少是从第二类转化而来的，即在图谋恢复的努力失败之后化为消极的对抗。诸城遗民中的不少人即属此类。

应该说，诸城遗民的思想领袖是石民，而为之提供物质基础并专以接纳遗民的则是蓬海。蓬海名衍，字溯西，号蓬海，石民再从兄。其伯曾祖蒲渠公（名肃）明末曾为复社琅琊西社社长，该社顺治九年（1652）被清廷取缔；其生母徐氏又为清兵所害（死于明季壬午之乱）。故其尝与反清的秘密组织白莲教相联络，并倾其家之所有以接纳过往的志士遗民。其事见《蒲松龄与诸城遗民集团》篇所引乾隆《诸城县志·张衍传》及张石民《琅琊放鹤村蓬海先生小传》（《其楼文集》卷一），此不赘。这样一来在当时的诸城便形成了一个与南方的扬州遗民集团相似的遗民活动中心。而且，这两个当时国内最大的遗民集团（扬州与诸城）间是存在联系的。丘元武于"三藩之乱"前后从贵州任所北归，途中曾在扬州长期停留，并广泛结交遗民，这固然是一种沟通；而张石民"北至蓟门，南游白下（今南京）"，"所至必访其名士大夫，贤豪长者"（方迈《贞献先生传》），则更是主动的联络。例如，在南京栖霞山，他就曾多次拜访过南明旧臣，即后来做了道士的著名遗民张白云（名怡，字瑶星，即《桃花扇》中的张瑶星道士），并谈得非常投机，彼此引为"知音"（《其楼诗集》上卷有《栖霞山谒张白云先生》一诗）。当然，随着清统治者怀柔政策的成功实施及政权的日益巩固，南北遗民的这些努力最后都落空了。于是，他们或逃禅，或归隐，再也不敢明目张胆地活动了。

这就是大批诸城遗民晚年都深入到九仙山、五莲山、卧象山的背景。不过，他们内心深处的抵触情绪却是不曾消减的，并不时地通过某种文化形态表现出来。而《观瀑图》中的石民、陶昆皆着汉家衣冠，以及张侃题诗中的"今日总为清民子，随时莫忘汉衣冠"之句，便堪称当时知识分子民族思想之最直接、最激烈的反响。这比起《聊斋志异》作者蒲松龄的民族思想来也要更高一筹。蒲松龄在《聊斋志异》中虽然刺贪刺虐，揭露过科举的弊端，并且晚年在自己画像的题词中也说"作世俗装（琛按：即清代公服），实非本意，恐为百世后所怪笑"，但他毕竟曾频频出入场屋并始终不忘进取。这与石民、陶昆之政治表现便大相径庭了。

（原载《古代文化探微》，中国社会科学出版社 2004 年版）

张石民与张瑶星及孔尚任的交往

余十一世叔祖石民公与《桃花扇》传奇的作者孔尚任及剧中人物张瑶星都有交往，而石民弟子解琢章又曾被孔尚任"馆之岸堂"，并在《桃花扇》传奇初脱稿后"亲为按节终卷"①。这是一段鲜为人知的史实，余追寻此事二十余年，今稍加钩稽以公诸学界，或能有补于孔尚任交游及《桃花扇》成书的研究。

一

张石民（1634—1713），讳侗，字同人，一字石民，诸城放鹤村（今枳沟镇普庆村）人。清初著名学者。精研六经，旁及子史，及至阴阳图谶、百家众技，无不涉猎。又工诗、古文辞，善书法及绘画，时谓诗、书、画冠绝一邑。学使顾丹宸视学齐鲁，曾颜其庐曰"南轩家学"。事迹见乾隆《诸城县志》卷三十六及方迈所作《贞献先生传》（《其楼文集》卷首）。著作有《放鹤村文集》五卷（《四库全书总目》有著录）、《其楼诗集》上下卷、《卧象山志》一卷、《鲁论言外录》一册行于世；又有《大学解》《续大学问》《三才传》《三古纪略》《读四子书》等数种已逸。然终生绝意仕进，甘淡泊，耻干谒，唯好远游。方迈《贞献先生传》云：

---

① 张鹏展《山左诗续钞》。

公性尤乐佳山水，尝北至蓟门，南游白下，西望岱，拜阙里，东抵二崂，登蓬莱阁。所至必访其名士大夫，贤豪长者，相与缔交酬唱。

其拜访《桃花扇》中的人物张瑶星道士，即是"南游白下"之事。据石民《南行小记》（《其楼文集》卷二）载，此次南游经由汤泉（今临沂地区）、云龙山（今徐州市郊）而南下淮阴、射阳湖（今苏北一带），再至扬州、润州（镇江），最后到达南京。文中所记的游览地如燕子矶、桃叶渡、三山及莫愁湖等，均在今南京近郊或市内。时张瑶星居南京东郊的栖霞山，石民当于此时往访之。其访问的具体时间虽未明确记载，然从文中所记登采石矶、访太白楼事可推知：

……熟视稠绿中露出直栏曲径，宛若旧游，始掀髯笑曰：此采石太白楼也。前十日，曾与故李翰林渔村先生飞羽觞，醉月于此。先生已有记，不赘。

原来石民此次南游系与李澄中（渔村）结伴。再查李澄中《白云村文集》卷四，果有《游采石山记》一篇，中云：

乙亥四月十八日去金陵，将游太平，张子石民送予至采石山下，买舟渡河登焉。自东南越山椒，入松林……迤东则太白楼……石民闻余说欢甚，亟命仆夫赍酒浇之。予素不能饮，为尽两蕉叶。石民连浮数巨觞，径醉矣。

乙亥为康熙三十四年，即公元1695年。张、李二公于这年的四月十八日离开金陵，然后分道游历（石民游苏杭，渔村游闽越）。据此，则石民访张瑶星的时间实可定在公元1695年的夏历四月间。

石民《其楼诗集》中有一首《栖霞山谒张白云先生》，便是记述这一次的访问：

小筑紫峰外，炊烟峰半阴。

游丝空日午，乳燕自春深。

蜨翅笼吹笛，蜂须动鼓琴。

门前渔父去，流水少知音。

诗篇虽只描写了白云先生（即张瑶星）居住环境的幽静，但已令人感受到了主人心境的高洁脱俗；而从"门前渔父去，流水少知音"两句来看，两人似乎还谈得很投机，以至白云竟视石民为"知音"。但谈话的具体内容，诗篇则没有流露（或虑触时禁）。而值得注意的是，此次会见似乎给石民留下了很深的印象，直到石民晚年还念念不忘。石民于十三年后即康熙四十七年（1708）所写的《醉中有所思》组诗（《其楼诗集》卷下），对这位白云先生仍旧不能释怀。此诗据诗前自序称乃"细数从前共尊罍先生，一时化为乌有，渺渺予怀，曷能已已，临风洒洒，赋得《醉中有所思》，得百二十五人"。这百二十五人中，就有张瑶星。原诗题为《金陵栖霞山张氏白云先生》，共四句：

水涸江湖冻，商旅阻闭关。

是日北风起，蒯屦过蒋山。

什么意思呢？石民再从兄蓬海公（讳衍）评析说："一篇之中，将百二十五人音容笑貌一一谱诸五字、十字、二十字中固难，复将百二十五人无限心事，当日所不能言者，一一代为言之，则尤难。"白云先生有什么"当日所不能言"的"无限心事"呢？还是让我们先来了解一下他的生平经历吧！

张瑶星（1608—1695），名怡（《桃花扇》中作张薇），字瑶星，初名鹿征，江苏上元县人。其父名可大，明季为登莱总兵，会毛文龙叛明降后金（清），诱执巡抚孙元化，可大亦被杀。事闻，瑶星以诸生荫袭锦衣卫千户。甲申（1644）三月，李自成攻陷北京，他遭械系而不降，被释放后，买棺收殓吊死在煤山的崇祯皇帝，"独缞服哭临，守梓宫不去，护葬天寿山"（见温睿临《南疆逸事》卷四十一）。《桃花扇》闰二十出《闲话》中，张瑶星自谓"领了些本管校尉，寻着尸骸，抬到东华门外，买棺收殓，独自一个戴孝守灵"，倒是真的。后潜归南京，又在弘光朝继续担任原官，不久升指挥使。时值马士英、阮大铖乱政，陷害忠良，逮治复社文人，他先是竭力回护，并偷放了陈贞慧、吴应箕，后来自己也筑松风阁隐居。《桃花扇》第三十出《归山》所写张瑶星事也基本属实。南明亡，他遂到南京东郊的栖霞山白云庵做了道士，数十年不入城市，人称白云先生。康熙三十四年（1695）卒，终年八十八岁。其事迹略见方苞《白云先生传》（《望溪先生文集》卷八）、李元度《国朝先正事略》卷四十六之《张白云先生事略》及温睿临《南疆逸事》卷四十一张怡本传、《嘉庆江宁府志》卷十五《艺文志》。

现在，我们再来看石民诗的蕴意。显然，张瑶星也是一位有"无限心事"之人。而石民诗中"水涸江湖冻，商旅阻闭关"以及"北风起"

的意象，正是对当时政治形势的暗喻，即在清朝政权日渐巩固之后，反清复明的力量已冰涸湖冻，彻底消歇了。而此时的白云先生尽管"每夜哭风雷，鬼出神为显"①，也只能足着草屦，继续着他山中的隐居生活而已。

石民小张瑶星二十六岁，也没有张瑶星那样的经历；但两人的政治情怀却是相同的，即清朝建立后都绝意仕进，自甘淡泊，故彼此间才视为知音。从这个意义上也可以说，《桃花扇》中的那位张瑶星道士，既实有其人，同时又是像张石民这样的一批遗民的化身。

二

石民与孔尚任的直接交往是在孔尚任罢官乡居之后。而此前彼此间也应是了解的，因为石民的同乡挚友李澄中（渔村），正是孔尚任在京时过从甚密的朋友。康熙二十九年（1690）五月，李澄中典试云南，孔尚任有《送李渔村侍读典试滇中》诗（《岸堂稿》）送之。孔尚任自湖海返京后寓居宣武门外海波寺巷，王士禛为其寓斋题名"岸堂"，而李澄中又之为作《岸堂记》一文（见《艮斋文集》）。甚至李澄中辞官后，"以朋友之故，留滞两年"的做法②，也为孔尚任所效仿。交情既然如此，而李澄中又是一位非常喜欢阐扬乡贤的人物，故石民的名字及其人格在孔尚任那里自然也就不会陌生了。再加上石民弟子解琢章曾被孔尚任馆之岸堂，石民与孔尚任间的关系更是不同寻常。

---

① 孔尚任《白云庵访张瑶星道士》，《湖海集·己巳存稿》。
② 孔尚任《燕台杂兴四十首》（《长留集》）之五，诗后自注："李渭清侍读，决意归田，以朋友之故，留滞两年。"

解琢章，名瑶，即墨生员。道光间周翕鐄编《即墨诗乘》，曾收其诗二首，并附小传：

> 解瑶，字琢章，一字涿章，号柳溪，诸生。高文端晋赠《序》："琢章宿儒，余师之，不致身心放逸、官声败堕者，琢章之力也。"孔京立广棨赠《序》："琢章博极群书，躬修程朱之行。"

可见解琢章也是一位博学而又品行端正的读书人，有点像他的老师石民公。至于被孔尚任馆之岸堂事，则见张鹏展《山左诗续钞》，该书除收解琢章的诗外，亦附有小传：

> ……琢章工古文词，孔云亭馆之岸堂，《桃花扇》传奇初脱稿，亲为按节终卷。家藏《海岳投稿》一卷，知名士所赠诗，计百有余人。

又，石民文集中也屡次提及解琢章其人，如《其楼文集》卷二《鸣虚子传》记鸣虚子（崂山道士）弟子曾将其师所赠茶条一杖，远托解琢章转赠石民；卷三《寄杨成伯书》又记石民曾委托往曲阜观礼的解琢章转致他的《上衍圣公书》，等等。

康熙四十四年（1705）八月，石民有诗寄孔尚任，并委托赴济南参加乡试的解琢章返程时取道曲阜，专门拜访孔尚任。九月上旬，解琢章下第过曲阜[①]；此前一天，孔尚任也收到了石民的书信和寄诗。孔尚任感到格外欣慰，于是提笔写下了《怀诸城张石民处士寄诗卧象山》二首（见《长留集》）：

[①] 参见袁世硕《孔尚任年谱》，齐鲁书社 1987 年版，第 182 页。

多病悬车久，东蒙去路艰。
同心忧薄俗，两地恋名山。
梦自何年结，书从昨夜还。
得诗能几首，把咏不曾闲。

抱膝吟东武，新开一洞天。
逃名无出日，乘兴有寻年。
古貌诗篇露，深情弟子传。
应知携手后，分与种瓜田。

从"古貌诗篇露，深情弟子传"两句来看，孔尚任对古貌岸然的石民是格外敬重的，而石民也通过弟子传达了他对孔尚任的深情，所以石民寄诗虽然没有几首，但却令孔尚任"把咏不曾闲"了。这种深挚的情谊，实在令人感动。

就在解琢章将要离开曲阜的时候，孔尚任意犹未尽，又写了《送解琢章下第还劳山兼致石民先生》的一首长诗（亦见《长留集》）。诗中除对解琢章进行了一番安慰之外，最后也流露出对石民的深长思念之情，并谆谆告诫解琢章，务必将自己的"平生苦怀""归告石民"：

石之民兮相忆切，马瘏车敝隔参商。
平生苦怀大半说，归告石民慎勿忘！

可见，孔尚任与石民两人，不但"同心忧薄俗"，而且已到了无话不说的地步。而孔尚任要告诉石民的"平生苦怀",想来也应该包括他遭罢官的委屈吧?但我们从现行的石民诗文集中却寻不到任何的蛛丝马迹,这不能不令后人感到有些遗憾了。

孔尚任的第一首诗应该是由解琢章当面交给石民的,而石民收到后也定会有答诗。但遍查石民诗集,并没有收录这类的诗(连同前次寄给孔尚任的诗也没有留存)。不过我们在清初诸城诗人隋平所编的《琅邪诗略》里①,倒发现了石民《答孔东塘阙里寄诗》一首,共四句:

美人望望隔西方,来日苦短去日长。
剩有相思萦远梦,浮萍到处是同乡。

已是七十二岁高龄的石民,对这位小自己十四岁的圣裔正翘首西望,日夜思念。而这种思念背后自然也包括了对孔尚任"平生苦怀"的理解与同情。

三

其实,早在石民之前,即康熙二十八年(1689)秋天,孔尚任也曾到栖霞山白云庵访问过张瑶星,并留下了《白云庵访张瑶星道士》五言古诗一首(《湖海集·己巳存稿》):

淙淙历冷泉,乱石路频转。
久之见白云,云中吠黄犬。

---

① 诸城博物馆藏手抄本。

> 篱门呼始开，此时主人膳。
> 我入拜其床，倒屣意颇善。
> 著书充屋梁，欲读从何展。
> 数语发精微，所得已不浅。
> 先生忧世肠，意不在经典。
> 埋名深山巅，穷饿极淹蹇。
> 每夜哭风雷，鬼出神为显。
> 说向有心人，涕泪胡能免。

这位"埋名深山巅"的张道士，虽然"穷饿极淹蹇"，但却"每夜哭风雷"，并将自己的心事"说向有心人"。显然，张瑶星是身隐而心未隐。难怪这首诗被同时人黄仙裳（云）评为"白云心事，一一写出，是一篇逸民传"。[①] 而值得注意的是，黄仙裳也提到了张瑶星的"心事"，这与前述蓬海公评石民诗所指出的"无限心事"，可谓不谋而合。而张石民与孔尚任对张瑶星心事的体悟竟完全一致，这又反映了三人间某些共同的情愫。

清初，在南方的扬州与北方的诸城同时存在着两个遗民集团。[②] 张石民为诸城遗民集团之中坚；而张瑶星虽非扬州遗民集团的成员，却是一位实实在在的遗民。至于孔尚任，他作为清朝的命官，自然不能算是遗民，但却与扬州遗民集团及诸城遗民集团的许多人物都有着密切的往来[③]，因此他思想的深处也就不能不受遗民情绪的影响。他所创作的《桃

---

① 孔尚任《湖海集》卷七。
② 详参拙文《蒲松龄与诸城遗民集团》，《蒲松龄研究》1989 年第 2 期。
③ 参袁世硕《孔尚任年谱·孔尚任交游考》，齐鲁书社 1987 年版。

花扇》,明确标榜要"借离合之情,写兴亡之感"①,实际就是这种情绪的宣泄。而所谓"兴亡之感",换言之,即是当时遗民们的"无限心事"。在这个意义上还可以说,张石民的拜访张瑶星,寄诗孔尚任,以及解琢章的被馆之岸堂并参与《桃花扇》的音乐创作,也都是这种"无限心事"的流露。

(原载《中国古代小说戏曲研究丛刊》第四辑)

---

① 《桃花扇·先声》中老赞礼言。